se mi ansiedad. Les dije que había esperado pacientemente dos días a que Clara Rojas, una de mis compañeras de secuestro, me diera una cita. Ese 2 de julio de 2008, temprano en la mañana, cuando por fin me la dio, sentí en la boca del estómago esa alarma que en pocas ocasiones se activaba y que presagiaba grandes acontecimientos. La había sentido antes, junto a mi esposa Nina, al escuchar al médico leer el informe del estudio realizado por el especialista de la Clínica de Fertilidad. Se había activado cuando el conductor del auto en Florencia le tocó bocina a la camioneta atravesada en la carretera donde me secuestraron. La volví a sentir la noche en que el Ejército atacó el campamento guerrillero donde estábamos cautivos.

Una tarja entre los nogales explicaba por qué el nogal era el árbol insignia de Bogotá. El ruido de la calle se fue apagando mientras prestaba atención al detalle de las hojas, todas distintas y a la vez similares, de borde aserrado al final de las ramas. En la grama reposaban algunos de sus frutos, redondos y carnosos, con semillas parecidas a una almendra. Tomé dos de ellos y crucé el parque pasándomelos de mano en mano. A esa hora, El Nogal se llenaba de personas que aprovechaban su receso del almuerzo para tirarse en la grama a echar una siesta o, como yo, a respirar un poco de aire puro y disminuir tensiones.

Conversar con Clara significaba revolcar el pasado, hurgar en heridas sin sanar, caminar por veredas más peligrosas que las transitadas juntos en la selva. Faltaban ocho minutos para nuestra cita de las 3 en punto de la tarde. Salí en dirección al Centro Andino por la carrera 10 con la 82. En medio de aquel mar de autobuses, bicicletas, taxis, automóviles y transeúntes, una carreta llena de cachivaches, tirada por una mula, pasó justo frente a mí.

Llegué al famoso centro comercial de la capital y bordeé las calles que lo circundan hasta llegar a la Zona T. Modernos y acogedores restaurantes atraen, a esas horas del mediodía, a jóvenes ejecutivos, bien vestidos y en buena condición física, irremediablemente pegados a sus teléfonos celul-

17

Clara me había dicho que por la carrera 11 buscara el Bogotá Beer Company. Allí disfrutaríamos de unas cervezas artesanales mientras conversábamos. En esa zona, casi todos los restaurantes tienen pantallas de televisión en su exterior. Las personas que se sientan en las mesas al aire libre pueden ver transmisiones de los partidos de fútbol.

Esta vez algo muy distinto a ese deporte llamaba la atención de la gente, arremolinada frente a las pantallas. Intenté preguntarle a un mozo qué sucedía, pero todos estaban concentrados en el suceso transmitido por televisión.

Una joven, al buscar una mejor recepción para su teléfono, me dio la clave:

—¡Madre, han liberado a Ingrid Betancourt y a un grupo de secuestrados! ¡Vea RCN! ¡Lo están transmitiendo ahora! —La escuché decir.

Salté a buscar un pequeño espacio para enterarme de la noticia. En la pantalla aparecía Juan Manuel Santos, ministro de Defensa, a quien me había acostumbrado a ver en los periódicos que con meses de atraso nos llegaban a la selva.

«Mis felicitaciones muy sinceras a nuestros hombres de la inteligencia militar, en especial al general Freddy Padilla, comandante de las Fuerzas Militares, y al general Mario Montoya, comandante del Ejército, a quienes el país no tendrá cómo agradecerles semejante operación de rescate».

El silencio que sus palabras produjeron me permitía escuchar los suspiros de emoción de los presentes. Santos era un hombre corpulento, con una agradable tonalidad al hablar. Esta vez lucía impecable, con un elegante saco oscuro, camisa crema, corbata amarilla y pelo recién retocado y brilloso. Su voz se quebró cuando informó quiénes eran los rescatados.

«Tenemos sanos y salvos a quince de los secuestrados que se encontraban en manos de las FARC, entre ellos a Ingrid Betancourt, a los tres ciudadanos norteamericanos y a once miembros de nuestras fuerzas públicas».

La reacción de los presentes a las palabras del ministro no se hizo esperar: gritos, abrazos, felicitaciones, brindis. ¡Viva Colombia! ¡Vivan nuestras Fuerzas Armadas!

Santos explicaba el operativo llevado a cabo, pero esta vez ocupaban la pantalla unas imágenes que de inmediato me lanzaron al centro mismo del drama que mi visita a Bogotá intentaba redimir. Por la puerta del helicóptero de la Cruz Roja aparecieron los rescatados. El primero, el sargento William Pérez, a quien había tomado mucho cariño en la selva, aunque compartí muy poco con él durante el secuestro. Se veía feliz. Inmediatamente apareció Ingrid, de mucho mejor aspecto que cuando la vi por última vez la noche antes del ataque al campamento. Aún tenía el uniforme guerrillero que estábamos obligados a usar si éramos trasladados de un lugar a otro. El pelo lo tenía recogido a prisa y se notaba en su rostro esa extraña mezcla de felicidad e incredulidad que se experimenta cuando la ilusión toca a la puerta vestida de realidad. Las imágenes de la televisión se me confundían con las reproducidas por mi mente a una velocidad mayor. Fue como volver a la selva, a mis cinco años de angustioso dolor. No me percaté del final de la transmisión. Solo sentía el deseo de darle un gran abrazo a aquella enigmática mujer convertida ahora en una niña sorprendida.

Después de la noticia, se suscitaron discusiones entre los presentes sobre el problema de la guerrilla y la forma de solucionarlo. Algunos comenzaron a especular que todo era un montaje y que el rescate se había negociado con la guerrilla a sabría Dios qué precio.

Clara no aparecía pero, luego de la sorpresiva liberación de los secuestrados, me imaginé que estaría atendiendo llamadas. Tomé un taxi y pedí ir al Mirador del Moderno, en la carrera 11 con la 74, el mismo hotel donde había estado con Nina días antes de mi secuestro. El taxista lanzaba su opinión sobre la noticia del momento y me miraba por el retrovisor esperando mi reacción. Yo lo oía pero no lo escuchaba. Cualquier comentario hubiese delatado mi estrecha vinculación con lo develado en las noticias. Ya en el hotel, el joven que me abrió la pesada puerta de cristal de la entrada me extendió un sobre con un mensaje: «Llamar urgentemente a Clara».

Subí a la habitación y encendí el televisor. En todos los canales daban detalles de la llamada Operación Jaque. Se destacaba la capacidad del Ejército para penetrar las comunicaciones de los altos mandos de la guerrilla y, de esa forma, lograr el rescate sin ninguna baja.

Llamé a Clara y me contestó de inmediato.

—Hola, doctor, ¿cómo le va?

—Bien. Sorprendido con estas noticias. ¿Y a usted?

—Se podrá imaginar. Perdone que no llegara a nuestra cita. Realmente ya estaba muy cerca del Centro Andino cuando se dio la noticia y, como podrá entender, le pedí al taxista que me llevara de regreso a casa.

—¡Qué coincidencia! ¿No?

—Ingrid siempre se las ingenia para ser el centro de todo. —Y rio.

—Me imagino que la prensa debe de haberla llamado.

—Sí, mi teléfono móvil no ha dejado de sonar. Me acaban de llamar del Ministerio de la Defensa para invitarme al recibimiento oficial de Ingrid.

—¿Y va?

—No me siento con ánimo.

—Debe ir. Si no lo hace le dará titulares a los periódicos. Especularán que las relaciones entre ustedes siguen tensas a pesar del tiempo transcurrido.

Hubo un silencio. Luego, Clara me preguntó:

—¿Usted me acompañaría?

Su pregunta me sorprendió. Ella era una mujer muy reservada y detestaba llamar la atención. Esta vez fui yo quien guardó silencio.

—Doctor, ¿no le gustaría ver a Ingrid? Además, no quiero ir sola y ninguno de mis familiares se anima a acompañarme.

—Cómo no, la acompaño.

Sentí una mezcla de sentimientos al aceptar la invitación de Clara. Había regresado a Bogotá a atar cabos sueltos, a encontrar una explicación al vuelco que había dado mi vida y a buscarle un nuevo sentido, pero no esperaba que todo se precipitara como estaba sucediendo.

Bajé el volumen del televisor y me tiré en la cama a esperar la llamada de Clara con más detalles del recibimiento a Ingrid y a reconciliar mis pensamientos. Me distraje leyendo unos versos de Neruda escritos en las paredes de la habitación. Una enorme foto del poeta, con su tradicional boina y una hermosa sonrisa, ocupaba la pared principal de la suite. Franco, un puertorriqueño residente en Bogotá, me había recomendado el hotel por su excelente ubicación, pero, más que nada, por sus habitaciones amplias y modernas, cada una decorada temáticamente con las fotos de una persona famosa. Recordé la primera ocasión cuando estuve allí con Nina. Nos tocó la habitación con los retratos de Marilyn Monroe. En los días que pasé en Bogotá, después de escapar del secuestro, me asignaron la de Batman y tuve pesadillas todas las noches. Con Neruda me sentía mucho más cómodo.

Sonó el teléfono. Era Clara.

—Doctor, me acaban de informar que Ingrid y los secuestrados ya salieron en un avión de San José del Guaviare y se dirigen a la base de Tolemaida. Desde allí volarán a Bogotá, donde será el recibimiento. Un auto del Ministerio de la Defensa me va a recoger y estimo que estaremos en su hotel en una hora. ¿Listo?

—¡Listo!

Me quedé un rato en absoluta quietud. Las imágenes de los años de secuestro se me cruzaban por la mente y no atinaba a detenerme en ninguna. Luego fui al baño; necesitaba afeitarme. Me miré al espejo y me sorprendió ver la cara de César, el comandante que tenía a su cargo las joyas de la corona, como se les llamaba a los más importantes rehenes de la guerrilla. La pantalla de plasma estaba ubicada en la habitación de tal forma que se podía ver desde el espejo del baño. Regresé a la cama, tomé el control del televisor y subí el audio.

Allí estaba el hombre que tantas veces había alardeado de su poder y no perdía oportunidad de humillarnos. Vestía una camisilla blanca debajo del uniforme, tenía las manos esposadas a la espalda y su mirada se perdía entre los muchos ojos que lo escudriñaban. Su bigote no era esta vez el distintivo de su arrogancia, más bien enmarcaba una mueca con atisbos de tristeza. El camarógrafo le hizo una toma de cerca a su rostro y se observaba el ojo izquierdo casi cerrado, laceraciones en la frente, y en el pómulo derecho había huellas del forcejeo durante el operativo. A su lado, Quique Gafas, su lugarteniente, aún con el mameluco guerrillero, miraba al suelo, abatido. ¡Qué distinto es el ser humano cuando pierde poder! Sentí lástima.

Poco a poco se ofrecían detalles adicionales de la exitosa Operación Jaque. A más información, más increíble parecía.

Abrí el grifo para lavarme la cara e intentar diluir en agua mis recuerdos: los primeros meses de secuestro; la incertidumbre de mi relación con Nina; la llegada al campamento donde estaban Ingrid, Clara y los norteamericanos; las largas caminatas; el cerco de los militares, y, sobre todo, el doloroso regreso. No sé cuánto estuve así, mirándome en aquel espejo a través del cual seguían repitiéndose escenas del rescate.

Del recibidor del hotel me indicaron la llegada de Clara. Bajé y, cuando el oficial del Gobierno abrió la puerta trasera del Mercedes Benz negro, observé a Clara moverse a la esquina contraria del asiento. Me asomé y no me salían las palabras. El último escenario en el que la había visto contrastaba enormemente con este; nuestros rostros lucían distintos también.

—Se ve usted muy bien —me dijo.

Intenté acercarme para darle un beso pero solo me saludó con su mano extendida. Le correspondí. Su mano estaba fría, como la primera vez que había ido a saludarla. Esta vez la encontré pálida, tensa, el pelo recogido atrás en una coleta, sin maquillaje y ataviada con una sudadera celeste para el frío o la *lluvia. Por unos instantes no supimos qué decir. Ella cortó el silencio repitiendo el comentario sobre mi apariencia.*

—Lo cierto es que en los pasados días no he descansado mucho. ¿Y a usted, cómo le va?

Clara bajó la voz para impedir que nos escucharan el chofer y la otra persona en el asiento del copiloto. El auto serpenteaba por la ciudad buscando las calles menos transitadas.

—Me siento tranquila.

—Leí en El Tiempo *sobre su intención de escribir un libro.*

—Ya estoy en ese proceso.

—¿Para cuándo saldrá?

—No tengo fecha. Voy poco a poco. Tal vez para el próximo año. Es doloroso, ¿sabe? ¿Y usted?

—Aún no me he decidido a escribir. Es muy reciente. Además, en mi caso, el regreso ha sido tal vez más doloroso que el secuestro.

—Hágalo, le va a venir bien. —Y me dio una palmadita en la rodilla izquierda.

Me lo dijo con firmeza, mirándome atentamente por primera vez, como cerrando la conversación sobre el tema. Entonces me regaló una sonrisa triste, se apretó el lazo azul en el pelo y fijó su vista en la avenida que nos conducía al aeropuerto militar de Catam. Era miércoles y el trayecto comenzaba a congestionarse con los autos de la gente que salía de sus trabajos. Una camioneta de una estación de televisión nos pasó por el lado a gran velocidad. Al rato, insistí en conversar.

—¿Y cómo está Emmanuel?

—Es un niño muy lindo. Ya tiene cuatro añitos. Ahí vamos conectando poco a poco. Esa es ahora mi razón de vida.

—Y el bracito roto, ¿le ha mejorado?

—Los doctores dicen que tomará mucho tiempo arreglárselo completamente, pero ahí vamos.

—Me encantaría verlo.

—Es muy tímido.

—¡Pura madre!

Y esta vez sonrió con ganas. Luego volvimos a enmudecer. La avenida tenía segmentos en proceso de construcción que dificultaban el tránsito. Un hermoso parque lleno de verdor, veredas y estudiantes me quedaba a mano derecha. Por algunos letreros deduje que había allí una feria de libros. En el cristal vi reflejado el rostro de Clara que me miraba con disimulo. Poco después reinició la conversación.

—¿Sabe? Visité a Martín Sombra en la cárcel.

—¿Usted visitó a su carcelero? ¡No me lo hubiese imaginado!

—Me había enviado dos mensajes solicitando verme y fui.

—Es usted muy generosa.

—Tal vez más curiosa que generosa.

—¿Y cómo fue el encuentro?

En ese momento la persona sentada al lado del chofer se volteó hacia nosotros.

—Disculpen, vamos a entrar ahora por la parte trasera del aeropuerto. Por favor, pónganse estas identificaciones. Los conduciré hasta la entrada a la pista. Allí otra persona los llevará cerca de la escalera del avión del que saldrá el ministro con los secuestrados. Cuando todo termine vamos a esperarlos justo donde los dejemos ahora. ¿Preguntas?

La escolta caminaba rápidamente. Clara me tomó la mano y aceleró el paso detrás del oficial. Tal y como se nos había dicho, luego de una puerta de cristal nos condujo una mujer regordeta, extremadamente seria y con gafas oscuras. Por todos los pasillos se podía observar a varios periodistas que corrían detrás de sus respectivas escoltas sin notar a Clara Rojas, quien había sido secuestrada junto a Ingrid por ser la directora de su campaña a la presidencia de Colombia. A través de los ventanales sobresalían las antenas de las estaciones de radio y televisión que transmitían la llegada. Salimos a la pista justo en el momento de abrirse la puerta del avión.

Como en cámara lenta, con pantalones negros y una camiseta azul cubierta por un chaleco militar, apareció Ingrid, sonriente.

En la mano derecha traía amarrada una pañoleta negra. Se detuvo momentáneamente para mirar con asombro el enjambre de periodistas, cámaras, funcionarios y amigos que no cesaban de aplaudir. Se apoyó en el pasamanos para seguir descendiendo. Inmediatamente detrás, salió el ministro Juan Manuel Santos. De la masa de gente, se adelantó una elegante señora que alcanzó a Ingrid antes del primer escalón y la abrazó efusivamente. Era su madre, Yolanda Pulecio. Los gritos de los periodistas para que ambas mujeres miraran hacia las cámaras no lograron interrumpir aquel abrazo.

Una persona de seguridad se llevó a Clara a encontrarse con Ingrid. Se miraron por un momento, los clics de las cámaras ametrallaron el instante; luego se abrazaron. Vi a Clara susurrarle al oído cosas que Ingrid aparentemente le preguntaba. En un momento de la corta conversación Clara señaló hacia donde yo estaba. Ingrid enfocó su vista y me reconoció. Me saludó con alegría y con la mano de la pañoleta me tiró un beso. Los periodistas se volvieron para fotografiarme como preguntándose quién era yo. Algunos me reconocieron, pero la atención cambió de inmediato a un hombre de aspecto distinguido y chaqueta negra sobre una polo crema, a quien le tocaba el turno de acercarse a Ingrid. Era su esposo, Juan Carlos Lecompte, de quien siempre había evitado hablarme. Lo miró con la misma expresión que había recibido a Clara, puso la mano derecha en su rostro, le dio un leve beso en la mejilla y de inmediato desvió su atención hacia uno de los generales responsables de su liberación, el comandante Mario Montoya, a quien abrazó como una niña a su héroe preferido. Luego, se recompuso.

Entonces me ocurrió lo mismo que horas antes frente a las pantallas de televisión en la Zona T. Escuchaba los gritos de los periodistas apagarse poco a poco y en su lugar aparecía el recuerdo de las ráfagas de ametralladoras, las explosiones y los gritos de horror de aquella noche del ataque a nuestro campamento. La mano de Clara me regresó al presente inverosímil y me arrastró hacia la salida.

—Venga, ya nos vamos. Ingrid le manda un abrazo.

—¿Tendré oportunidad de hablar con ella? —pregunté, aunque presentía la respuesta.

—No lo creo. Mañana hay una recepción con el presidente Uribe, pero decliné la invitación. Ella se va a Francia pasado mañana con sus hijos.

El trayecto de regreso al hotel estuvo saturado de un incómodo silencio.

Nada de lo que tenía planificado hacer cuando decidí regresar a Bogotá había sucedido. Deseaba sostener varias conversaciones con Clara. Que me contara cómo había sido el encuentro con el hijo nacido en la selva. Además, quería saber sobre su adaptación a una nueva realidad, cómo se regresa a ese mundo del cual fuimos arrancados en una fracción de tiempo y al que volvíamos tan distintos.

Al despedirnos, Clara me pidió vernos en una próxima visita a Colombia porque en ese momento se sentía indispuesta. «Deje atrás el pasado, pero no lo evada», me dijo.

Ya en la habitación, encendí el televisor. Para mi sorpresa, el foco de las noticias se centraba en la frialdad del saludo de Ingrid a su marido.

Decidí darme una ducha con agua bien caliente. Supuse que ese mismo deseo sería el de Ingrid en esas primeras horas posteriores a su liberación. Luego me dejé caer en la cama. Sentía deseos de comunicarle a alguien lo que acababa de vivir. Ese alguien ya no estaba. Cambié canales buscando algo banal, que no me recordara el pasado. Pero los reportajes sobre el operativo continuaban. En algún momento mis ojos se detuvieron en el «Poema 20» de Neruda, escrito en la parte superior de la pared donde estaba ubicada la pantalla del televisor:

Puedo escribir los versos más tristes esta noche
Escribir, por ejemplo: «La noche está estrellada,
y tiritan, azules, los astros a lo lejos».

[...] En las noches como esta la tuve entre mis brazos [...]
Puedo escribir los versos más tristes esta noche.
Pensar que no la tengo. Sentir que la he perdido [...]

Leyéndolo me quedé dormido.
Al otro día, entre los cientos de artículos escritos en los diarios sobre la Operación Jaque y la llegada de Ingrid a Bogotá, solo en uno se hacía una sutil referencia a mí: «Entre los presentes en el recibimiento de Ingrid Betancourt se encontraba el psicólogo puertorriqueño liberado unos meses antes». El nombre se lo economizaban.

2
El guiño de Marilyn Monroe

El siguiente encuentro con el doctor Efraín López Arraíza, luego de la noche en que comenzó a contarme sobre el secuestro, fue en su oficina. A ambos nos resultaba engorroso conversar allí; no se lograba desdibujar con claridad la línea divisoria entre mi terapia y su relato, pero el doctor esperaba la llamada de un paciente en crisis. La llamada no llegó y, finalmente, se inclinó hacia mí y preguntó:

—¿Por qué quiere saber mi historia?

—La verdad, no sé… —Me sentí estúpido por no poder contestarle de forma convincente. Finalmente traté de darle una explicación—: Cuando interrumpí mis estudios en la universidad para irme al Ejército, me quedé con el deseo de escribir una buena historia.

—Sí, de eso hemos hablado bastante en sus terapias —dijo cruzando los brazos sobre el pecho—. Es una buena forma de sanar —aseguró.

—Tengo poco que contar, fui un simple instrumento de agresión —contesté disimulando cierta incomodidad.

—Cuando se decida a hacerlo sabrá por qué se lo digo. Pero esté tranquilo, tal vez el proceso de escribir se dará de la forma menos esperada.

—Su historia sí me entusiasma —respondí en un intento de persuadirlo.

—Hum, ¿la mía sí le entusiasma? —preguntó con ironía y me sonrió.

Entornó los ojos y se quedó en silencio, como manoseando archivos que se resistía a abrir.

—¿Por qué fue a Colombia la primera vez? —pregunté para intentar desatar el nudo de sus recuerdos.

Se puso de pie y temí que se encaminara hacia la puerta para invitarme a abandonar la oficina. Se detuvo, dio la vuelta y vi en su rostro la sombra de un recuerdo denso, amargo, incómodo. Inhaló profundamente y comenzó a contar. No puedo precisar por cuánto tiempo estuve escuchándolo, solo sé que yo experimentaba una sensación de total invisibilidad. Sentí que no era a mí a quien le contaba, tal vez lo hacía a sí mismo, buscando su propia sanación.

Al fin, hizo un largo silencio. Aquel hombre, de gran constitución, parecía una pequeña embarcación en un mar convulsionado. Entonces me dijo:

—Si me da unos días podré reconciliar ciertos detalles y ordenar mejor mis recuerdos.

Salí de su oficina sin hacer otro comentario, conturbado. Algo dentro de mí también se estremecía, se despertaba más allá de la curiosidad por saber y la necesidad de escribir. La decisión del doctor de abrirle la puerta al pasado me retaba a entreabrir la mía. Con presagios inciertos llegué a mi apartamento y me senté frente a la computadora. Las voces, imágenes y sentimientos producto de aquella historia volvieron a apoderarse de mi intención. Esta vez, escribí sin detenerme:

La mañana del domingo 9 de febrero de 2003 salí de la cama sin que Nina se despertara. Puse dos almohadas pegadas a ella, pues así no echaría de menos mi calor, crucé la sala aún en penumbras y recogí el periódico, apretujado entre las rejas de la puerta de entrada. En la foto de portada aparecía el secretario de Estado de los Estados Unidos, Colin Powell, y en la noticia se comentaba su discurso ofrecido esa semana en las Naciones Unidas, en el que Powell intentaba justificar la inevitable intervención de su país en Irak. Puse a hacer café y, mientras hervía el agua, combiné la lectura de los presagios de guerra con el fondo musical de La Nueva Trova canta al amor, *regalo de Nina. Siempre se adelantaba a la celebración de San Valentín.*

Vicente Feliú entonaba Créeme *cuando sonó el teléfono. Me extrañó una llamada en domingo a esa hora; bajé el volumen de la música, que, como el café, ya me disfrutaba a sorbos.*

—Aló.

—¿Doctor López Arraíza?

—¿Quién me habla?

—¿Ya usted no se acuerda de los viejos amigos y compañeros de estudios?

—Espérate... ¿Carlos Vives?

—¡Váyase al carajo, hombre! ¡Oiga, a usted no se le olvida eso!

—Acuérdate, cuando te conocí Carlos Vives era el colombiano más famoso.

—Pues fíjese, el otro día vi una entrevista de Vives acá en RCN y ya habla con acento puertorriqueño.

—Coño, Jairo, me da mucha alegría escucharte, ¿estás bien?

—Muy ocupado con mis cursos en la universidad. ¿Y usted?

—Muy bien. Atendiendo pacientes. Echando adelante. ¿Y tu cátedra?

—Muy interesante. De hecho, por eso lo llamo.

—¿Me das un momento?

Como aún no quería despertar a Nina, cogí la taza de café, cerré el periódico, puse la música en pausa y me fui al minúsculo balcón. Desde allí podía ver las copas de los árboles del patio trasero del edificio. Ese pequeño paraíso, con aceras entre robles, palmeras, árboles de goma, caobas y ficus, justificaba el nombre de El Monte para el edificio de apartamentos donde vivíamos, cuya estructura en cemento en forma semicircular estaba ubicada en plena zona metropolitana. Me acomodé en la pequeña mesita del balcón, la moví hasta evitar el desbalance crónico que padecía, tomé un buen sorbo de café y, ya cómodo, retomé la llamada de mi antiguo compañero de estudios.

—¿Jairo? Cuéntame.

—¿Le gustaría ir a Florencia a participar en un simposio de Psicología con todos los gastos pagos?

—¿A Florencia? ¿Hablas en serio?

—¿Le gustaría o no?

—¿De veras? No bromees. Mira, precisamente anoche estaba hablando con Nina de la posibilidad de tomarnos unos días y viajar. Hemos pasado por unos momentos muy difíciles.

—¿La relación no está bien?

—Bueno, tenemos dificultades, pero después te cuento. Cuéntame tú. Dame detalles. ¿Nos podríamos quedar unos días adicionales en Roma?

Una sonora carcajada fue la respuesta al otro lado del auricular.

—Coño, ¿me estabas tomando el pelo? —pregunté sintiéndome tonto.

—Oiga, usted sigue siendo tan huevón como cuando lo conocí. Le hablo de Florencia, en el Caquetá, Colombia…, Sudamérica.

Entonces me sentí imbécil. Traté de justificarme pero solo reiteré mi estupidez.

—Ah, no sabía de una Florencia en Colombia.

—Si quiere le mando a comprar una réplica del David de Miguel Ángel y se la coloco en la plaza. Es más, hasta le puedo poner el nombre de Santa Maria del Fiore a la iglesia del pueblo y así piensa que está en Italia —continuó Jairo en tono burlón.

—En serio, ¿dónde es eso?

—«Eso» queda en el sureste de Colombia. Florencia es la ciudad más importante de la región. Hace tres años me mudé de Bogotá. Vivo aquí y doy clases en la Universidad de la Amazonia.

—Perdona, no lo sabía.

—Florencia es la frontera con las montañas del Amazonas. Hay vuelos desde Bogotá.

—¿Y el simposio de qué trata?

—Están invitados psicólogos que hayan publicado sobre el comportamiento humano ante circunstancias extremas. Sometí su libro Rediseño y personalidad y la junta organizadora del simposio aceptó invitarlo.

Escuché unos toques en la puerta del balcón. La figura de Nina apareció silueteada al otro lado del cristal. Se pegó a la puerta y me sonrió. Le hice señas de que estaba en una llamada. La luz del sol ya se colaba hasta la sala revelando los detalles de su cuerpo hermoso, desnudo. La vi dirigirse al baño. Me quedé unos segundos observando su imagen disolverse en el pasillo.

La tristeza me golpeó la cara como un viento de agua inesperado.

—¿Está usted ahí? —preguntó Jairo ante la pausa.

—Sí, Nina se levantó y le dije que estaba al teléfono. Jairo, de verdad, gracias. Me encantaría ir. ¿Cuándo sería eso?

—En Semana Santa, del 14 al 20 de abril, pero tu participación sería el martes 15 por la noche.

—¿De este año?

—Sí. ¿Podrá?

—¡Pero es en dos meses!

—Eso es así, pero no se preocupe, solo viene a hablar de su libro y a compartir con los otros expertos en el tema.

—Voy a mirar mi agenda y haré todo lo posible por ir. Hablo ahora con Nina y tal vez esta misma noche te llamo.

—Pues espero su llamada.

—Jairo, un abrazo. Y gracias de nuevo.

—Igual, hermano. Se le quiere.

A Nina le encantó la idea de ir a Colombia. Sus ojos recobraron un poco el brillo perdido en días recientes y su boca se dio el lujo de encontrar una sonrisa ausente. Se animó a hacer arreglos para los tres días de la Semana Santa en que no asistiría al trabajo. *La Escuela Montessori del Amanecer era su gran proyecto. Luego de terminar una maestría en Educación trabajó en varias escuelas que no llenaban sus expectativas y con lo poco ahorrado comenzó la suya. Adoraba a los niños y les dedicaba toda su energía y compromiso. También le fascinaba viajar, pero lo había hecho en muy pocas ocasiones. En mi caso, para ir al simposio solo tenía que cancelar las citas de esa semana.*

El mes previo al viaje me dediqué a repasar el contenido de mi libro, a buscar información sobre los profesores del simposio y a conocer los principales problemas de Colombia. Nina hizo contacto por internet con Franco y Ada, unos puertorriqueños residentes en Bogotá. Conocí a Franco, un reconocido abogado, cuando llamó un día a mi oficina buscando un perito en psicología para un caso muy importante. El litigio duró más tiempo de lo previsto y a través del proceso nos hicimos amigos. Luego no supe más de él hasta recibir un correo electrónico enviado a un reducido grupo de sus amigos para informar de su nueva residencia en Bogotá. Nina me contó que estaban muy entusiasmados con ir a buscarnos al aeropuerto cuando llegáramos a Colombia.

La semana siguiente a la llamada de Jairo fui con Nina a almorzar a La Merced, un rincón de comida criolla que quedaba en la avenida Domenech, a mitad de camino entre mi oficina y su escuela. Cuando ya estábamos ubicados en nuestra mesa, hizo su entrada el licenciado Enrique Colón y se sentó justo al lado de la nuestra. Sabía de él por la prensa y la televisión, pues era un activista de la lucha ambiental y defensor de los derechos civiles. Gracias a sus gestiones, la guerrilla del Ejército de Liberación Nacional (ELN) había liberado a una joven puertorriqueña secuestrada mientras estudiaba en Colombia.

En él todo era exagerado. Medía dos o tres pulgadas más que yo y la frente se expandía hasta la nuca, dejando a cada lado un pelo ralo y enmarañado. Los ojos eran grandes y cansados, con párpados pesados como cortinas viejas. La nariz, imponente, parecía una esfinge descansando sobre la enorme boca. Esas facciones tan fuertes podían resultar intimidantes pero, cuando hablaba, surgía una voz amable y cálida que creaba una empatía instantánea. Por mi viaje a Colombia y su experiencia allá quise conocerlo.

—Usted es el licenciado Colón, ¿no?

—Soy Quique, dejo lo de licenciado para cuando estoy en la Corte —contestó con una amplia sonrisa.

—Ella es Nina, mi esposa, y yo soy Efraín, psicólogo. Tengo mi oficina en esta misma avenida, en la esquina contraria a Magno Pizza. A su orden.

—Me imagino que, debido a la situación del país, debes de tener muchos clientes —comentó mientras nos saludaba.

—No crea, cuando la gente hace recortes al presupuesto, el psicólogo no es una prioridad. —Y le extendí una tarjeta. De inmediato me dio la suya y Nina la guardó en su cartera.

Nos interrumpió una señora con blusa rosa, redecilla en el pelo y mahones apretados, que ya a esa hora parecía harta de repetir el mismo menú, el cual nos recitó de carretilla mientras miraba al techo. En ese momento llegó a la mesa un joven de pelo largo, con una mochila en la espalda. Lo había visto en los noticiarios, mientras era macaneado por la policía en una protesta estudiantil. El licenciado se despidió poniéndose a nuestras órdenes y comenzó a conversar con el joven.

—Qué pena que llegara ese joven —comentó Nina—, quería preguntarle al licenciado si era seguro viajar a Colombia; digo, por su experiencia allá.

—No sabía que estabas preocupada por la seguridad.

—Efra, cuando comenté en la escuela que iría a Colombia, una de las maestras se preocupó muchísimo.

—Mi querida Nina, lo mismo podría opinar un colombiano si alguien le comentara que viene a Puerto Rico. Hace poco leí una columna de un escritor puertorriqueño sobre su experiencia en un festival de teatro en Bogotá y concluía que el único peligro de ir a Colombia era querer quedarse.

Unas semanas más tarde, exactamente el miércoles 16 de abril de 2003, ese misterioso designio llamado destino, o la vo-

luntad de Dios, o la del universo, hizo que me quedara en Colombia, sin querer.

Salimos de Puerto Rico, rumbo a Bogotá, el domingo 13 de abril de 2003. Nina durmió durante el vuelo de San Juan a Panamá; nos habíamos levantado a las 4 de la mañana. Yo dormité sobre mi libro y varios otros documentos que aún me faltaban por leer. En el Aeropuerto de Tocumen tuvimos una hora para caminar por las tiendas. Nos llamó la atención el aviso para un vuelo a La Habana en la sala justo al lado de la nuestra. Una delegación de atletismo regresaba a Cuba con innumerables medallas colgadas al cuello. Para los puertorriqueños no es común encontrarse con cubanos residentes en Cuba. Estamos acostumbrados a los de la Casa Cuba de un sector exclusivo de San Juan, a los comensales de los muchos restaurantes de comida cubana del área metropolitana o a los cubanos empresarios de gran prominencia e influencia en la política del país. Pero estos eran cubanos de la Cuba de Fidel, que reían, comentaban y vestían como cualquier otro latinoamericano de las salas contiguas. Algunos de ellos se percataron de la curiosidad nuestra. «¿Son boricuas?», nos preguntaron al vernos cerca de la salida del vuelo de San Juan. Asentimos y nos regalaron simpáticas sonrisas y hasta un saludo militar. Lejos estaba yo de sospechar que el final de mi secuestro se gestaría años después en un hospital de La Habana.

El tramo de Tocumen a Bogotá, aunque corto, estuvo lleno de turbulencias. Nina se aferró a mi brazo y no lo soltó en ningún momento. Cuando el avión comenzó a descender y cruzó la última cortina de nubes, me pegué al cristal de la ventana y se reveló ante mí una impresionante ciudad cuya extensión no parecía tener fin. Era un panorama muy distinto al de San Juan. Los techos de ladrillo rojizo se desparramaban por una sabana interminable, mientras una densa neblina reposaba en las laderas de los cerros. Nina se persignó cuando el avión tocó tierra.

Luego de los trámites de entrada al país y de recoger las maletas, vimos a Franco, cuya figura sobresalía entre los presentes. Aunque era puertorriqueño, lucía como un gringo rubio de mejillas rojizas. Ada se había quedado en el auto, dando vueltas para no tener que estacionarlo. Franco nos abrazó con grandes muestras de cariño y se desbordó elogiando la belleza de Nina, a quien no había conocido en persona.

Era imposible mirar a Nina sin detenerse en sus ojos verdes, grandes e intensos, en sus hermosas pestañas y en las discretas pecas que adornaban su rostro. Era una caribeña sensual, aunque un tanto tímida. La primera vez que la vi, cuando fui a su escuela a darle las gracias por recomendarles a los padres y sus hijos mi consultorio, me turbó su belleza. Por unos instantes no pude decir nada. Ella bajó la cabeza y con una leve sonrisa pareció excusarse por mi reacción.

Luego de esperar unos minutos, Ada llegó con el auto. Era simpática, diminuta, de pelo muy negro y piel trigueña. Nos abrazó como si fuéramos sus familiares. Franco tomó el volante y nos llevó a almorzar a un pequeño poblado cerca de la Séptima avenida. Se llamaba Usaquén, según nos explicó, en honor al cacique Usaque. Tenía una concurrida plaza, un cine de arte, buenos restaurantes y una feria dominical a la que acudía mucha gente luego de salir de la iglesia. Al poco rato, ya estábamos entre kioscos de comida típica, artesanías y música andina. Camino al restaurante, Franco nos dio detalles de la procedencia de algunas de las artesanías, le pidió a los músicos que nos mostraran sus variados instrumentos y nos hizo probar unas frituras con un sabor parecido a las preparadas en los ventorrillos cercanos a nuestras playas. Nina estaba muy animada y parecía contagiada con la alegría de los bogotanos y el recibimiento amoroso de Franco y Ada.

Cruzamos la pequeña plaza del poblado, construida en ladrillo, tomamos una de sus calles angostas de leve inclinación y pasamos frente a casas de patios amplios, jardines floridos y fachadas multicolores. Llegamos al Patacón, un restaurante especializado en todo lo que el ingenio de un buen chef es capaz de crear a base de plátanos. Después de contarles del viaje entre Ciudad de Panamá y Bogotá, Nina preguntó:

—¿Desde cuándo viven ustedes aquí?

Y Ada miró a su marido presagiando su contestación.

—Desde que a los cabrones del FBI les dio por hacerme la vida imposible —contestó Franco y se le enrojeció el rostro del coraje. Ada le tomó la mano y le pidió no abundar, pero nuestra cara de sorpresa provocó que continuara—. Señora, usted me va a perdonar —dijo dirigiéndose a Nina y volteándose hacia mí—. Fueron tres años ahí, jode que te jode, radicándome acusaciones, retirándolas y volviéndolas a radicar. Pero conmigo fueron ellos quienes se jodieron. Lo que querían no lo lograron y nunca lo van a conseguir.

Había subido la voz, llamando la atención de los comensales en las mesas cercanas. La transformación de aquel hombre jovial en un volcán en erupción, que vomitaba resentimientos, fue dramática. Daba la impresión de estar al borde de un ataque cardiaco.

—¿Y qué buscaban? —pregunté.

—Al fiscal se le antojó que yo testificara en contra de uno de mis clientes. El hombre estaba a punto de salir de la cárcel y este fiscal insistía en acusarlo de «lavar dinero» a través de una propiedad cuya escritura yo le había hecho. Como eso no era cierto, me negué. Entonces me amenazó con acusarme de complicidad en el supuesto lavado de dinero. Un día, me fueron a arrestar al tribunal donde yo llevaba un caso, frente a mis colegas y clientes. Los medios de comunicación hicieron fiesta conmigo. Después, el caso no progresó, pero la prensa no le dio la misma atención que al arresto. Entonces le dije a Ada: vámonos de este jodío país.

—¿Y por qué a Colombia? —Quise saber.

—Porque me gustan los caballos de paso fino y me hice amigo de unos colombianos en unas competencias en Coamo. Nos mantuvimos en comunicación y se la pasaban invitándonos a que viniéramos a vivir acá. Finalmente los complacimos.

Llegó una nueva ronda de cervezas y esto ayudó a refrescar el ambiente. Poco después, la entrada de una batucada de jóvenes estudiantes completó la tonalidad festiva del encuentro.

—Oiga, doctor, ¿en qué universidad es el seminario? —preguntó Franco, ya convertido en el personaje que con tanta alegría nos había recibido.

—En la Universidad de la Amazonia, en Florencia —le contesté.

—Ah cará, yo pensaba que era aquí en Bogotá. ¿En Florencia?

—Sí, volamos el martes en la mañana y mi participación en el simposio es por la noche. Al otro día regresamos a Bogotá en el vuelo de la tarde. Nos vamos a Puerto Rico el Jueves Santo.

—Coño, ¿por qué tan poco tiempo?

—La verdad es que nos apena no quedarnos unos días adicionales, pero ya habíamos quedado con la familia de Nina en acompañarlos a Cabo Rojo en Semana Santa.

—A Colombia no se puede venir por tan poco tiempo, sobre todo si es por primera vez —apuntó Ada mirando a Nina.

—Sí, eso mismo dijo Jairo, el amigo colombiano que me invita a la universidad. Por lo menos nos quedamos hoy y mañana acá en Bogotá.

—¿Te puedo dar un consejo sin que me lo hayas pedido? —preguntó Franco y se echó para atrás, rumiando lo que me iba a decir—. Usted no debe tener a su mujer volando de San Juan a Panamá, de Panamá a Bogotá, de aquí a Florencia y de vuelta a Bogotá, para irse al otro día a San Juan, sin que haya tenido tiempo suficiente para visitar los centros comerciales de aquí, las librerías, los restaurantes… Eso no está bien, ¿verdad Ada?

—Nosotros nos podemos hacer cargo de Nina mientras usted se va a su seminario y así ella se puede llevar un bonito recuerdo de Bogotá —añadió la diminuta mujer.

Llegamos al hotel en el mejor ánimo de los últimos meses. A Nina le resultó curiosa la decoración de las habitaciones con retratos, frases y poemas de conocidas personalidades. Desem-

pacamos; Nina se desnudó y fue a darse un baño. Quedé solo en la recámara, mirando su ropa sobre la cama, y sentí que el trenzado de emociones conflictivas volvía a posicionárseme en el plexo solar. La deseaba con ansias, pero la barrera erigida por el miedo a ser rechazado y la vergüenza de no poderle engendrar los hijos que tanto ella anhelaba me habían maniatado desde el diagnóstico del médico. Escuché el sonido de la ducha y aumentó mi tristeza. De pronto, escuché su voz, llamándome. Acudí.

Su mano rodó la cortina y la vi sonreír debajo del agua. Su cuerpo estaba cubierto de gotas saltarinas que me salpicaron. «Ven», dijo con dulzura y determinación. Me quité la ropa en total desespero y entré. Entonces, con mucha suavidad, fue enjabonando mi cuerpo, lentamente, deteniéndose con maliciosa intención en aquellos lugares que mis temores le negaban. Luego, se puso de espaldas y comenzó a resbalar su cuerpo con el mío, en cadencioso cortejo. Y así fue, poco a poco, derrumbando mis muros, desencadenando deseos, provocando entregas subsecuentes, subyugándome a su antojo.

Una deliciosa paz se asentó en mi alma. Sin embargo, cuando poco antes de dormirse me susurró que aceptaría la invitación de Ada para quedarse en Bogotá sentí que una piedra había caído en la quietud del lago. Desde la pared, la Marilyn Monroe de la famosa foto en la que trata de evitar que el viento levante su vestido blanco pareció guiñarme un ojo. En innumerables ocasiones, durante los cinco años de secuestro, sepultado en la selva, reviví aquella última noche en Bogotá con Nina dormida, incrustada en mi cuerpo, como si presagiáramos el triste desenlace de aquel viaje.

3
Una muerte suspendida

Por varios días estuve a la expectativa de la llamada del doctor López Arraíza para continuar desempolvando recuerdos. Quería que me contara sobre el momento en que había ocurrido el secuestro. Un día, para calmar la ansiedad, me puse a reorganizar el apartamento. Moví ropa de un lado para otro, boté correspondencia de años, descubrí libros nuevos que había comprado y no había leído y, al apoyarme de una tablilla del clóset, esta cedió y cayó al suelo una caja con fotos de la época en el Ejército. Allí quedaron, a mis pies, imágenes de un joven con uniforme militar, con cara de asustado, junto a otros latinos, aterrados como yo, al final de un entrenamiento en Fort Jackson, Carolina del Sur. Pasé varios minutos estático, mirándome en un inesperado espejo del tiempo.

Sonó el teléfono. Era el doctor. Estaba dispuesto a continuar la narración de su historia. Sentí en su voz la urgencia de cruzar, de una vez por todas, la barrera autoimpuesta. Le pregunté si deseaba que fuera a su oficina y, para mi sorpresa, estaba frente a mi edificio. Si se lo permitía, deseaba subir al apartamento. No recordaba quién había sido la última persona en pasar el umbral de aquella puerta. Miré la caja con las fotos en el piso, la computadora con lo recién escrito, la ropa regada y sentí temor a exponerme, a mostrarle el espacio donde su tragedia se iba convirtiendo en mi historia. Entonces le sugerí caminar hasta el campus de la Universidad de Puerto Rico y allí buscar un lugar en la tranquilidad de la noche. Así lo hicimos.

Nos sentamos en un banco de la plazoleta ubicada frente a la emblemática torre de la universidad. En el recinto había un silencio intimidante. Esporádicamente algunos jóvenes cruzaban en dirección a la biblioteca, otros salían de ella hacia las residencias de estudiantes. Cada media hora, con un sonido quejumbroso, el carrillón interrumpía el soliloquio del doctor.

Tan pronto llegué al apartamento, en medio de ventiscas de recuerdos propios que se levantaban como fantasmas de la caja de fotos tirada en el piso, escribí lo siguiente:

La mañana del miércoles 16 de abril de 2003 amanecí en Florencia, Colombia. El simposio de la noche anterior había sido exitoso: extraordinaria la asistencia y una discusión de gran contenido. Desayuné con un Jairo terriblemente apenado, pues tenía una reunión del profesorado de la universidad y solo podría estar conmigo por unos minutos. Aprovechamos el corto tiempo para ponernos al día. Estaba feliz como profesor y director de la clínica externa de la universidad. Además, tenía una nueva relación de pareja. Le conté sobre la difícil situación emocional por la que atravesábamos Nina y yo debido a la imposibilidad de tener hijos. Me animó a no perder la esperanza y se comprometió a consultar a algunos especialistas en azoospermia. Entonces hizo los arreglos para que un taxi me llevara al aeropuerto en la tarde. Accedí. Nos dimos un fuerte abrazo y agradeció una vez más mi conferencia en el simposio de la noche anterior.

En el vestíbulo del hotel tomé un pequeño plano de la ciudad y me fui a caminar por las calles aledañas. Planificaba regresar pronto para leer las interesantes ponencias de los psicólogos Emilio Meluk y Enrique Echeburúa.

Salí del hotel Caquetá Real, caminé por la calle 18 y llegué hasta la plaza San Francisco de Asís. Una hermosa estructura se levantaba en el costado occidental de la plaza. Era la Catedral de Nuestra Señora de Lourdes. La torre principal, con su campanario y antiguo reloj, estaba acompañada de otras dos torres más pequeñas con picos triangulares que apuntaban hacia un cielo totalmente despejado. El color amarillo de la fachada, interrumpido por líneas ocre de ladrillo, resaltaba aún más contra un fondo celeste. Me puse a tomar fotos desde el centro de la plaza.

—Con su permiso, señor, ¿es usted turista? —me preguntó un hombre de unos cincuenta y cinco años, bajito, de pelo muy negro, ojos achinados y sonrisa fácil.

—Bueno, sí y no —contesté—. Anoche vine a una actividad en la universidad y hoy decidí caminar un poco.

—¿Y no le interesaría ver las hermosuras de esta región del Caquetá? —insistió—. Está usted en un paraíso.

—Lo siento, tomo un vuelo a las cinco de la tarde. Además, quiero leer un poco —dicho esto, caminé en dirección a la entrada de la catedral, pero el hombre siguió hablándome.

—Pero mire, yo le puedo dar una vueltecita por ahí, por los alrededores, tal vez de una hora. Luego lo traigo de vuelta a su hotel y así ya ha conocido algo de esta ciudad.

—Se lo agradezco, es usted muy amable, pero me gustaría quedarme en el hotel. —Y comencé a subir las escaleras de la iglesia. De dos saltos el hombre se puso en el primer escalón de la entrada.

—¿Es usted venezolano? —preguntó.

—No, soy puertorriqueño —contesté sin detenerme.

—¿Puertorriqueño? Pero no de los de acá, ¿cierto?

—¿Cómo de «los de acá»? Soy puertorriqueño de Puerto Rico.

—Sí, me imagino, pero acá también le llamamos puertorriqueños a los del municipio de Puerto Rico.

—¿Acá hay un pueblo llamado Puerto Rico?

—Un municipio, en el camino hacia San Vicente del Caguán.

—¿Y por qué se llama así?

—Bueno, será porque desde siempre ha sido rico en caucho y muy cerca hay un pequeño puerto en el río Apaporis.

—¡Qué curioso! —Y continué hacia el interior de la iglesia. Me llamó la atención el efecto de la luz en los vitrales ubicados en el techo. A un costado del altar mayor había una gruta. La voz del insistente parroquiano volvió a escucharse, esta vez acompañada de un impresionante eco.

—Esa es una réplica de la Gruta de Lourdes y fue traída desde Italia.

—¡Muy hermosa! —comenté verdaderamente impresionado por la belleza de la rústica escultura.

—Óigame, perdone mi insistencia, pero ¿y si lo llevo un momentito a Puerto Rico y preguntamos allí de dónde salió el nombre? Sabrá Dios si fue alguien de su tierra quien lo bautizó.

—¿Usted no me está creando esta historia para venderme sus servicios?

—Mire, señor, mi nombre es Esteban —dijo un tanto ofendido—. Si usted quiere le llamo al padre Benito y le pregunta si soy un hombre serio. Me dedico a pasear turistas por esta región. Se lo juro por la Santísima Virgen.

—No, no es necesario.

—Pues entonces permítame llevarle a nuestro Puerto Rico y por el camino usted me platica de su Puerto Rico. No se va a arrepentir, se lo aseguro. Va a ver cosas que nunca antes ha visto.

—¿Y cuánto tiempo nos puede tomar eso?

—Vamos a ir bordeando la cordillera hasta El Paujil. Eso es bellísimo. Luego de allí seguimos hasta El Doncello y de ahí a Puerto Rico.

—Sí, pero ¿cuánto nos tardaremos en ir y venir?

—¿A qué hora debe estar en el aeropuerto?

—Me recogerán en el hotel a las tres y treinta.

—¡Tenemos tiempo de más! Se lo prometo: ¡a las tres lo dejaré en el hotel!

A los pocos minutos salimos de los límites de la ciudad. Yo experimentaba una cierta incomodidad. Poco a poco entendí su *origen. Nina se la pasaba criticándome porque me convencían fácilmente. Me sucedía con vendedores, en discusiones políticas y hasta con los pacientes en la consulta. Con solo insinuar que sus depresiones tenían orígenes económicos ya les ofrecía una rebaja en mis honorarios. A aquel humilde campesino le había tomado solo unos minutos convencerme de embarcarme con él en un rumbo totalmente desconocido para mí.*

Esteban me hablaba con entusiasmo de la arquitectura de las casas situadas en la frontera de la ciudad, pero mi mente alzó vuelo hacia Puerto Rico, a la consulta del especialista el día en que me había citado, junto a Nina, para darme los resultados de los seminogramas. En aquel momento hice muchas preguntas. Todas obtuvieron la misma respuesta. Nina guardó silencio. Desde ese día ambos cargábamos un nudo de frustraciones, miedos y ansiedades que no habíamos podido desatar. Un mutismo espeso se había apoderado de nuestra relación.

El hombre no cesaba de hablar desde la salida de Florencia. A la izquierda nos quedaban las montañas de la Cordillera Oriental, las cuales bordeábamos por la Carretera 65. A mano derecha, en la sabana, veíamos cercados con abundante ganadería, lomeríos y algunos cultivos de heliconias. El calor era sofocante y el auto de Esteban no tenía acondicionador de aire. Ya llevábamos cuarenta y cinco minutos de travesía.

—Don Esteban, ¿cuánto nos falta?

—Pues mire, doctor, en unos diez minutitos le vamos llegando al Paujil. Damos una paradita para echar gasolina, pasamos por El Doncello y en media hora más estamos en nuestro Puerto Rico, que también será el suyo. Ahí usted saca unas fotos en un letrero bien grande, a la entrada del pueblo, con las palabras «Bienvenidos a Puerto Rico», y nos vamos. Como le prometí, a las tres en punto lo dejo en el Caquetá Royal.

No dije nada. Yo era un especialista en no tomar decisiones. Pasamos La Montañita, un poblado a la derecha de la carretera. Una bandada de pájaros negros nos acompañó por un largo trayecto haciendo círculos y piruetas a gran altura. El camino se

hacía cada vez más solitario. Cruzamos El Paujil, en el piede-
monte de la cordillera, y Esteban decidió continuar unos veinte
minutos adicionales para llegar a El Doncello. La gasolinera
quedaba justo al lado de la carretera.

Nos bajamos a comprar refrescos mientras una camioneta
Land Rover echaba gasolina. En ella había dos hombres, uno
de fuerte constitución, como de cuarenta años, y otro muy jo-
ven, de unos veinte, delgado, con pelo largo recogido en una
trenza. Ambos me miraron con curiosidad y comentaron algo
entre sí. Eso no me extrañaba. Mi estatura de seis pies con tres
pulgadas no era normal en aquellas latitudes. Por la calle detrás
de la gasolinera, una procesión de campesinos vestidos de blan-
co, en dirección a una iglesia cuyas torres se confundían con los
picos de la cordillera, me hizo recordar que era Miércoles Santo.

Los hombres de la Land Rover se fueron y llenamos el tan-
que de gasolina. A la salida del pueblo un letrero indicaba que
faltaban treinta y cuatro kilómetros para llegar a Puerto Rico.
¡Era verdad lo del Puerto Rico de Esteban! Eso me animó.
Calculé unos veinte minutos adicionales de viaje. En este nuevo
trayecto la carretera se iba convirtiendo poco a poco en un ca-
mino de tierra, pavimentado a ratos, que pasaba por encima de
varias quebradas. Esteban se conocía los nombres de todas
ellas, de dónde salían y en cuál río desembocaban.

Ocho minutos después, Esteban me indicó que estábamos
cruzando la quebrada Moracoy. De inmediato, la carretera dio
un giro abrupto hacia la izquierda. Al tomar la curva nos en-
contramos de frente con un auto atravesado. Esteban dio un
bocinazo que activó el mecanismo interno de mi alerta ante lo
inesperado. Dos hombres se bajaron del auto y de inmediato los
reconocí: eran los de la Land Rover.

El más corpulento de los dos caminó en dirección nuestra
y le preguntó a Esteban si tenía una llave de apretar tornillos.
Esteban se ofreció a ayudarlo, apagó el auto y fue a la parte de
atrás a abrir el baúl. Quise bajarme para acompañarlo pero
antes de poner un pie afuera, escuché a Esteban decirle al hom-

bre: «No, por favor, no haga eso, se lo pido, por favor no haga eso». Mi corazón se aceleró. Traté de salir del auto pero ya tenía frente a mí al joven delgado, apuntándome con una pistola. Me ordenó permanecer sentado y poner las manos detrás de la cabeza. Esteban seguía implorándole al otro hombre pero, de pronto, su voz se ahogó. Intenté mirar en dirección a ellos. El joven me repitió la orden de mantenerme quieto y añadió que si le obedecía no me iba a pasar nada. Me tranquilicé un poco. Entonces, por el costado del carro por donde me iba a bajar, apareció el hombre con Esteban. Le había puesto una cinta adhesiva en la boca y lo traía con las manos atadas a la espalda. Abrió la puerta del frente y lo empujó adentro. Esteban cayó de bruces.

—¿Por qué hacen esto? Él es un buen hombre —alcancé a decir.

—¿Usté no le advirtió a este huevón que si habla va a coger un tiro? —increpó el hombre al muchacho. Entonces se dirigió a mí.

—¿De dónde es usté?

—Soy extranjero.

Esteban gimió desde el interior del auto, como si quisiera dar fe de mis palabras.

—Eso se nota, ¡carajo! «¿De dónde es?» fue mi pregunta —me increpó.

—De Puerto Rico, pero no el de aquí...

—¿Tiene identificación? —me interrumpió.

—Sí, sí. —Y señalé hacia el bulto en el que guardaba una cámara, ciento sesenta dólares, el boleto de avión y el pasaporte. El hombre le ordenó al muchacho vigilarme mientras él examinaba el bulto. Lo hizo, se echó el dinero al bolsillo, le tiró la cámara al muchacho y se puso a mirar el pasaporte. Su semblante cambió. Entonces caminó hacia mí.

—Así que usted es gringo. —Y se volteó hacia el joven—. ¿No le dije que parecía gringo?

—Yo no soy gringo. Soy puertorriqueño.

—¿Y este pasaporte, es falsificado? —Y me abanicó la cara con él.

—Mire, los puertorriqueños tenemos pasaporte americano —le contesté y recordé haber dado esa misma explicación, varias veces, a mis amigos latinoamericanos en la universidad. Al hombre no pareció importarle.

—Estamos de suerte hoy —le dijo al muchacho mientras se daba golpecitos en la mano con el pasaporte—. Este juego cambió.

Acto seguido partió un pedazo de cinta adhesiva y me la coloqué alrededor de la cabeza, tapándome los ojos. Tomó otro pedazo y lo usó para cubrirme la boca. Entonces ordenó ponerme de pie. Lo obedecí.

Mi mente estaba en pausa. Siempre me sucedía en situaciones que requerían actuar de inmediato. ¿Pude haber usado mi superioridad física contra el joven flacucho y desarmarlo? Ya era tarde para pensar en esa posibilidad. Ambos hombres me llevaron hasta la camioneta, me empujaron en el asiento trasero e iniciaron la marcha a toda prisa. Me dio la impresión de que continuaron en dirección al municipio de Puerto Rico.

En los primeros minutos mi atención se concentró en evitar que la cinta me impidiera respirar. El miedo a la asfixia me venía de niño cuando en una ocasión estuve a punto de ahogarme en una quebrada del barrio donde me crié.

Habían transcurrido unos diez minutos. Escuché al hombre negociar por teléfono un asunto de dinero. Debía faltar muy poco para llegar al poblado. Más autos pasaban en ambas direcciones de la carretera. «No te metas por el centro del pueblo», le gritó el hombre al muchacho. Este trató de hacer un viraje pero no pudo. El hombre le lanzó unas cuantas maldiciones y se volteó hacia mí para advertirme que no intentara llamar la atención mientras atravesábamos el pueblo.

Pasábamos por calles congestionadas, pues se oían voces de vendedores cerca de la camioneta. Cuando salimos del pueblo y el hombre volvió a llamar por teléfono para retomar las negociaciones. Lo escuché mencionar un lugar donde se encontrarían y estimó unas dos horas adicionales de viaje. ¿Dos horas? ¿En dirección hacia dónde? Tomé conciencia del tiempo. Ya no llegaría al hotel a la hora indicada. Estaba a merced de unos desconocidos en un lugar extraño. La angustia se apoderó de mí.

La ropa se empezó a empapar de sudor. Las gotas me cubrieron la frente y se fueron acumulando en el borde de la cinta que me cubría los ojos; estos me empezaron a arder. La respiración se me aceleró y, cuando aspiraba, el sudor acumulado sobre la cinta de la boca se me metía por la nariz. Un sabor amargo me impregnó la garganta. Comencé a sentir los síntomas de un ataque de pánico. Quise gritar, pero no podía. El pánico a morir asfixiado no me permitía pensar. Mi cuerpo comenzó a convulsionar, lanzaba patadas, me retorcía en el asiento, los gritos ahogados creaban presión en mis oídos y estaban a punto de explotar.

La camioneta se detuvo abruptamente. El hombre se bajó, abrió la puerta trasera y gritó que me estuviera quieto, pero seguí pateando en la dirección de donde procedía su voz. Logré pegarle y escuché su cuerpo caer. Después sentí un golpe en la cabeza. Un oscuro telón sepultó mi entendimiento.

No sé cuánto tiempo transcurrió. La primera sensación al despertar fue la de un metal frío sobre la frente y un líquido caliente inundándome la cabeza. Respiré profundo. ¡Podía respirar! Abrí los ojos y ¡pude ver! Me habían quitado las cintas. Vi más. Yo estaba recostado en la puerta, detrás del conductor. A mi lado, el hombre sentado con el cañón del revólver pegado a mi frente. Sentí su aliento fétido golpeándome la cara mientras me hablaba con rabia.

—No lo maté porque usté vale más vivo. Pero pórtese bien; si no, le voy a terminar de rajar la cabeza. —Y me tiró con desprecio un trapo sucio, lleno de grasa. Instintivamente me lo pasé por la frente. Se empapó de sangre.

La camioneta transitaba a toda velocidad por un camino de piedra en dirección a la montaña. Necesitaba pensar en algo que me distanciara de los fantasmas del miedo que me acompañaban en aquella carrera hacia lo desconocido. Para calmarme, me concentré en lo sucedido la noche anterior. El coctel previo a la mesa de discusión me había permitido conocer a los distinguidos compañeros de panel. Emilio Meluk, director del Departamento de Psicología de la Universidad Nacional de Colombia y autor de una exhaustiva investigación titulada El secuestro, una muerte suspendida; era de sonrisa fácil, conversación amena y tenía un extraordinario conocimiento sobre el tema del secuestro. Enrique Echeburúa procedía de la Facultad de Psicología de la Universidad del País Vasco, en la que ejercía la cátedra de Psicología Clínica. Su disertación, basada en un libro de su autoría, describía las terapias dirigidas a víctimas de sucesos violentos. Se interesó mucho en mis publicaciones relativas a los estilos de personalidad.

Rafscha Restrepo, una hermosa mujer, profesora de Literatura y Comunicaciones, condujo la discusión e hiló con gran dominio los temas presentados. El público, unas ciento veinticinco personas, estaba compuesto por estudiantes, profesores, algunas autoridades locales, familiares y amigos de secuestrados.

Parecería una broma macabra de algún humorista despiadado: a menos de dieciocho horas de mi participación en la discusión del tema del secuestro, lo estaba viviendo en carne propia. Tal vez lo escuchado en el simposio creaba en mi mente esa horrible pesadilla. Pero no, el despertar no se dio hasta varios años después. La pesadilla apenas comenzaba.

La camioneta cruzó con dificultad una quebrada y eso me sacó momentáneamente del recuerdo del simposio. El miedo seguía agazapado, en espera del menor descuido para atacarme. Logré retomar la concentración. Meluk había hablado de cómo la posibilidad de morir durante el acto del secuestro era el pensamiento más común de la víctima. Ese temor, añadía, llevaba al secuestrado a comportarse de forma dócil y manejable. En mi divagar, yo estaba allá, en el simposio, tomando notas de las palabras de aquellos profesores y, al mismo tiempo acá, dócil, con los ojos cerrados, sintiendo un hilo de sangre que comenzaba a secarse en mi frente y un revólver apuntándome a la cabeza.

Durante la operación de secuestro los procesos del pensamiento tienden a paralizarse, explicaba Meluk, y los impulsos gobernados por el miedo sustituyen el análisis objetivo de lo sucedido en el entorno. Por primera vez en mi vida era yo el objeto único de mis propias observaciones. Abrí lentamente los ojos. El hombre seguía apuntándome con el revólver, pero se había movido un poco hacia la puerta y miraba para afuera, escudriñando el paisaje, como buscando algún lugar reconocible. Una patada en la muñeca haría volar el revólver de su mano. Con el brazo izquierdo podría agarrar el cuello del conductor de la camioneta, a quien tenía justo al frente. En la lucha cuerpo a cuerpo podría dominarlos. Pero ¿y si esa acción provocaba el choque de la camioneta con consecuencias fatales? Decidí apostar a mi capacidad intelectual.

—¿Por qué me hacen esto? —pregunté y el hombre se volteó sobresaltado.

—¿Cuál es su profesión? —devolvió la pregunta.

—Soy psicólogo.

—¿Cobra por su trabajo?

—Por supuesto —le dije.

—De eso vive, ¿no?

—Así es.

—Pues este es mi trabajo. Y no pregunte más o le vuelvo a tapar la boca.

—¿Pero me puede decir a dónde me llevan? —insistí.

—Y eso qué importa —rio.

Su respuesta encendió una alerta en mi conciencia: ya no tenía control sobre lo que me pasaba. El único espacio de libertad restante estaba en la forma de reaccionar a los sucesos del presente. Y ese espacio debía cuidarlo y defenderlo a toda costa. Quise saber la hora. Me dio una inusitada alegría ver mi reloj en la muñeca, ¡no me lo habían quitado! Faltaba poco para las tres de la tarde. Me imaginé al conductor contratado por Jairo bus-

cándome en el hotel. El hombre de la camioneta alertó al muchacho para que estuviera pendiente a un próximo viraje a la derecha. Sentí la ansiedad apoderándose de mí con mayor ímpetu. Inhalé profundamente y me forcé a enfocar la mente en los recuerdos del simposio.

Aunque estaba rodeado de prestigiosos académicos, utilicé herramientas de la psicología primitiva para describir el comportamiento humano de forma caricaturesca, pues resultaba más divertido. Muchos de los presentes vivían en situaciones muy dolorosas y reír les vendría bien. Hablé de las teorías sobre los humores del cuerpo desarrolladas por Hipócrates para describir al controlador mandón y abrasivo, enfocado únicamente en obtener resultados; al sanguíneo emocional y simpático, pero despistado y desenfocado; al perfeccionista metódico e introspectivo; y al flemático pasivo y complaciente, procrastinador por excelencia. Para mi sorpresa, Meluk disfrutó de mi ponencia y aportó a mi planteamiento al explicar cómo el secuestrado se enfrentaba a su situación desde la base de su personalidad preexistente. Según su argumento, a lo largo del tiempo el secuestrado podía desarrollar su propia forma de adaptarse a las condiciones específicas de su secuestro. Él llamaba a esta nueva forma de ser la personalidad secuestral.

No sé cuánto tiempo estuve en mi viaje mental a la noche anterior, pero al regreso a mi inesperada realidad todo estaba más oscuro y el trayecto resultaba más tenebroso. La camioneta dejó el camino de barro y piedra y se adentró, sin disminuir la velocidad, entre pastizales y arbustos que azotaban la carrocería con violencia. No había casas por los alrededores.

Llevaríamos unos diez minutos en esa atropellada travesía cuando se escucharon dos disparos. El hombre no se inmutó; sin decir palabras, golpeó el hombro del muchacho y este detuvo la marcha. Estuvimos en silencio un largo rato. Yo los miraba esperando explicaciones, pero ellos me ignoraban y lucían tranquilos. De pronto, como salidos de la nada, aparecieron cuatro jóvenes, vestidos con ropa militar y cargando unos fusi-

les muy grandes para el tamaño de sus cuerpos. El hombre le dio el revólver al muchacho de la camioneta y le ordenó vigilarme. Entonces se bajó y conversó con los recién llegados. Entre ellos vi a una muchacha.

Pensé en Nina. Desde el momento del secuestro la imagen de ella me rondaba la mente. Pero evitaba ese pensamiento. Me era muy doloroso imaginar la zozobra que le produciría mi situación. Recordé la teoría de Echeburúa sobre el trauma permanente de las víctimas colaterales de los secuestros.

Un rato después, los cinco se acercaron a la camioneta. Dos de ellos parecían hermanos gemelos y no tendrían más de dieciséis años de edad. Se apostaron frente a la puerta. La muchacha se dedicó a vigilar los alrededores y el que parecía el jefe, por ser un poco mayor, se quedó a cierta distancia junto a mi secuestrador. Los muchachos me ayudaron a salir de la camioneta pues tenía el cuerpo entumecido. Entonces me apuntaron con sus fusiles. La jovencita me observó desde lejos, curiosa. Los dos hermanos evitaron establecer contacto visual conmigo; el jefe se acercó, me colocó las manos detrás de la nuca y me ordenó caminar en línea recta por una trocha, es decir, una angosta vereda. Mientras lo hacía, recordé la carta que había leído una mujer en el simposio. Era de un militar, secuestrado por varios años, y en ella decía: «El secuestro es peor que un asesinato, porque en cautiverio se agoniza durante todo el tiempo». «Es una muerte suspendida», había acotado Meluk cuando la mujer terminó. Por aquella trocha, en dirección a unas oscuras montañas, caminé hacia esa agónica muerte.

4
Concierto barroco

Detuve la escritura en el preciso momento en que López Arraíza
había hecho una pausa en su recuento, horas antes en el campus
de la Universidad de Puerto Rico. Lo vi dar unos pasos y colocarse cerca de un árbol junto a las escaleras frente a la torre. En
la penumbra, su silueta y la del árbol se hicieron una. Entonces,
me asaltaron imágenes de mi primer combate en el Ejército. Ese
combate no había sido contra el enemigo incierto al que íbamos
a atacar, sino contra el terror experimentado al despegar el
avión militar desde la base en Carolina del Norte rumbo a Alemania. En ese momento, los demás compañeros de viaje estalla-
ron en una eufórica algarabía. Yo me mantuve en silencio y el
hacerlo dibujó un círculo alrededor de mi persona. Desde ese
instante me clasificaron de raro y, para algunos, cobarde.

No era la primera ocasión en que me sentía aislado. En la
universidad, mis buenas notas y la incapacidad de ganar amigos, y mucho menos la de tener una relación amorosa, me colocaban en un limbo social, agigantado con los años. Con las
primeras turbulencias del vuelo comencé a dudar de la decisión
de asegurar mis estudios por la vía de una aventura de guerra.
Pero no había marcha atrás.

Guardé el texto en la computadora y me incliné a recoger las
fotos que ese día me habían devuelto recuerdos no deseados.

No miré las imágenes estampadas en blanco y negro. Las acomodé en la caja y fueron a parar al mismo rincón donde llevaban varios años. Me asomé a la ventana y, como un recordatorio, el carrillón dio las tres de la madrugada. Aspiré el agradable aire mañanero y regresé a escribir la parte de aquella historia, cada vez más compartida, de lo sucedido al doctor el día de su secuestro:

El miércoles 16 de abril de 2003, cerca de las seis de la tarde, di mis primeros pasos por una vereda arcillosa y húmeda, cada vez más espesa. Poco tardé en percatarme de mi incapacidad para caminar aquellos parajes. Los zapatos se humedecieron, se me salían de los pies y quedaban atascados en el fango. Los arbustos me golpeaban la cara y el dolor de la herida en la frente era insoportable. A cada rato perdía el balance al evitar algunas ramas, pues estaba obligado a mantener los brazos detrás del cuerpo. Uno de los muchachos gemelos iba al frente. El otro, detrás de mí, mantenía el cañón de su fusil rozándome la espalda. La muchacha se adelantaba y regresaba constantemente, indicándole al jefe si era seguro continuar la marcha. A lo lejos escuché el sonido de la camioneta que se alejaba poco a poco y, con ella, la esperanza de regresar a Florencia.

Pregunté a dónde íbamos. El mayor de los jóvenes me mandó callar poniéndose el dedo índice en la boca. Luego se me acercó y me dijo en voz baja que me acostumbrara a caminar en silencio o iba a poner en peligro la vida de todos. Me pidió, con cierta amabilidad, acelerar el paso. Debíamos llegar al campamento antes del anochecer, me explicó. Como ya estaba bastante oscuro supuse una media hora más de caminata. Me equivoqué. Caminamos dos horas adicionales. Pasamos algunos riachuelos que los jóvenes cruzaban por las calzadas de piedra sin ninguna dificultad. Por el contrario, a mí se me hacía difícil mantener el equilibrio y, en varias ocasiones, caí sentado en la corriente. La jovencita no disimulaba la risa provocada por mi torpeza.

Había una oscuridad total cuando finalmente nos detuvimos. El calor era agobiante. Me sentía extenuado y me dolía todo el cuerpo. De pronto, en fracciones de segundos, el silencio dio paso a un ruido agudo, cada vez más intenso, como si una mano misteriosa fuera aumentando su volumen. No podía definir su origen. Miré a mis acompañantes, pero a ellos no les llamaba la atención. Quedé embelesado, por varios minutos, tratando de entender el fenómeno. Por un momento se me asemejaba al sonido de las congestiones de tránsito de las cinco de la tarde en San Juan, en las que bocinas, motores, sirenas y el bum bum del reguetón crean un infierno auditivo. También parecía una orquesta sinfónica, cuando todos los instrumentos afinan al mismo tiempo a la señal del concertino. Sentía los oídos a punto de explotar. Al reaccionar a aquella inusitada señal de la naturaleza, el joven a cargo dijo: «Llegamos justo a tiempo».

El telón de la noche había caído. El sonido era producido por millones y millones de insectos nocturnos que celebraban la oscuridad con una algarabía ininterrumpida hasta las primeras horas de la madrugada. Fue mi concierto de bienvenida a la selva. Luego aprendí que el comienzo y el final de aquella función majestuosa iría variando minuto a minuto cada día, con precisión absoluta.

Habíamos llegado a un campamento intermedio, utilizado únicamente para pernoctar. La oscuridad era tal que apenas distinguía dónde estaban mis captores. No me atrevía a moverme. La ropa húmeda se me pegaba al cuerpo y sentía escalofríos. En medio del sonido de la noche irrumpió el arranque de un motor y, de inmediato, se encendió una luz que golpeó mis pupilas, ya acostumbradas a la penumbra. Un penetrante olor a gasolina inundó el ambiente. Poco a poco pude distinguir lo que me rodeaba. Era una casona vieja, abandonada, circundada por árboles enormes. En el patio trasero había un ranchón sin paredes con una especie de mesa de comedor rústica, hecha de troncos de árboles, con algunos bancos y un fogón para cocinar.

La jovencita se me acercó por primera vez desde el secuestro. Ya no cargaba el fusil. Era delgada, tenía entre catorce y dieciséis años y el pelo muy negro, recogido en una cola visible detrás de la gorra militar. Sin mirarme a los ojos me invitó con cierta dulzura a descansar en los bancos en lo que hacía algo de comer. ¡Comer! Se me había olvidado una de las actividades más placenteras de mi vida. No había sentido hambre en todo el día. La mera mención de la palabra desató una ruidosa manifestación de mis tripas, sentí una terrible debilidad y me dejé caer en el banco. Uno de los jóvenes se mantenía atento a mí, fusil en mano, los otros dos cortaban leña para hacer fuego.

El cañón del fusil aguijoneándome las costillas me despertó. Parece que cuando recosté la cabeza en la mesa me quedé dormido al instante. «Despierte pa' que coma», me dijo el muchacho. La joven vino con una olla y la puso sobre la mesa. Buscó un cacharro y le echó una porción de un líquido humeante y grasiento. Todos me miraron como esperando mi reacción. «Es sopa. Le va a caer bien», dijo el líder. Tan pronto apuré el primer sorbo quedé convencido de que aquello sería como una bomba en mi desolado estómago. Pero el hambre era mucha y me lo tomé completo. Los cuatro miraban con curiosidad cada uno de mis movimientos. No había servilletas y me limpié la boca con la manga de la camisa, como hacía en mi infancia. Eso pareció complacerlos; por primera vez los vi sonreír. «¿Quiere un tinto?», preguntó la muchacha. Deduje que se refería al café negro; en la cafetería del hotel, esa mañana, me habían hecho la misma pregunta. Asentí y me trajo, junto al tinto, una arepa, un exquisito manjar en aquellas circunstancias. «Me gusta», les comenté y ellos volvieron a sonreír.

Quise aprovechar ese asomo de camaradería y traté de iniciar una conversación.

—¿Qué va a pasar conmigo?

—Debe dormir —dijo uno de los gemelos.

—¿Dónde? —Miré a mi alrededor buscando una cama.

—Donde usted quiera —contestó el líder.

—¿Puede ser adentro, en la casa? —pregunté y se encogió de hombros.

—Yo le presto mi morral para recostar la cabeza, si quiere —dijo la chica y miró a su jefe buscando aprobación.

—¿Y aquí por cuánto tiempo vamos a estar? —pregunté, poniéndome de pie.

Al erguirme, todos los dolores del cuerpo se activaron. Las piernas flaquearon y caí sentado en el banco. Me dolía la cabeza, estaba mareado, me latían los pies, sentía escalofríos y una sensación de desamparo se apoderó de mi alma.

—Mañana saldremos tan pronto claree un poco. Vamos para el campamento de nuestra comandante Xiomara y ahí termina nuestra misión.

—¿Cuán lejos queda? No me siento bien.

—Allá se le podrán dar atenciones médicas. Si no paramos debemos llegar pasado mañana.

Sus palabras me sonaban a broma, pero no, hablaba en serio. ¡Dos días de camino! De algo estaba seguro: con mi condición física me sería imposible resistirlo. El líder le hizo una seña a mi custodio y este se acercó.

—¿Quiere ir a chontear? —me preguntó en voz baja.

—¿Qué es eso? —inquirí.

—Ir al chonto, sus necesidades...

—Ah, sí, sí. Se lo agradezco.

—Sígame —dijo el chico.

Tomó una linterna y se adentró en la oscuridad. Lo seguí. Caminamos unos cincuenta metros. Se detuvo y dirigió la linterna a un hueco en la tierra. Un hedor nauseabundo me golpeó. Excrementos que flotaban, gusanos en pleno trajín devorador y un enjambre de moscas espantadas por la luz, saltaron a mi vista, como una alucinación macabra. El asco me hizo arquear y empecé a vomitar. «¿Se siente bien?», preguntó el muchacho sin intención de ser cínico. Le grité que me dejara solo y volví a vomitar. Una ira inusitada se apoderó de mí. Maldije hasta más no poder. Seguí vomitando frustración, rabia y toda la impotencia acumulada. El muchacho se espantó y salió corriendo a buscar ayuda; quedé solo, en una oscuridad que me tragaba. Cerré los ojos para no ver ni sentir. El otro muchacho y el jefe vinieron y me llevaron casi arrastrándome hasta el interior de la casucha. Me tiré en un rincón. La muchacha se acercó y colocó su morral debajo de mi cabeza. Desfallecí.

Horas después desperté de forma abrupta. Miré instintivamente mi reloj, las manecillas brillaban en la oscuridad y señalaban las 4:17. Intenté incorporarme y las tablas debajo de mi cuerpo crujieron. Un silencio implacable se apoderó del ambiente. El canto de las chicharras había cesado con el dramatismo del final de una sinfonía. En su lugar, una pesada quietud se asentaba en el paraje. A ratos, animales desconocidos por mí emitían sonidos extraños. Sentí miedo. El calor había dado paso a un frío intenso y no tenía nada para arroparme. El muchacho encargado de vigilarme dormía apaciblemente abrazado al fusil. Quise calmarme pero pensé en Nina. ¿Ya se habría enterado? ¿Cómo se sentiría? Su posible angustia me hacía sentir culpable. Pero en ese preciso instante no podía hacer nada ni por mí, ni por ella, ni por nadie. Me rendí y mi cuerpo pareció transformarse en una gelatina derramada lentamente sobre las tablas de aquel piso convertido en cama.

Me despertó la joven cuando intentaba rescatar su morral de debajo de mi cabeza. «Ya nos vamos. ¿Quiere un tintico?», dijo con cierta ternura. No le alcancé a contestar. El jefe le gritó desde el patio que se apurara. Quise levantarme pero el cuerpo no respondía. Poco a poco me fui incorporando. Ya de pie sentí que mi cuerpo se quería vaciar. Salí al patio y pregunté dónde quedaba el chonto. El muchacho del fusil señaló el lugar con la punta del arma. No era necesario. La pestilencia era guía suficiente. Quise saber si podía hacer mis necesidades en otro sitio y contestó que por higiene no se permitía. ¡Por higiene! Finalmente, la necesidad física y la total repulsión fueron mi compañía sobre aquel hueco inmundo. El muchacho, discretamente, se puso de espaldas.

La luz de la mañana pintaba todo a mi alrededor de un color grisáceo metálico; naturaleza y humanidad homogenizados por el resplandor que penetraba entre los árboles. Eran las cinco y veinte. El otro muchacho trajo un cubo con agua. «Lávese», ordenó y me extendió una pequeña toalla húmeda. Me quité la ropa detrás del ranchón e intenté asearme lo mejor que pude. Pensé en la ducha de mi baño, en la rica sensación del agua caliente sobre mi cuerpo cada mañana y en una larga lista de cosas maravillosas, inadvertidas en el diario ajetreo. Me sentí mejor.

En la mesa había arepas acabadas de hacer y me las comí con gusto. «¿Me pueden decir sus nombres?», les pregunté. Se identificaron tímidamente. El jefe se llamaba Cholo, los gemelos eran Juancín y Pietro y la chica Limeth. Ya en ruta hacia el otro campamento pude saber un poco más de ellos. Por curiosidad pregunté hacia dónde nos dirigíamos. «Vamos hacia la selva», dijo Cholo. «¿Y no estamos en la selva?», pregunté sorprendido. «Aún no», fue su escueta contestación.

«Aún no». La frase se me quedó reverberando en la memoria por largo rato luego de terminar la escritura de ese pasaje con el cual el doctor López Arraíza había concluido la sesión. Entonces me sorprendió el recuerdo de Samuel Kortright, aquel sargento cínico, con un placer morboso dibujado en la sonrisa, quien nos recibió en la base Pioneer Kaserne, en Hanau, Alemania, procedentes de Fort Jackson, Carolina del Sur. Nos preguntó si creíamos haber alcanzado el máximo del esfuerzo físico en los entrenamientos llevados a cabo en Estados Unidos. Un coro de voces jóvenes gritó: «No, sir!». «¡Muy bien!», dijo y añadió: «Aún no», y lo repitió varias veces antes de concluir: «No han llegado ni a una quinta parte de lo que les va a tocar sufrir. Ahora empieza lo bueno». Esta vez no hubo algarabía entre la soldadesca.

Rechacé de inmediato el breve asalto a la memoria de mi propia travesía a la jungla de arena en Irak, a principios de enero de 1991. Por varios días, mientras esperaba la siguiente cita con el doctor, batallé contra esas ráfagas de recuerdos que, una y otra vez, me despertaba la lectura de lo ya escrito. Una noche, al regresar de una caminata por las calles de Santa Rita, Río Piedras, vi la señal de un mensaje acabado de entrar a la contestadora automática del teléfono. El doctor me informaba que no podría verme por una semana, pues iría a Nueva York para tomar un curso. Prometió llamarme cuando regresara.

Quedé de pie, frente a la máquina, con la mente en blanco. ¿Qué hacer? Temía cortar de súbito un proceso creativo en efervescencia. ¿Y si en esa semana el doctor reconsideraba el paso dado de confiarme su historia? Me angustiaba la posibilidad de perder la pasión reencontrada. Inquieto, me fui al dormitorio convencido de que no podría dormir. Luego de dar varias vueltas en la cama, una idea me lanzó hacia la computadora. ¡Investigar, corroborar, escudriñar en el contexto, buscar detalles del escenario en el cual habían ocurrido los hechos narrados por el doctor, regresar a la investigación necesaria, imprescindible, de todo buen narrador de historias! Tenía demasiadas interrogantes que López Arraíza no podía contestar. De pronto me vi buscando ofertas de viaje hacia Bogotá. Había un vuelo para el día siguiente, a buen precio, salía a las 6:06 de la tarde vía Panamá y llegaba a Bogotá a las 10:56 de la noche. No lo pensé dos veces. Mi historia no se podía detener.

5
Por los archivos del tiempo

A mediados de septiembre de 2010 viajé a Bogotá, Colombia, siguiendo los pasos recorridos por el doctor López Arraíza aquel Domingo de Ramos de 2003. No tenía maletas, por lo que eché algo de ropa en un viejo bulto militar, descascarado como mis memorias. Me apertreché de una buena cantidad de cuadernos y bolígrafos y me lancé a mi propia aventura. En el avión, el ruido de las turbinas me evocó el mar de ansiedades experimentado en mi viaje de Fort Jackson a Alemania. Me distraje observando por la ventanilla un grupo de iguanas, esas miniaturas de dinosaurios llamadas gallinas de palo en Puerto Rico, a las que unos empleados del aeropuerto trataban de sacar de la pista.

Utilicé los trayectos aéreos para repasar los datos obtenidos en internet sobre la capital colombiana. Una vez en Bogotá, me ubiqué en el pequeño Hotel Fénix, a tres cuadras de la estación del Transmilenio. La primera mañana desperté sobresaltado; apenas podía respirar. El cuerpo no se acostumbraba aún a la altura de 8,600 pies sobre el nivel del mar de la meseta en que reposa la ciudad, situada en la sabana de la parte noroccidental de la cordillera de los Andes.

Bajé al vestíbulo y pregunté dónde podía conseguir detalles de la región del Caquetá. Dos horas después, ya estaba en una pequeña sala en la biblioteca principal del Instituto Geográfico Agustín Codazzi, la entidad responsable de toda la cartografía básica de Colombia, atendido por una joven estudiante que desplegaba sobre la mesa, con gran entusiasmo, cuanto mapa o documento le requería sobre la región.

Busqué hasta dar con la quebrada Moracoy, situada cerca del lugar en que el doctor recordaba haber sido secuestrado. De acuerdo con el mapa, se encontraba en la desembocadura del río Guayas, el que a su vez nutre el río Caguán, uno de los tres afluentes del río Caquetá. El Caquetá es parte de la inmensa vertiente del río Amazonas, llena de corrientes caudalosas de gran longitud. En el momento de escudriñar esos mapas no me imaginaba cómo esos ríos unirían eventos y personajes que habían comenzado a converger en una intrigante historia.

Al día siguiente visité el departamento de archivos del diario *El Tiempo*. Escribí la palabra «Florencia», seguida de «secuestro», en la computadora del archivo para ver si hallaba alguna referencia de lo sucedido a López Arraíza. De inmediato surgieron millones de páginas sobre el secuestro de Ingrid Betancourt, ocurrido el 23 de febrero de 2002, ¡justo en esa misma jurisdicción! No había ninguna nota referente al doctor pero las relativas al secuestro de Ingrid eran fascinantes.

Cuando la secuestraron, Ingrid Betancourt aspiraba a la candidatura por la presidencia de Colombia en representación del Partido Oxígeno Verde y estaba acompañada por su directora de campaña y candidata a la vicepresidencia, Clara Rojas. En noviembre de 1998, el entonces presidente, Andrés Pastrana, había iniciado un proceso de negociación con las Fuerzas Armadas Revolucionarias de Colombia, las FARC. Para esas conversaciones, se desmilitarizaron unos 42,000 kilómetros cuadrados de territorio al sur de Colombia, entonces en manos de la guerrilla.

De la información surgía que el presidente Pastrana sostuvo reuniones con Manuel Marulanda, alias Tirofijo, líder de las FARC, pero no se lograron los resultados esperados y se rompieron las negociaciones el 20 de febrero de 2002. Pastrana quería demostrar el control del Gobierno sobre esa región y decidió que ese 23 de febrero visitaría San Vicente del Caguán, a 160 kilómetros de Florencia. Como el alcalde de San Vicente era miembro del Partido Oxígeno Verde, Ingrid también prometió ir para solidarizarse con la población, la cual quedaba, una vez más, en medio de la guerra entre el Estado y las FARC.

En el aeropuerto de Florencia (el mismo al que más tarde llegaría el doctor López Arraíza para su simposio universitario) a Ingrid no se le permitió acompañar al presidente en los helicópteros oficiales para su viaje a San Vicente. Entonces, ella invitó a Clara a viajar por tierra, sin personal de seguridad alguno, para cumplir con su compromiso con la gente de San Vicente. Así, el 23 de febrero de 2002, Ingrid Betancourt se encaminó por la ruta que, catorce meses después, el 16 de abril de 2003, también tomaría el doctor Efraín López Arraíza, como si la historia de ambos fuera parte del guion de un perspicaz escritor.

Por los datos del periódico y los mapas obtenidos llegué a la siguiente conclusión: el secuestro del doctor había ocurrido cuando se dirigía a un poblado de nombre Puerto Rico, en ruta a San Vicente del Caguán, exactamente a unas dieciocho millas del lugar donde habían secuestrado a Ingrid. Esta maravillosa casualidad la tomé jubiloso, como señal de que iba en la dirección correcta.

Durante varios días, mi única actividad en la capital colombiana fue tomar el Transmilenio y llegar al edificio del diario *El Tiempo* para sumergirme en el piso donde estaba el archivo general. Allí me apropiaba de una de las computadoras disponibles para profesores, estudiantes e investigadores que, como yo, iban a buscar información, a atar cabos y a descubrir asombrosas coincidencias. Una brisa de felicidad acarició mi alma. Hacía tiempo que no sentía algo parecido. El silencio imperante en el salón, los miles de documentos disponibles para mi búsqueda inquisidora y la posibilidad de armar una historia nunca antes contada me producían aquella olvidada sensación.

Aunque la investigación de datos sobre eventos circunstanciales en torno al secuestro del doctor estaba dando buenos resultados, cada vez me resultaba más intrigante lo sucedido la noche del secuestro, en Bogotá, mientras Nina y sus amigos esperaban en el aeropuerto. Sabía que el amigo del doctor se llamaba Franco, residía en Bogotá y había sido acusado por la Fiscalía Federal en Puerto Rico. Con mucha paciencia encontré, en el sitio de internet del Departamento de Justicia de los Estados Unidos, la página de dicha fiscalía. Después de un día entero de rebuscar en los casos de los distintos fiscales, tuve acceso al expediente de Francisco Oppenheimer, alias Franco. Allí estaba su número de teléfono en Bogotá.

Franco, curioso por mi llamada en la que me identificaba como amigo del doctor López Arraíza, pasó por el hotel a recogerme. Me llevó al barrio La Macarena, un sector residencial con edificios de no más de seis pisos de altura, pintados en colores pastel y de arquitectura ecléctica, alineados a ambos lados de unas calles muy empinadas que se extienden hasta la falda de los Cerros Orientales. Al área entre las calles 26 y 28 se le conoce como La Zona M y alberga una serie de restaurantes acogedores, de exquisita cocina, que Franco solía frecuentar. Su auto, un Mercedes Benz, se detuvo frente a uno de los más elegantes del sector: Leo Cocina y Cava.

Un joven uniformado nos abrió las puertas y se llevó el auto. El lugar era moderno, su decoración fresca, con predominio del blanco y detalles en rojo metálico. Su propietaria y chef, Leonor Espinosa, vino a los pocos minutos a saludar a Franco, quien me presentó como un amigo de Puerto Rico. Mi economía de veterano pensionado, aunque era suficiente para cubrir todos mis gastos, jamás me hubiera permitido ir a ese tipo de restaurante. Decidí disfrutar la experiencia.

Franco ordenó un vino y me aseguró que era lo mejor de la cava. Yo asentí, complacido con su selección. Entonces me pidió que probara un puchero santafereño. Ya de ahí en adelante me rendí a sus sugerencias. Luego de comentarme en voz baja sobre algunos de los personajes de la sociedad colombiana presentes en el lugar, súbitamente se inclinó hacia mí y me preguntó por el doctor Efraín López Arraíza.

—Está bien —le contesté de forma automática.

—Sí, yo lo sé, pero quiero saber si de verdad está bien. —Y esto último me lo dijo acercándose un poco más.

—Bueno, conversé con él hace unos días al salir de mi terapia y lo vi muy bien —le dije.

—¿Terapia? ¿Usted es paciente de él? —preguntó con extrañeza y echándose hacia atrás.

—Sí, pero nos hemos hecho buenos amigos.

—Hum... —Y se llevó la mano a la barbilla mientras movía aceleradamente las rodillas—. Cuando me llamó esta mañana, usted dijo estar interesado en lo del secuestro de Efraín, ¿por qué?

—Soy historiador.

—¿Y ha pensado escribir un libro sobre el secuestro de Efraín?

—Quizás.

—¿Quizás? ¿Efraín ya lo ha autorizado?

—Aún no hemos hablado de eso.

—¿Él sabe que usted vendría a Bogotá?

—No se lo he dicho.

—¿Y eso por qué?

—No se me ha hecho fácil lograr su confianza para decirme lo sucedido y no quiero asustarlo con mi interés.

—Usted sabe que soy abogado, ¿verdad?

—Sí, lo sé.

—Y que voy a velar por sus intereses, ¿no? —y subió el tono de voz.

—Me imagino y así debe ser.

—Sepa que si le hace una trastada a Efraín lo voy a tomar personal. —Se le enrojeció el rostro.

—Mire, licenciado, mi intención es obtener datos de lo sucedido pues soy historiador. Estoy dispuesto a firmarle cualquier documento y a darle la información recopilada sin ningún problema.

—Le voy a decir algo: no me preocupa el libro. Me preocupa Efraín. Si el secuestro fue difícil, más difícil resultó lo que encontró a su regreso.

—Yo todavía desconozco todos los detalles de su estadía en la selva y mucho menos lo que sucedió después —quise explicarle.

—Ya le dirá. Es posible que contar su historia le resulte beneficioso desde el punto de vista psicológico. —Y lo vi relajarse.

Un mozo elegantemente vestido trajo una botella de vino, le mostró la etiqueta a Franco, el cual asintió ceremonioso. Luego, el mozo procedió a descorcharlo con maestría y echó una pequeña porción en la copa de Franco. Este la tomó con delicadeza, hizo una pausa dramática y concluyó con un «muy bueno». Complacido, el mozo le echó un poco más y entonces me sirvió una copa.

—Esa tarde llegamos al aeropuerto como diez minutos antes del aterrizaje del vuelo de Florencia en el que regresaría Efraín —comenzó a contar mientras movía la mano con la copa, haciendo círculos concéntricos, y observaba con deleite la ondulación que el movimiento provocaba en el vino—. Durante el día, habíamos ido con Nina a algunas boutiques y librerías en los mejores centros comerciales de Bogotá, pero notábamos que algo no le permitía disfrutar el paseo. La espera en el aeropuerto la puso más ansiosa.

Tomó un sorbo del vino, lo saboreó y dejando la copa sobre la mesa continuó su relato:

—Antes de que saliera el último de los pasajeros, tuve un presentimiento y me acerqué al empleado de la línea aérea y le pregunté si el señor López Arraíza venía en ese vuelo. Añadí que éramos de su familia y lo estábamos esperando. Buscó en la computadora del mostrador de salida e hizo un gesto de negación. Calmé a Nina diciéndole que tal vez había perdido el vuelo, que no se preocupara pues en tres horas llegaría otro. Nos fuimos a un restaurante del aeropuerto para que esas horas pasaran lo más rápido posible. Nina tenía el teléfono de Jairo, el compañero de estudios universitarios de Efraín, y lo llamamos al comprobar que tampoco venía en ese segundo vuelo. Jairo salía en ese instante de una reunión de facultad. Quedó sorprendido cuando le dijimos que Efraín no había llegado y nos pidió unos minutos para llamar al conductor del auto enviado a recogerlo en el hotel. Nina se sentó en un sofá en el pasillo del aeropuerto y metió la cara entre las manos. Ada le rodeó el hombro con su brazo y así estuvieron hasta que a los pocos minutos llamó Jairo. Nos informó que el conductor del auto le había dicho que, al llegar al hotel a la hora indicada, el doctor no se había presentado. Jairo nos prometió llamar de inmediato al hotel. Le aseguré que yo lo haría mientras él se comunicaba con la agencia de seguridad en Florencia, el DAS, y les notificaba lo sucedido.

—¿Y ante esa información, cómo se sentía la esposa de López Arraíza? —pregunté intrigado.

—Ella se recriminaba por no haberlo acompañado y eso la hacía sentirse más angustiada aún —contestó y procedió con el recuento—. Llamé al hotel Caquetá Real y me informaron que el señor López Arraíza no había cerrado su cuenta, pero eso no les había llamado la atención, ya que los gastos los cubriría la universidad. Insistí en ofrecer una descripción física de Efraín, por si algún empleado lo había visto durante el día. Me prometieron investigar. Cuando nos fuimos del aeropuerto, Nina no dejaba de llorar. Ada sugirió buscar sus cosas en el hotel y llevarla a casa. Así lo hicimos. Poco después, Jairo volvió a llamar para informarnos que el DAS tenía conocimiento de lo sucedido y ya estaba en camino para interrogar a los empleados del hotel donde Efraín se había hospedado. Durante la noche seguimos recibiendo llamadas constantes de Jairo, quien había activado a todos sus compañeros de la universidad en la búsqueda de Efraín. Le preparamos un cuarto a Nina, y Ada le dio un té con unos calmantes que la hacían dormitar a ratos. La noche fue interminable, todos en vela, esperando llamadas. Faltaban unos minutos para las 7 de la mañana cuando recibimos la llamada de Jairo, que estaba acompañado de un oficial del DAS. Habían localizado a un tal Esteban, el conductor del auto que llevaba al doctor en dirección a un municipio de nombre Puerto Rico, cercano a San Vicente del Caguán. Según le contó Esteban a las autoridades, poco después del poblado El Doncello, dos hombres armados interceptaron el auto, se llevaron al doctor y a él lo dejaron amordazado. ¡Efraín había sido secuestrado!

Quise preguntarle a Franco sobre su reacción y la de Nina a esa dramática noticia, pero en ese instante dos mozos llegaron a la mesa e interrumpieron la conversación. Traían los platos de la cena cubiertos con unas tapas que quitaron con un rápido movimiento. Franco me explicó las especialidades de la casa ordenadas para degustar: filete de róbalo envuelto en hoja de plátano y langostinos con leche de coco, cilantro y pimentón. El plato estaba muy bien presentado y yo no sabía si empezar a comer o pedirle a alguien que le tomara una foto. Franco me deseó buen provecho y me preguntó si pedía otra botella de vino. Yo decliné el ofrecimiento, debido a que, atento a su relato, apenas había tocado la copa.

Durante la cena, Franco me habló sobre la variedad de zonas gastronómicas de Bogotá, la diversidad en la oferta cultural, la transformación económica y la seguridad en las calles de la capital colombiana. Esto lo atribuyó a los cambios iniciados por el profesor, filósofo y matemático Antanas Mockus en la alcaldía de Bogotá, de 1995 a 1998 y de 2001 a 2003. Habló del expresidente Álvaro Uribe, a quien detestaba por derechista, pero le reconocía haber logrado una mayor tranquilidad y más progreso entre la población. Añadió que observaba con cautela al recién juramentado presidente, Juan Manuel Santos. Concluida la cena, pidió café, no sin antes asegurarme que este, aunque era excelente, no era mejor que el café puertorriqueño de antaño. Taza en mano, continuó narrándome lo sucedido en las horas posteriores al secuestro del doctor:

—¿Por dónde iba? Ah, cuando nos enteramos del secuestro... Pues de inmediato llamé a la embajada de los Estados Unidos. La persona que me atendió en la embajada me informó que, a pesar de ser Jueves Santo, dada la emergencia, nos atenderían. Para allá salimos. Un funcionario de cuarta categoría vino a recibirnos.

—¿Dónde tienen secuestrado a su marido, señora? —preguntó.

—Déjame contestarle —le pedí a Nina que, atónita, apenas podía articular palabra—. Mire, señor, si nosotros supiéramos dónde está secuestrado, ahora mismo estaríamos tratando de rescatarlo y no perdiendo el tiempo aquí. Si su pregunta es dónde lo secuestraron, la contestación es: en algún punto en la carretera que va de Florencia a San Vicente del Caguán.

—Entonces es necesario notificárselo a la persona que sirve de enlace entre esta embajada y el Plan Colombia. Ellos manejan esos asuntos —dijo el individuo con pasmosa tranquilidad.

—¿Y quién es esa persona?

—En estos momentos está de vacaciones de Semana Santa.

—¿Y el asistente o el asistente del asistente? —pregunté a punto de perder la paciencia.

—También está de vacaciones. Hoy es Jueves Santo.

—¡A mí me importa un carajo que sea Jueves Santo o 4 de julio! Aquí hay un caso de un ciudadano norteamericano recién secuestrado, es decir, desapareció hace menos de veinticuatro horas, y queremos saber si la embajada puede hacer algo. ¿Se encuentra la embajadora?

—Mire, señor, lo que sucede es que, como es de conocimiento público, hace dos meses la guerrilla tiene a tres norteamericanos en su poder.

—*Anjá*, ¿y?

—Debido a eso, la embajadora, la señora Ann Wood Paterson, está en Washington.

—Pues, ¿la pueden llamar para decirle que añada un nombre más a su lista de secuestrados?

—La embajadora regresará el martes de la próxima semana. Yo me comprometo a conseguirles una cita con ella.

—Y en el ínterin, ¿qué hacemos?

—Les voy a dar un teléfono de contacto en la dirección del Departamento Administrativo de Seguridad, el DAS, para que atiendan este asunto a nivel local.

—Ya el DAS de Florencia está debidamente notificado.

—Pues ellos deben de haber llamado a las oficinas en Bogotá.

—Si no están de vacaciones de Semana Santa —concluí cínicamente—. Cuando regresamos a la casa nos estaban esperando unos oficiales del DAS y procedieron a interrogar a Nina. Prometieron darnos información según la obtuviesen. En los días subsiguientes no supimos nada más y en la embajada de los Estados Unidos no le dieron cita a Nina hasta varias semanas después. Ada y yo decidimos acompañarla de regreso a Puerto Rico porque las clases de su escuelita se reanudarían el lunes siguiente. Dejamos a Nina en la isla, un poco más calmada. La gobernadora de Puerto Rico la había llamado por teléfono al enterarse de la noticia y le prometió poner al comisionado residente en Washington a ejercer su influencia para buscar una solución.

Franco narraba con pasión los sucesos de la noche del secuestro. Ya en el auto dijo que estaba dispuesto a compartir más detalles de lo sucedido, pero necesitaba la autorización del doctor López Arraíza. Ese debía ser mi próximo paso.

6
Muchas interrogantes

Regresé de Colombia entusiasmado con la información obtenida y sorprendido por ciertas coincidencias relacionadas con el secuestro del doctor López Arraíza. Deseaba saber más, sobre todo detalles de esos primeros meses en cautiverio y conocer la realidad de la relación entre Nina y Efraín.

Cuando llegué de vuelta al condominio donde vivía, en Santa Rita, un barrio de estudiantes en Río Piedras, algunos inquilinos comentaron que lucía más relajado y jovial. Llegué a la puerta de mi apartamento y, por primera vez, me pareció exagerado abrir cuatro cerraduras antes de entrar.

Ya en mi pequeño hogar, corrí a la contestadora del teléfono, la luz roja intermitente indicaba nuevos mensajes. López Arraíza había regresado y me ofrecía una cita, de 6 a 8 de la noche, del día siguiente, para continuar la conversación. «Y para que me cuente», concluía su mensaje. Eso me puso en guardia. ¡Ya sabía de mi viaje a Bogotá!

—Mario, ¿cómo se ha sentido? —fue su primera pregunta, la misma de todas las terapias.

—Muy bien. ¿Y usted?

—Intrigado —contestó y dejó de bregar con los papeles que organizaba cuando entré a su despacho.

—¿Por qué? —pregunté presintiendo su contestación.

—No me dijo de los planes de viajar a Colombia a investigar sobre mi secuestro —dijo en tono inquisitivo.

—Tomé la decisión de un día para otro, sin pensarlo mucho —respondí intentando una excusa.

—¿Qué le provocó ese impulso? —preguntó mientras acercaba su silla a la mía, conciliatorio.

—Usted debe de haberlo notado, doctor: el historiador en mí se ha despertado. Fui a investigar... —Intenté abundar en mi excusa, pero él me interrumpió.

—Eso es muy positivo. Y ese historiador, ¿se satisfizo con lo investigado?

—Franco le habrá dicho lo mucho que hablamos —dije con cierta aprehensión.

—No me dio detalles, solo me preguntó si lo autorizaba a darle más información para su historia y yo le dije que sí.

—Me alegro. Tengo muchas interrogantes...

—¿De lo ya contado o de lo que voy a contarle?

—De lo que no me ha contado de lo ya contado —me atreví decir.

—Buen juego de palabras. —Se rio.

Nos quedamos sin decir nada por un rato; él volvió a mirar los papeles que estaba archivando, como si intentara ganar tiempo. Luego se dirigió a mí.

—¿Y si lo contado es todo lo que quiero contar?

—Entonces la historia quedaría incompleta, ¿no cree?

—Mario, como historiador usted debe saber que la historia contada no siempre es la totalidad de la verdadera historia.

—Esa es la constante frustración de los historiadores.

—Comprendo. Entonces dígame algo que usted desee saber y, a su entender, no he contado.

—Quisiera saber de Nina...

Su semblante cambió. Me extrañó su expresión, como si no esperara esa pregunta. Lo sentí incómodo. Se levantó, fue a su escritorio y buscó en una libreta de direcciones, anotó algo en un pedazo de papel y me lo entregó.

—Llame al licenciado Enrique Colón —dijo con cierta frialdad—. Él le podrá contar sobre las gestiones que realizó para mi exesposa a principios de mi secuestro. ¿Desea saber algo más?

Era evidente la resistencia de López Arraíza a contarme lo sucedido con Nina antes y después de su regreso. Sin embargo, se sentó frente a mí como si hubiera cerrado la cortina de una ventana cuyo paisaje no le agradaba y se mostró dispuesto a continuar su relato.

Esta vez la sesión tomó cerca de tres horas. Al final le expresé mi deseo de mostrarle el texto de lo que ya había escrito. «Prefiero esperar la versión final», fue su contestación.

Cuando regresé a mi apartamento llamé a la oficina del licenciado Enrique Colón para dejar un mensaje solicitando una reunión. Para mi sorpresa, me contestó él mismo. Fue muy amable, pero dijo que no podría atenderme hasta varios días después porque estaba revisando el manuscrito del libro de su autoría sobre Rosa de la Cruz. Se trataba de una estudiante de padre colombiano y madre puertorriqueña, secuestrada por el Ejército de Liberación Nacional, en Barranquilla, en junio de 1999. Colón había hecho contacto con ese grupo guerrillero y luego de varias e intensas negociaciones se logró la liberación de la joven. ¡Continuaban las coincidencias!

Antes de acudir a la oficina del licenciado Colón, me dediqué a estudiar y clasificar el producto de mi investigación en Bogotá. Hice un archivo para los mapas, otro para los documentos y un tercero para fotos y noticias. En la pared frente a mi escritorio coloqué una gráfica con la cronología de lo que le había acontecido al doctor y su paralelismo con otros eventos relativos a la guerrilla de las FARC, según reseñados por los diarios colombianos. En los mapas fui localizando la posible ruta de los secuestradores de López Arraíza.

El día de la cita con el abogado llegué a su oficina media hora antes. El despacho estaba ubicado en una pequeña casa de una antigua urbanización aledaña a la avenida Roosevelt. La única decoración consistía en afiches en actividades culturales, religiosas y políticas. Algunos de ellos tenían elogiosas dedicatorias de los propios artistas dirigidas al licenciado Colón. Lo único distinto a los afiches eran unas fotos del abogado en las montañas de la Sierra Nevada, en el norte colombiano, junto a guerrilleros del Ejército de Liberación Nacional. Estas dieron pie a la conversación sobre el propósito de mi visita.

Le pedí información sobre el caso de Efraín López Arraíza. Como buen abogado, me preguntó si yo contaba con el aval del doctor, a lo que respondí que sí y le exhorté a llamarlo si lo deseaba. Entonces procedió a compartir su experiencia, con voz suave y detalles minuciosos.

—Nina me llamó a pocas horas de haber regresado de Colombia. La había conocido junto a su esposo en una cafetería en la que coincidimos poco antes de su viaje. Estaba desesperada, pero decidida a buscar la ayuda necesaria para la liberación de su marido. Al otro día fui a visitarla a su escuela. Allí, varias maestras la ayudaban a organizar los salones para el inicio del curso escolar. Me recibió en su pequeña oficina y, una vez a solas, entre sollozos, me preguntó si podría ayudar a la liberación de López Arraíza como lo había hecho por Rosa de la Cruz. Le preocupaba no tener recursos económicos suficientes para pagar por su rescate, si así se lo exigieran. Le aclaré que no le cobraría por mis gestiones y ayuda. Me lo agradeció con una sonrisa que a duras penas se abrió paso entre su tristeza. Luego dijo estar convencida del regreso de Efraín.

—Que usted sepa, ¿Nina hizo otras gestiones relacionadas con el secuestro? —le pregunté al licenciado Colón.

—Nina insistía en acudir ante las autoridades del país y yo le aconsejé cautela. Aun así, para calmarla, conseguí una reunión con el secretario de Estado de Puerto Rico, gracias a un periodista amigo. A la reunión fui con ella y sus padres. El secretario era pomposo y grandilocuente al hablar. Le prometió a Nina mover cielo y tierra para traer de vuelta a su esposo. Ordenó a su secretaria conseguir de inmediato al cónsul colombiano en la isla y, además, en nuestra presencia marcó el número de la oficina del comisionado residente en Washington. Ambas llamadas resultaron infructuosas. El cónsul seguía de vacaciones de Semana Santa en Colombia y el comisionado andaba por Nueva York. Nina salió esperanzada de la oficina del funcionario.

—¿Y usted?

—Yo, no. Una vez en el auto me tocó confesarle mis pocas esperanzas sobre el resultado positivo de esas gestiones. La liberación de Rosa de la Cruz jamás se habría conseguido por las vías oficiales. Al contrario, la intervención de las autoridades puertorriqueñas y norteamericanas hubiera complicado el asunto. Ella abrió sus ojazos con una mezcla de sorpresa y confusión, pero era mi deber decirle la verdad para evitar falsas expectativas. Le expliqué la complejidad del problema de la guerrilla en Colombia. El Ejército de Liberación Nacional, con el que yo había logrado contacto, operaba en el norte de ese país. A juzgar por el relato de Nina, el secuestro de su esposo había ocurrido cerca del Amazonas, donde operaban las FARC. En algunas ocasiones había buena comunicación entre ambos grupos guerrilleros, pero en otras no. Además, yo no estaba del todo seguro de que el secuestro hubiese sido realizado por las FARC, porque allí también operaban bandas de narcotraficantes y paramilitares que utilizaban el secuestro como negocio. Me comprometí a intentar contacto con algunos amigos en Colombia que me habían ayudado a llegar hasta la gente del ELN, pero honestamente no albergaba muchas esperanzas.

—¿Y finalmente, qué hizo ella?

—Varios días después vi una noticia en el periódico en la que se informaba, por primera vez, sobre el secuestro del doctor Efraín López Arraíza. Acompañaba el parte de prensa una foto de Nina, junto al comisionado residente, quien se comprometía a utilizar sus buenos oficios para lograr la liberación de su esposo. Estábamos en el año previo a las elecciones y yo tomaba con mucha sospecha cualquier promesa de un político.

—¿Ella volvió a comunicarse con usted?

—Sí, me llamó varias semanas después para pedirme que la acompañara a una audiencia ante la embajadora de Estados Unidos en Bogotá. Le dije que mi presencia no era conveniente porque yo estaba en una lista de personas no gratas al Gobierno colombiano por haber realizado todo el operativo de la liberación de Rosa de la Cruz de forma clandestina. Varias semanas más tarde me volvió a llamar: estaba decepcionada del resultado de su reunión con la embajadora. Tengo entendido que un abogado puertorriqueño residente en Bogotá la acompañó a esa reunión.

—¿Y ese fue todo su contacto con ella?

—Sí. Nina no volvió a ocuparme con la liberación de su esposo, pero me mantuve pendiente del caso e intenté hacer contactos. Sé que la gobernadora Sila Calderón fue muy solidaria con ella y se dirigió a la guerrilla pidiendo la liberación del doctor López Arraíza, a través en un programa de radio en Colombia. La campaña política del año 2004 tuvo al comisionado residente, Aníbal Acevedo Vilá, como candidato a la gobernación y el tema del secuestro se diluyó en el trajín de la campaña política.

—Y cuando el doctor fue liberado, ¿habló con él?

—Le escribí a Nina sobre mi interés en conversar con él, pero ni ella ni el doctor me contestaron. Luego vi una entrevista que le hicieron a López Arraíza en la que dijo algo muy importante para mí: antes de que el Ejército colombiano destruyera el campamento donde estaba secuestrado, ya el comandante a cargo de su custodia le había indicado que iba a ser liberado en deferencia a una petición de un militante independentista refugiado en Cuba.

—¿Por qué eso era importante para usted?

—Aparentemente una gestión que yo hice con ese militante independentista dio resultado.

—¿De veras? ¡Cuénteme!

—Sucede que en el verano de 2007 yo había participado de un congreso celebrado en Cuba a favor de la excarcelación de los presos políticos puertorriqueños en Estados Unidos. La Misión de Puerto Rico en La Habana, una especie de embajada boricua en la isla hermana, aprovechó para celebrar una recepción en su sede, una antigua casa en El Vedado cedida por el Gobierno cubano a los independentistas puertorriqueños. Allí conocí a Guillermo Morales, un legendario luchador independentista, capturado en Nueva Jersey, cuando resultó herido por un artefacto explosivo que estaba preparando. Le echaron noventa y nueve años de prisión pero pudo escapar del hospital donde convalecía de las heridas. Guillermo se las arregló para llegar hasta México y luego fue trasladado a Cuba, por gestiones humanitarias, para recibir tratamiento médico.

—¿Y ese fue su contacto?

—Guillermo me contó que en el hospital donde recibía sus terapias coincidía con unos guerrilleros de las FARC que convalecían de heridas ocasionadas al tratar de desactivar una mina. De inmediato redacté una carta a mano, abogando por la liberación del doctor, para que se la hiciera llegar a esos guerrilleros. No sé si don Guillermo la entregó. Si lo hizo, tampoco sé si en efecto la carta fue fundamental en la decisión de la guerrilla de permitir la salida de López Arraíza.

Lo contado por el licenciado Colón me seducía. De inmediato pensé en viajar a La Habana, encontrar a Guillermo Morales y verificar si se habían hecho gestiones desde Cuba para la liberación del doctor. Antes de despedirme del licenciado Colón le pregunté cómo podía comunicarme con Nina. De inmediato me dio la dirección electrónica de la escuelita que Nina dirigía.

El día 13 de octubre de 2010, a las 10:04 de la noche, con una mezcla de nerviosismo y ansiedad apreté el botón de enviar de mi computadora con un mensaje a la señora Janina Fernández, a la dirección electrónica nina@montessoridelamanecerpr.org. En el mismo, le pedía una cita a la mayor brevedad posible, le daba mi número de teléfono, pero no mencionaba el propósito de la reunión. Su contestación, muy correcta, dirigida al señor Mario Urdaneta Sáez, a la dirección marursa@gmail.com, llegó a las 8:10

de la mañana del día siguiente. Como era de esperarse, preguntaba por el propósito de la cita y quería saber si se trataba de una nueva matrícula o para discutir alguna situación relacionada con algún estudiante. De inmediato le contesté diciéndole que necesitaba su orientación para un trabajo de investigación del cual no le podía dar detalles por correo electrónico. Dos días después me escribió dándome cita para el día siguiente, luego de la salida de los niños, a las 5:30 de la tarde.

La escuelita estaba localizada en la avenida Winston Churchill en la urbanización El Señorial, en Río Piedras. Era un local pequeño pero acogedor, pintado en colores pastel y decorado con dibujos, paisajes y letras del abecedario. Cuando llegué, unos quince minutos antes de lo acordado, todavía algunos padres recogían a sus niños. Esperé en el estacionamiento, escuchando un programa de análisis político, y a las 5:30 en punto toqué el timbre de la escuela. Abrió la puerta un hombre muy elegante, de unos treinta y cinco años. No parecía trabajar en la escuela. Tenía camisa blanca, mangas enrolladas y una corbata muy fina, con el nudo suelto. Le dije mi nombre y, aunque su saludo fue muy amable, lo sentí un tanto tenso. Cruzamos el patio de la escuela, subimos a un segundo piso y el hombre tocó a la puerta de una oficina identificada como de administración. Él mismo la abrió y me invitó a pasar, pero se quedó afuera. Le di las gracias y entré. Cerró la puerta.

Lo comentado por el doctor López Arraíza en su relato resultó ser muy cierto: la belleza de Nina desarmaba. Vestía una blusa de seda, color amarillo mariposa, que resaltaba su bronceado. En ese marco, el verde de sus ojos parecía más intenso. Tenía el pelo recogido y, en el cuello, una fina cadena con un corazón en cuarzo descendía hasta el comienzo de un discreto escote. Era sencillamente hermosa. Me esperaba de pie, con las manos entrecruzadas en la cintura y una sonrisa tímida.

—Siéntese, por favor —me dijo señalándome una silla frente a su escritorio.

—Le agradezco mucho esta cita —señalé, mientras ella se sentaba frente a mí.

—Usted me dirá en qué le puedo servir. —Y cruzó sus manos sobre la falda.

—Soy historiador y estoy reconstruyendo una historia de la cual solo usted conoce una parte muy importante.

La vi respirar profundamente y poco a poco su sonrisa fue languideciendo hasta desaparecer por los laberintos de sus recuerdos.

—Desearía saber por lo que usted pasó durante el secuestro del doctor Efraín López Arraíza. Debe haber sido muy difícil, pero...

No me dejó terminar. Se puso de pie y me habló con determinación.

—Debió haberme dicho claramente el propósito de su visita. Lo siento, pero de eso no deseo hablar hoy. —Su rostro se endureció.

—Perdone, Nina. No era mi intención entrar en detalles que usted no quisiera revelar.

Caminó hacia la puerta. Ya a punto de abrirla, se volteó hacia mí.

—Si usted quiere saber esos detalles, Efraín se los puede dar. ¿No lo ha entrevistado?

—Sí, he hablado mucho con él, pero ha eludido hacer referencia a usted.

—¿Y no le ha preguntado la razón? —Frunció el seño.

—No lo he considerado prudente, parece ser un tema delicado.

—Mire —dijo menos defensiva—, le entregué a Efraín una libreta en la que fui haciendo apuntes sobre cómo me sentía durante esos años terribles. Lo hice con la mejor de las intenciones, para que supiera de la agonía de esperar sin esperanzas. Pero nunca recibí un comentario suyo desde ese último encuentro. Como si lo allí expresado importara poco ante el hecho de yo haber decidido reconstruir mi vida con una nueva relación. Tal vez botó la libreta. Pregúntele.

La percibí herida, decepcionada… Intenté decir algo:

—Siento mucho haberla importunado, no era mi intención; no sabía…

—No se preocupe, tal vez en otra ocasión podamos hablar.

Me abrió la puerta y bajó la cabeza. Parecía estremecida por una fuerte emoción. El hombre me esperaba junto a la escalera. Cruzamos el patio sin decirnos una palabra. Se despidió con una sonrisa forzada y me fui de allí, más confundido de lo que había llegado.

7
Travesía hacia otro mundo

Había pospuesto escribir el último relato del doctor López Arraíza, pues la curiosidad por saber de Nina tenía alta prioridad para armar el rompecabezas de la historia por contar. Pero el encuentro con ella me produjo ansiedad, ya que me colocaba en un callejón sin salida: ni ella ni Efraín tenían la intención de hablar de su relación. Por varios días estuve en una pausa asfixiante.

El 29 de octubre de 2010, en horas de la tarde, estaba recostado en un sofá, viendo las noticias de los preparativos para la conmemoración del sesenta aniversario de la Revuelta Nacionalista de 1950 en Jayuya, Puerto Rico. De inmediato, en el ámbito internacional, pasaron un reportaje sobre los detalles de la muerte reciente de Víctor Julio Suárez Rojas, el Mono Jojoy, importante líder de las FARC, producto de la Operación Sodoma, del Ejército colombiano. Fue como un detonante que me arrancó del sofá y me lanzó a la computadora. Varias horas después ya había escrito el más reciente relato del doctor, que cuenta el inicio de su travesía hacia el campamento de Xiomara, el jueves 17 de abril de 2003:

Cholo había calculado que nos tomaría dos días llegar al campamento. Antes de iniciar la caminata, me ofrecieron unas bo-

*tas de repuesto, muy pequeñas. Entonces Limeth tomó mis za-
patos, les cortó la parte de arriba a las botas y, con cinta adhesiva y algunas puntadas, improvisó un nuevo calzado que me
sirvió para llegar al campamento.*

*La tonalidad grisácea del ambiente comenzó a recibir espo-
rádicos destellos de sol que se colaban cuando las copas de los
árboles cedían levemente a alguna brisa inesperada. Cholo
tomó un mapa estrujado, amarillento, guardado en su bolsillo,
y les explicó la ruta a los tres jóvenes. Le dio a Limeth un radio
de comunicación y encomendó a los gemelos colocarse uno delante y otro detrás de mí, esta vez sin apuntarme con sus armas.
A la media hora, ya me sentía cansado. Pietro me animaba a
caminar más rápido, pues si no llegábamos antes de la caída de
la noche tendríamos que dormir a la intemperie y eso acarreaba
ciertos peligros. Luego me tocaría descubrir algunos.*

*Seguimos por unas cinco horas. Yo tropezando aquí, resba-
lando allá, deteniéndome a descansar a cada rato, convencido
de mi incapacidad para completar la ruta. Cholo y Juancín,
machete en mano, se abrían paso por una vereda perdida entre
la vegetación. Por fin, nos detuvimos a la orilla de un río que
rugía montaña abajo. En aquel claro de la selva detuvo su descenso en una enorme poza donde el agua se movía en grandes
círculos, atrayendo ramas y hojarasca hacia su centro. El lugar
era paradisiaco y bien podía ser un espejismo producto del
hambre y el cansancio. Alrededor de la poza había cocales
atrapados entre una arboleda cubierta por enormes bejucos. De
ellos colgaban unas frutas anaranjadas, para mí desconocidas.
Aves de diversos plumajes sobrevolaban las ramas que habían
caído en la poza y giraban sin control hasta desaparecer por el
vacío producido por la fuerza del agua. Mi primera acción fue
meter las manos y los pies en el agua y lavarme la cara. Respiré
profundamente y sentí un gran alivio acompañado de una inesperada sensación de paz.*

*Pietro y Cholo salieron hacia los alrededores, Juancín se
quedó vigilándome y Limeth se escondió detrás de unos arbus-*

tos. Al poco rato salió corriendo, en ropa interior, y se lanzó al agua a una distancia prudente de nosotros. Exhausto, me tiré sobre una hojarasca mullida y fresca y me quedé dormido. Poco después desperté, ardiendo en fiebre. Cholo trajo varias de las frutas anaranjadas y las repartió entre todos. Eran parecidas a la papaya, pero de sabor agrio. Me comí una y sentí de inmediato un golpe de energía. Pietro se encargó de conseguir y pelar unos cocos, diminutos comparados con los de las costas de Puerto Rico, y Limeth improvisó un fogón para cocinar dos pequeños pescados que había logrado atrapar en la poza.

Cholo se preocupó por mi fiebre. Buscó unas hojas verdeamarillentas de una mata que crecía entre las raíces de un árbol viejo, las masticó y formó una pasta gelatinosa, como un vómito, y me la puso sobre la frente. Observó por un rato el efecto de su remedio. Yo me sentía como si un fuerte alcohol estuviera penetrando hasta lo más profundo de la cabeza. Cholo hizo un gesto de no gustarle lo que veía y se fue a consultar con su tropa. Regresó para darme su diagnóstico: «La herida está infectada pero si nos apuramos lo puedo llevar por la mañana a un hospital». Aquello me pareció descabellado. ¿Un hospital en medio de aquella nada? Daba lo mismo creerlo o no, simplemente confié.

El trayecto de la tarde hasta la noche se me hizo menos tedioso, tenía más energía, la cabeza me dolía menos y, ante mis insistentes preguntas, los gemelos se animaron a contarme cómo se metieron en la guerrilla. Lo hicieron en voz baja, aprovechando que Cholo y Limeth se habían adelantado para abrir ruta.

—Nuestro taita es comandante —dijo Pietro con orgullo.

—Y pronto lo vamos a conocer —expresó Juancín y se le iluminó el rostro.

—No entiendo, ¿ustedes no lo conocen? —Quise saber.

—Cuando nos probemos en alguna batalla nos mandarán con él —aclaró Pietro.

Entonces Juancín se desbordó.

—El preñó a mi madre cuando ella trabajaba en El Gato, un negocio para hombres en Arará. Cuando se enteró de que ella estaba a punto de parir se presentó a casa de mi abuelo y prometió responder por nuestras necesidades. Y siempre mandó compra. Cuando mamá nos tuvo alguien le llevó la noticia al monte y él vino al pueblo, formó una fiesta en El Gato y pagó la cuenta de todo el mundo. Luego se fue al Frente Oriental del Mono Jojoy y por allá está. Nunca lo hemos visto.

—Si damos la talla de guerrilleros y el Mono nos reclama, lo vamos a ver —abundó Pietro.

—¿Qué edad tenía ella cuando dio a luz?

Se encogieron de hombros como si nunca se hubiesen planteado esa pregunta.

—A lo mejor dieciséis. Sí, porque ya a esa edad puedes trabajar en El Gato.

—Pero aún no me han dicho cómo se metieron en esto.

—Pues, como somos hijos del comandante Iván, tuvimos la suerte de ser escogidos por la patrulla que pasó por casa buscando jóvenes.

—Déjenme ver si entendí bien, ustedes tuvieron «la suerte» de ser escogidos para entrar en la guerrilla. ¿Qué pasa con los muchachos que no la tienen?

—Pues van a ser peones o se quedarán sin hacer nada, emborrachándose cuando les aparezca plata.

—¿Y Limeth?

—Es prima nuestra y una vez se nos apareció por el campamento porque mi tía la había mandado a trabajar en El Gato y ella no quería. Se fue de la casa. La comandante Xiomara le dio permiso para quedarse.

—¿No hay escuela en Arará?

—Sí, hasta el tercero. Después hay que ir hasta San Miguel y queda muy lejos. Casi nadie puede ir.

No pregunté dónde quedaba el pueblo de origen de los gemelos, pero me pareció obvio que, para ellos, hacerse guerrilleros había sido la mejor y, tal vez, la única opción. Pensé en mi primo Cristóbal, quien estuvo dos años buscando trabajo después de graduarse de la universidad y terminó alistándose en el Ejército de los Estados Unidos. *Es mi mejor opción*, me dijo un día. Murió en diciembre de 2000, buscando a Osama bin Laden por lugares inhóspitos de Afganistán, en circunstancias nunca aclaradas.

Las risas de Limeth y Cholo interrumpieron la conversación. Jugaban. Cuando nos vieron, se recompusieron y seguimos caminando. Empezaba a oscurecer en el momento de llegar al punto localizado por Cholo en su precario mapa. Era otro de esos lugares usados por la guerrilla para pasar la noche. Pero en este la única estructura era una barraca hecha de ramas donde apenas cabían dos personas. Cholo determinó que yo dormiría en la barraca y ellos sobre unos plásticos a la intemperie.

Limeth y Juancín sacaron pescado y frutas que habían guardado del almuerzo. Cholo compartió unas galletas desabridas y duras y Pietro aportó agua de panela: agua endulzada con azúcar sin refinar. Estalló de inmediato el bacanal de sonidos del bosque y, al poco rato, una luna plateada pujaba por hacerse notar entre las ramas de los enormes árboles. De pronto, los muchachos se inquietaron por un ruido, para mí indistinguible. «¡Jejenes!», gritó Cholo y todos corrieron a sus mochilas, de donde sacaron una especie de mosquitero verde olivo llamado toldillo. Lo amarraron a toda prisa de la base de dos árboles. Empecé a distinguir el ruido: me recordaba el secador de pelo de Nina. El inquietante sonido se acercaba a gran velocidad. Me ordenaron meterme en el toldillo y lo hice justo a tiempo. Un enjambre de mimes enormes cruzó por el lugar durante más de media hora. ¡Se pegaban a todo! Y lograban meterse por el más mínimo hueco del mosquitero, adhiriéndose a la piel húmeda por el sudor. Mientras estábamos apiñados, esperando el fin de aquella invasión, Juancín contó la historia de un amigo guerrillero que había muerto ahogado al quedarse dormido con la boca abierta ante el paso de los jejenes.

Hasta la luna se asustó con la invasión de mimes. Cuando salimos de los toldos la oscuridad era total. De inmediato supimos por qué: un pesado aguacero cayó sobre nosotros acompañado de fuertes ventarrones. Muy pronto las escorrentías penetraron en la barraca y tuve que salir a protegerme con los plásticos de los muchachos. El viento era fuerte y la tormenta duró varias horas. Mi estado ya era precario. La fiebre aumentaba y temblaba con escalofríos. Cuando la tormenta amainó, Cholo sentenció: «Aquí no vamos a poder dormir, caminemos poco a poco hacia el hospital y podremos ganar algún tiempito». Todo me parecía absurdo, pero obedecí. Puse la mano derecha en el hombro de Pietro y la izquierda en el de Juancín y, casi arrastrándome, continuamos la marcha. Era la madrugada del Viernes Santo.

Cuando empezó a despuntar el día supe que estábamos cerca de un poblado; escuché cabras balando. Al rato pasamos cerca de algunas casuchas de donde salía olor a café colado. Pregunté si podríamos pedir algo de comer y Cholo me hizo señas de esperar. Media hora después llegamos a un camino por el cual parecía haber pasado recientemente un tractor. Cholo me anunció, con aparente alegría, la llegada al deseado hospital.

La facilidad hospitalaria parecía ser otra alucinación producto de mi mal estado físico. Había casuchas, todas iguales, conectadas por caminos de tierra, demarcados por estacas de palos. En el medio, un rancho de ladrillo y madera, techado con planchas de zinc cubiertas de vegetación. Desde un avión o helicóptero era imposible detectar la estructura. En el primer piso había un espacio abierto, con sillas, donde varias personas esperaban a que las atendieran. Casi todas llevaban uniforme de camuflaje verde olivo; gorras, los que parecían de menor jerarquía; boinas negras, los otros. Los morrales se apiñaban en el piso. La soldadesca tenía botas de goma que les llegaban hasta las rodillas, ajadas por el uso, con rajaduras cosidas a mano. Los rifles, colocados entre los muslos, apuntaban al techo. En el hombro izquierdo llamaba la atención una pañoleta con tres *franjas: amarilla, azul y roja, que identificaban a las Fuerzas Armadas Revolucionarias de Colombia. Había más hombres que mujeres, ninguno con más de treinta años de edad.*

Cuando entré junto a mi escolta, muchos de los presentes me miraron con curiosidad. Cholo habló con la guerrillera recepcionista y ella salió a consultar algo. Pronto me hicieron pasar por un pasillo hacia la parte de atrás del edificio. Tomamos una vereda que conducía a una de las casuchas. Era un consultorio con su correspondiente vestíbulo. Salió a recibirnos un hombre regordete, de barba negra, espejuelos redondos, estetoscopio en el cuello y voz chillona. Pasamos a su cuartucho y, para mi sorpresa, allí había lo necesario para una cirugía menor. El hombre me tomó la temperatura, preguntó cuánto pesaba, la estatura y si era alérgico a algo. Cuando me examinó la herida se quedó pensativo un rato y salió a consultar con Cholo. Regresó y me informó lo que se disponía a hacer: desinfectar la herida, tomar unos puntos de sutura y asignarme una cama en el hospital hasta asegurarse de haber controlado la infección.

Luego me dio un ungüento para las ampollas de los pies y regresamos al ranchón principal, donde me subieron al segundo piso. Había unas veinte camas, la mayoría ocupadas. Vi hombres con vendajes en la cabeza, otros con piernas enyesadas, otros con sueros, algunos en muy mal estado. Era sencillamente un increíble hospital con excelentes instalaciones. Al poco rato, dos jovencitas me trajeron comida: arroz con frijoles y agua de panela. Me pidieron que comiera para darme unos antibióticos y una pastilla para dormir. Les pregunté por mis acompañantes y se encogieron de hombros. La última vez que vi el reloj era cerca de la una de la tarde. Dormí profundamente por varias horas.

Una gritería me despertó. Me desubiqué, no sabía dónde estaba y me tomó tiempo percatarme del caos circundante. Intentaban mover de las camas a los de mejor estado por la llegada de un gran número de heridos. Vi al doctor que me atendió, cargando un muchacho con una terrible herida en la cara; lo puso en mi cama y comenzó a limpiársela. Un jovencito tenía los

huesos del brazo derecho al descubierto y sangraba profusa-
mente. Aun así no soltaba su fusil. Otro tenía un enorme hueco
en la rodilla izquierda. Un denso olor a sangre comenzaba a
impregnar el ambiente. «Los chulos, los malditos chulos», gri-
taban los heridos. La jovencita que me había dado los medica-
mentos agarró la bolsa del suero y me llevó a una esquina, la
enganchó en un clavo en la pared y me pidió que de allí no me
moviera hasta nuevo aviso. Le pregunté sobre lo sucedido y me
informó que el Ejército había atacado un campamento cercano.

Las imágenes se tornaron borrosas, el griterío se fue apa-
gando y poco a poco un terror nunca antes sentido se apode-
ró de mí. Estaba convencido de la imposibilidad de salir con
vida de aquel infierno donde la debilidad de mi carácter me
había metido. Lloré, y mi llanto acompañó el de otros mucha-
chos que le pedían al doctor que no los dejara morir.

Cholo me rescató de aquel segundo piso, al amanecer del
Sábado de Gloria. «El Ejército anda cerca y tenemos que llegar
al campamento de Xiomara mañana al mediodía», sentenció
mientras él mismo me quitaba el suero. Para mi transporte ha-
bía conseguido una mula que debíamos entregar a un campesi-
no antes del anochecer. El animal paró las orejas cuando le puse
la mano en el lomo. Tal vez se asustó por mi estatura o mi evi-
dente inexperiencia como jinete. Nos fuimos compenetrando a
lo largo del difícil e incómodo trayecto.

Llegamos exhaustos a la orilla del río donde entregaría-
mos la mula. Allí esperamos al campesino. A la media hora lo
vimos río abajo, con un niño de unos diez años, en una canoa
bastante ancha. El hombre se llamaba Turín, tendría sesenta
años, era delgado pero fibroso, llevaba el torso desnudo. Cho-
lo le entregó algún dinero y él le hizo una señal al niño. Este,
de un salto, montó la mula y se fue a galope por donde había-
mos llegado. Nos acomodamos en la canoa, pegados unos con
otros, y el hombre empezó a remar río arriba.

Los ruidos de la noche se mezclaron esta vez con chapoteos
súbitos en la orilla del río. Unas lucecitas rojas parpadeaban

cuando la linterna que llevaba Pietro rastreaba la orilla. La cantidad e intensidad de las luces fue aumentando y también los chapoteos. Yo estaba a punto de preguntar si provenían de algún tipo de luciérnagas cuando el hombre ordenó apretarnos más hacia el centro de la canoa. Las lucecitas rojas resultaron ser los ojos de decenas de caimanes en silenciosa observación de nuestro paso. «No se le ocurra fugarse por aquí, doctor», me susurró al oído Juancín, «no vaya a sucederle como al sargento Téllez». No fue necesario preguntarle sobre lo sucedido al pobre infeliz.

Mis cuatro acompañantes se quedaron dormidos, Limeth acurrucada entre las piernas de Cholo. Yo no dormí; el temor de perder un brazo al menor descuido me mantenía alerta. Como a las 8 de la mañana llegamos a un pequeño y rústico muelle. Turín se bajó, amarró la canoa y de una caja debajo de la plataforma de madera sacó utensilios para hacer café. Desde allí iniciamos el tramo final al campamento de Xiomara.

Llegamos cerca de las cinco de la tarde del Domingo de Resurrección. Juancín y Cholo fueron a informar de nuestra llegada. Limeth y Pietro se quedaron conmigo y comenzaron a darme consejos para evitar problemas. «No contradiga a la comandante, no intente fugarse, no pregunte cosas, haga lo que le digan», y terminaron confesándome que les había gustado acompañarme. Entonces me dieron un abrazo. Me sentí raro. Se me mezclaba el afecto con la pena por aquellos muchachos.

Desde donde estábamos se escuchó la algarabía que provocó la llegada de Cholo. De súbito, Nina se plantó en mi mente. ¿Qué estaría sucediéndole en ese preciso momento? ¿Estaría orando por mí en una iglesia de Bogotá? ¿Habría regresado a Puerto Rico? La angustia me apretó la garganta hasta imposibilitarme tragar. Respiré hondo y me senté en el tronco de un árbol recién derribado. Me distraje sacando cáscaras de la corteza.

Cholo regresó para llevarme hasta donde se encontraba Xiomara. Cruzamos el campamento, de gran tamaño, protegido por una tupida arboleda. La caseta de Xiomara era la más

amplia en el área. Tenía una especie de recibidor cubierto por
un toldo con varias sillas. En una esquina observé un rudimen-
tario equipo de comunicaciones. Al fondo, había un televisor y
una pequeña nevera, conectados a un generador eléctrico apa-
gado. Cholo me ordenó que permaneciera de pie. Entonces,
apareció ella: alta y gruesa, tez blanca curtida por el sol, pelo
negro recogido en un moño debajo de la gorra. Su uniforme lu-
cía nuevo y estaba adornado con las cintas y medallas de su
rango. Se plantó frente a mí y lentamente su mirada me recorrió
de arriba abajo. Sus ojos negros se detuvieron en los míos y, con
rostro muy serio, me dio la bienvenida:

—Doctor, las circunstancias nos han colocado en ruta. Ni
usted pidió el secuestro ni yo pedí su custodia. Espero que los
muchachos le hayan dicho cómo me gustan las cosas. Si obede-
ce lo va a pasar menos mal. Si no, lo pasará muy mal. No haga
preguntas tontas. ¿Qué va a pasar?, ni yo misma lo sé. ¿Enten-
dido? Le he mandado a preparar unos cuchucos de maíz con
carne, pues sé que ha comido poco y lo veo enfermo, pero no se
acostumbre.

Se volteó hacia la parte interior de la caseta y gritó:

—¡Eloísa! —Apareció una mujer que traía una ropa dobla-
da y unas botas de caucho—. Ella va a ser su recepcionista.
Estará para ayudarlo en sus necesidades. No converse con ella,
por favor. Lo va a llevar donde se podrá bañar y cambiarse de
ropa en lo que se le prepara la comida. Ah, deme su reloj. Lo
hago para que no se me confunda; aquí el tiempo es otro.

«Aquí el tiempo es otro», la frase, atribuida a la comandante Xiomara en el relato del doctor, me sacó momentáneamente
de la escritura. La sensación de vivir un tiempo irreal, desvincu-
lado del resto del planeta, había sido constante desde mi primer
día en el Ejército de los Estados Unidos. A las 4 de la madrugada, los gritos del sargento nos sacaban de la cama y ese susto me
acompañaba durante el día. Algo me inquietaba ahora y no era
solo ese recuerdo. «Resuelva sus inquietudes, busque el origen

de ellas, no las esconda debajo de la alfombra, enfréntelas y encontrará fantasmas que luego desaparecerán», me dijo López Arraíza en una terapia. En la búsqueda del origen de esa inquietud encontré a Marcela, una persona cuya historia se cruzó con la mía y ya era parte de la que el doctor apenas comenzaba a revelarme.

8
Marcela y Eloísa

No había hablado de Marcela porque hasta este punto de la historia, ella no existía. La había visto solo en dos ocasiones, al final de mis terapias con el doctor López Arraíza. Ella esperaba pacientemente en el minúsculo vestíbulo de la oficina del psicólogo, con sus utensilios de limpieza en mano, lista para entrar en acción cuando él terminara sus labores del día. Nunca intercambié con ella ni siquiera una mirada. Sin embargo, nuestras historias parecían destinadas a coincidir a principios de noviembre de 2010.

Luego de la reunión con Nina, la inquietud que sentía se incrementó hasta convertirse en una ansiedad asfixiante. Se me aceleraron las palpitaciones, tenía el pecho apretado y apenas podía respirar. Me tomé la presión; estaba dentro de lo normal. Eran las señales de los ataques de pánico por los que antes había sido medicado. Con el interés que había puesto en la historia del doctor, estos episodios habían desaparecido. Traté de distraerme cambiando canales en la televisión, pero no lo logré. Debía calmarme y salí a la calle a caminar.

A una cuadra de mi condominio, tomé la avenida Ponce de León y pasé frente a la Universidad de Puerto Rico. Un grupo de estudiantes, amparados por la noche, pintaba un mural en recordación de Lolita Lebrón, una combatiente nacionalista fallecida semanas antes. Me detuve a leer el texto que, simulando una enredadera de trinitarias, bordeaba el retrato de la heroína. A los treinta y cuatro años, la mujer había dirigido un comando que irrumpió disparando en el Congreso de los Estados Unidos. El objetivo era llamar la atención internacional sobre la situación colonial de la isla. Por ello cumplió veinticinco años de prisión.

La noche se tornó fresca y agradable para el ejercicio. Seguí por unas cinco cuadras adicionales y doblé a la izquierda en la intersección hacia la avenida Domenech. Pasé frente a la oficina del doctor López Arraíza. Había luz en su despacho. Sin pensarlo mucho subí las escaleras y toqué el timbre. Estaba decidido a enfrentarlo y preguntarle por el diario de Nina. Obtenerlo y averiguar su contenido tal vez me había producido la ansiedad experimentada en los pasados días.

Volví a tocar el timbre y esperé la respuesta usual: «Puede entrar, aún no he terminado con el paciente anterior, espere en el vestíbulo». Pero esta vez, una voz de mujer preguntó: «¿Quién es?». Como no me lo esperaba, permanecí en silencio. De pronto se abrió la puerta y apareció ella. De inmediato recordé haberla visto en labores de mantenimiento; también me reconoció. El doctor se había marchado, le habían cancelado sus últimas dos citas y la llamó para hacer la limpieza más temprano, explicó. Me preguntó si me podía ayudar en algo. Se me ocurrió decirle que en la última cita había dejado una libreta y había venido a buscarla. Me hizo pasar. Simulé buscarla mientras ella seguía limpiando y observándome. Entonces me pidió una descripción de la libreta. Titubeé.

—¡Ay virgen! ¡Usted es tan despistado como el doctor! Pierde un papel y no sabe describírmelo. Pero eso sí, siempre se lo consigo. Honestamente, aquí mi trabajo es más clerical que de mantenimiento. —Se recostó de la escoba, esperando mi reacción.

—Era como esas libretas de escuela... —dije para inventarme algo creíble.

—Déjeme ver. —Acto seguido se puso a buscar por el escritorio, en las gavetas y en la parte baja del librero.

—Mire, no se preocupe, tengo cita con él mañana y se la pido... A lo mejor la echó en su maletín —le comenté para tratar de salir de la incómoda situación.

—¿Y usted vive solo? —me soltó sin ningún preámbulo a la pregunta.

—Sí, ¿cómo lo sabe? —pregunté dirigiéndome a la puerta.

—Los hombres que viven solos huelen a soledad. —Se rio de su propia ocurrencia—. Se les nota.

—¿Y a qué viene la pregunta?

—Si vive solo a lo mejor necesita de mis servicios. Estoy buscando más trabajo. Las cosas están malitas.

—Mi apartamento es pequeño y yo mismo lo limpio, gracias.

—¿Usted me dejaría darle un servicio de prueba y después me dice su opinión? Yo le aseguro, perdonando, que ni va a reconocerlo.

—No se preocupe. Gracias.

—¿Es terrero? —insistió.

—Es en un tercer piso. Los dos pisos de abajo se los tengo alquilados a estudiantes universitarios.

—¿Y ellos mismos los limpian?

—Sí y así les cobro menos por el alquiler.

—Mire, cristiano, yo soy estudiante también y conozco a mi gente. Esos apartamentos deben estar como el vertedero de San Juan. Déjeme hacerle una inspeccioncita, sin compromiso alguno y ya usted verá.

Cuando dijo que era estudiante, por primera vez me percaté de su juventud. Tendría unos treinta años, era ágil, vivaz, con una sonrisa que no se le borraba entre frase y frase. Deseaba ayudarla pero yo no podía gastar más dinero. Los ingresos del alquiler de los estudiantes apenas me daban para sostener el edificio heredado de mis padres. Pero una idea cruzó fugaz por mi mente, ¿y si esa mujer me ayudaba a dar con el diario de Nina? De inmediato me pareció descabellado y deshonesto, pero aun así la cité para el sábado siguiente en mi apartamento. Entonces tomó una hoja de papel del escritorio del doctor y la dobló en dos partes. En una anotó mi dirección y teléfono y en la otra escribió su nombre y el número de su teléfono móvil. Se llamaba Marcela. Se inclinó a escribir y no pude evitar curiosear con la vista por sus firmes y bien formados senos, libres de sostén alguno, mal disimulados en su holgada blusa. Cuando bajé las escaleras y encaminé los pasos hacia mi casa, la sensación de ansiedad había desaparecido. Marcela parecía ser una buena medicina.

Ese sábado tocó el timbre de mi apartamento a las 8:30 de la mañana. Yo estaba a punto de salir al correo a buscar un libro sobre la historia de las FARC ordenado a través de internet. Le di las llaves y le dije que regresaría en dos horas. Caminé hasta el correo por una de las atestadas calles del centro de Río Piedras donde todavía quedan vendedores que ofrecen chucherías que de niño me llamaban la atención. Luego me fui a un cibercafé a ojear el libro, para darle tiempo a Marcela. Se me hizo difícil despegarme de aquella crónica sobre las FARC, escrita por exmiembros del grupo guerrillero M-19 que habían logrado un exitoso proceso de paz en 1990. El prólogo estaba escrito por Antanas Mockus, exalcalde de Bogotá.

No reconocí el apartamento cuando regresé a eso del mediodía. Tenía un delicioso olor a limpio y, por qué no, también a mujer. Marcela había bajado a hacer la inspección de los otros apartamentos. Muchos de los estudiantes eran del interior de la isla y por ser fin de semana no estaban allí. A otros los sacó de sus cuartos con total autoridad y cuando bajé dormitaban en el balcón agarrados a sus almohadas.

Marcela me descuadró el presupuesto por cien dólares a la semana. Su oferta especial incluía los tres pisos en un solo día por esa ínfima cantidad. Al despedirse, dijo algo sorprendente:

—Usted no encontró lo que fue a buscar la otra noche a la oficina, ¿verdad? No se preocupe, no le mencioné nada al doctor. Eso se lo voy a encontrar yo. —Cerró la puerta con una sonrisa cómplice. De inmediato la volvió a abrir—. Digo, cuando usted me la describa con más precisión...

Obviamente no se había creído el cuento de la libreta.

Yo había evadido ir a la oficina del doctor pues no sabía cómo abordar el tema del diario de Nina. Mientras tanto, seguía trabajando con el relato de la caminata de López Arraíza hacia el campamento donde eventualmente permanecería por algún tiempo. Por la descripción que el doctor hacía del lugar donde estaba, más el estudio de los mapas del Instituto Geográfico Agustín Codazzi y con la información obtenida a través de internet, concluí que el secuestrado había sido llevado al territorio del Bloque Sur de las FARC. Ese bloque tenía, en ese momento, la principal estructura militar y los mayores recursos económicos de la guerrilla. El área selvática donde estaba López Arraíza coincidía con la geografía de la Reserva Forestal de la Amazonia, aledaña al municipio de San Vicente del Caguán. Si eso era así, entonces el campamento al que lo habían dirigido estaba bajo el control del Frente 15 o del Frente 48, a cargo de esa zona. Ambos frentes obtenían ganancias millonarias relacionadas con el narcotráfico, a tal nivel que los secuestros solo se utilizaban como un arma de negociación política.

Me metí de lleno a estudiar la estructura militar de las FARC. En esas estaba cuando, para mi sorpresa, recibí una llamada de Marcela. Me invitaba a asistir, el jueves siguiente, a una función de una compañía de baile experimental a la que pertenecía. El grupo participaría en un festival de danza en Nueva York y necesitaba juntar dinero para el viaje. Mi vida social se limitaba a ir de vez en cuando al cine y punto. Marcela supo colocarme con sutil maestría la carnada: después de la función hablaríamos de aquello que había ido a buscar a la oficina del doctor. Así, de buenas a primeras, llegué a un pequeño café teatro en el área de Santurce, a una presentación de baile experimental.

Al llegar, me sentí fuera de grupo. Además de ser el de mayor edad, mi chaqueta de cuadros desentonaba totalmente con la vestimenta de la juventud presente. Para colmo, al identificarme para recoger mi boleto, me llevaron a un asiento justo en la primera fila, frente a la pequeña tarima. El montaje del espectáculo fue excelente, pero la Marcela que descubrí en escena me sorprendió. No era de las bailarinas principales; sin embargo, su corta intervención me dejó sin respiración. Era una mujer llena de sensualidad y cadencia, entregada a las piruetas y contorsiones exigidas por el baile experimental. Durante la actuación lanzó fugaces miradas al público que imaginé iban dirigidas a mí.

Al final de la función, mientras recibía los aplausos, me miró y me hizo señas de que la esperara en el área de la barra. Así lo hice y, media hora después, salió con su pelo recogido, unos apretados pantaloncitos de mahón, una blusa suelta sobre su torso y una amplia sonrisa.

—¡Cuánto le agradezco haber venido! —dijo dándome un beso en la mejilla y acomodando un enorme bulto entre las banquetas de la barra.

—El agradecido soy yo por esta sorpresa —le contesté ayudándola a acomodarse.

—¿Qué? ¿No se imaginaba a una mucama en estos bretes artísticos? —dijo y soltó una deliciosa carcajada.

—¿La verdad? No compagino una cosa con la otra —solté en un arranque de inusitada honestidad.

—Le digo. Soy dominicana. Mi mamá me trajo de la República cuando yo tenía ocho años y me crió a fuerza de limpiar casas y oficinas. A ese oficio le debo lo que soy. Ella murió cuando yo iba a comenzar mi carrera universitaria. Desde entonces le he metido mano a cualquier cosa para poder estudiar, sostenerme y mandarle una mesada a mi abuela que está en la República con mis dos hermanos.

—¿Y no le resultaba mejor ser mesera o un trabajo a tiempo parcial en una oficina?

—He hecho eso y mucho más. Solo me ha faltado ser bailarina exótica. —Volvió a reír—. En esto gano más que el salario mínimo federal y, como no me da vergüenza hacerlo, no tengo problemas.

—¿Qué estudia?

—Justicia Criminal.

—¿Y baila?

—El teatro es mi pasión.

—Perdone esta facha; no sabía cuál era el código de vestimenta adecuado. Sus amistades van a pensar que soy un tipo raro.

—No lo van a pensar, ya se lo había adelantado. —Soltó otra carcajada.

Hacía tiempo que no lo pasaba tan bien. Mi frustración académica al regresar de la guerra, la muerte de mis padres y las continuas visitas al Hospital de Veteranos me habían convertido en un habitante de las sombras, solitario, huraño y temeroso de socializar. La pasión despertada por la investigación de la historia del doctor Efraín López Arraíza me devolvió algo de ese Mario que había sido antes de la guerra. Ahora, con Marcela allí, riéndose por cualquier cosa, sin inhibiciones, me sentía como si me estuviera asomando a un mundo del que había sido un espectador lejano.

Marcela trajo el tema de lo que fui a buscar a la oficina de López Arraíza la noche de nuestro encuentro y me pidió toda la verdad. Así lo hice; su forma de ser no dejaba lugar a otra opción. Cuando le hablé del diario de Nina y su importancia para completar mi historia, me tomó una mano y se puso seria.

—Mario, si ese diario existe, el doctor no se lo va a dar.

—¿Y eso por qué?

Guardó silencio por unos instantes, luego me habló cuidando sus palabras.

—Sé muchas cosas, pero, sobre todo, le soy fiel al doctor. Si ese diario existe, yo se lo puedo conseguir, pero lo haría solo cuando esté convencida de que usted lo usará para ayudarlo.

—¿Yo? ¿A Efraín? Explíqueme.

—Conocí al doctor cuando acababa de regresar de Colombia y estaba en las de rehacer su vida y su carrera. Como yo daba servicio en el edificio, un día me pidió ayuda para reorganizarle la oficina, clausurada por varios años. Ponerle en orden su espacio externo no fue difícil; el interno sí estaba bastante complicado. Fui la única persona a la que le confesó su deseo de sepultar para siempre tanto la pesadilla vivida en Colombia como la de su regreso. Me ha sorprendido la confianza que ha puesto en usted. Eso me alegra. Pero, ya veremos... —Sonrió como si con eso diera por terminada la conversación.

—Entonces, ¿me va a ayudar o no?

—Déjeme pensarlo bien. Lo debo conocer un poco más.

Me ofrecí a llevarla a su casa. Ella prefería tomar un taxi pero, como ya era muy tarde, la convencí de no hacerlo. Vivía en un residencial de esos cuya fama negativa invisibiliza a tantos seres especiales, como parecía ser Marcela. Cuando nos despedimos me dio un fuerte abrazo y otro beso en la mejilla. Regresé a mi apartamento experimentando una rara sensación. Me puse a escribir, con renovado entusiasmo, sobre el encuentro del doctor López Arraíza con Eloísa, ocurrido en algún momento de abril de 2003.

Por varios días, la frase de la comandante Xiomara retumbó en mi cabeza como una sentencia de muerte: «Aquí el tiempo es otro». Y así había sido. Hasta ese momento no era consciente de que mi vida transcurría al ritmo de sesenta segundos por minuto, sesenta minutos por hora, veinticuatro horas por día, siete días a la semana, cincuenta y dos semanas al año. Ese grillete, tantos años en mi mano izquierda, había creado una marca indeleble, más en mi espíritu que en mi muñeca. Dictaba cuándo debía terminar una terapia, independientemente del estado emocional en que se sintiera el paciente; me recordaba las horas que llevaba sin comunicarme con Nina; me despertaba cuando aún los ojos se negaban a abrirse; y marcaba mi inevitable camino hacia la muerte.

En esos primeros días, ¿o fueron semanas?, apenas pronuncié palabras. Eloísa, la guerrillera que Xiomara había nombra-

do como mi recepcionista, se convirtió en mi sombra, a excepción de las noches cuando se iba a dormir y un muchacho trigueño y regordete dormitaba frente a mi cambuche limpiando obsesivamente su fusil. Me cansé de preguntarle cosas a Eloísa y que ella me mirara con pena y moviera su cabeza de lado a lado, dejando claro que no podía contestarme. Solo se limitaba a darme las órdenes para levantarme, ir a desayunar, luego bañarme, comer y regresar a dormir. Era mi nuevo reloj.

Eloísa debía de haber sido muy bonita. Tal vez tendría treinta y cinco años, pero aparentaba casi cincuenta. Yo había aprendido, en el poco tiempo que llevaba en este nuevo mundo, que la gente lucía diez o quince años mayor a su edad, debido a las inclemencias del ambiente. Un poblado de pecas en la punta de su nariz me recordaba a Nina cada vez que se asomaba por el hueco del cambuche a ordenarme algo. Tenía una cicatriz, desde la oreja derecha hasta la barbilla, que aparecía y desaparecía en su piel como si fuera un riachuelo que el sol iba secando. Se la descubrí el primer día que vino con el pelo, intensamente negro, recogido en una cola de caballo. Le pregunté qué le había pasado y se llevó el dedo índice a los labios para dejarme saber que no podía hablar.

Un día que regresaba de mi baño mañanero, alcancé a ver a la comandante Xiomara caminando hacia su cuartel. Corrí, me le crucé al frente y, sin respirar, le solté todas las preguntas y peticiones que le hacía a Eloísa sin que esta me contestara: «qué va a a pasar conmigo», «por qué me secuestraron», «si podían darme una libreta para escribir o un libro para leer», «por qué no me permitían salir a caminar o a hacer ejercicios», «por qué me quitaron la ropa y me pusieron un uniforme que me quedaba pequeño». La contestación a mis preguntas fue contundente. Xiomara se puso furiosa y los tres guerrilleros que siempre la acompañaban me agarraron para llevarme de vuelta a la caseta. Me resistí y vinieron otros para ayudarlos a someterme. Lograron tirarme al suelo y me amarraron las manos a la espalda con una soga. Eloísa lo observó todo con una mezcla de pena y terror. Esa tarde no me buscaron para comer ni al otro día para desayunar. Atado, tirado en una esquina del incómodo cambuche, estuve hasta cerca del mediodía, cuando por fin vinieron a buscarme. Me llevaron ante Xiomara que me esperaba sentada sobre la mesa que le servía de escritorio. A su lado estaba Eloísa cabizbaja.

—Le advertí que si quería pasarlo menos mal se portara bien y parece que no me entendió —hablaba con sorna y balanceaba las piernas de un lado a otro—. Eloísa ha intercedido por usted y ha asumido la responsabilidad de lo sucedido. Eso tendrá consecuencias.

—Ella no tiene nada que ver con lo que yo hice. No creo que sea justo... —No pude terminar. De un salto Xiomara se me plantó al frente.

—¿Quién carajo le dijo a usted que podía opinar sobre lo que es o no es justo?

—Mire, yo no estoy acostumbrado a que me traten así y mucho menos si no me explican por qué estoy aquí y por cuánto tiempo —dije encarándomele.

Así quedamos, cara con cara, por unos interminables segundos. Quien quitara la mirada del otro, perdía. Ella habló primero. Había logrado mi primera victoria.

—Déjenme sola con él. —De inmediato su escolta y Eloísa le obedecieron—. No quiero que luego, si lo liberamos, vaya por ahí diciendo que le violamos sus derechos humanos mínimos. De eso nos acusan los imperialistas que pretenden tildarnos de terroristas. Como si ellos no violaran los derechos de sus minorías. Ayer tomé con usted unas medidas de seguridad necesarias. Hoy le daré una segunda oportunidad. Aprovéchela. Le voy a permitir un perímetro para que camine y haga ejercicios. Trate de distraerse, ocúpese en algo o se volverá loco.

Aquella mujer tenía la habilidad de terminar sus conversaciones con frases que se me quedaban dando vueltas en la cabeza. Después de almorzar un plato de arroz con frijoles, que me supo delicioso, Eloísa me llevó a conocer los límites hasta donde me podía mover. Descubrí que el campamento tenía un almacén de alimentos y un área para reuniones. Cerca de cuarenta personas convivíamos en silencio en un espacio entre árboles y un follaje por donde apenas se colaba la luz del sol.

«Metafóricamente, un secuestrado es un muerto con signos vitales», le escuché decir a uno de los ponentes en el simposio la noche antes de mi secuestro. Con más libertad para caminar por los alrededores del campamento, me sentí como un sonámbulo. Las miradas curiosas de los guerrilleros ya no me molestaban. Las largas horas sin poder dormir me dejaban durante el día en un estado de somnolencia, una semivigilia que hacía preguntarme si estaba vivo o muerto; si despierto o soñando.

Las últimas palabras de Xiomara coincidían con la apreciación de la esposa de un secuestrado que había participado en el simposio. A su marido lo salvó de la locura la capacidad de establecer una rutina que ocupara su mente. A eso me lancé desesperado. Todos los días eran similares. Comenzaban al amanecer con el muchacho trigueño que me escoltaba al chonto para hacer mis necesidades. Luego tomábamos un tinto caliente endulzado con raspadura de panela. Después podía irme a bañar. En el lugar del baño había unos cubos con agua que los más jóvenes traían de un río cercano. No era hasta cerca del mediodía, cuando el sol lograba subir lo suficiente sobre las copas de los árboles, que se podía disfrutar de una mayor claridad. Ubiqué los pequeños espacios donde penetraban los rayos de sol y me colocaba allí, para bañarme de luz. Ya no me importaba tanto ingerir alimentos como el deseo de ver y sentir la luz del sol.

Esto lo combiné con la observación detallada de la naturaleza que me rodeaba. Al pasar las semanas ya podía escudriñar una simple hoja por una o dos horas sin salirme de concentración. Eloísa me miraba convencida de que había enloquecido.

Una mañana, cuando me ponía las botas para ir a tomarme el tinto, sentí que al introducir el pie derecho había tocado algo, como si fuera una mota de algodón. De inmediato sentí un aguijonazo y se me salió un grito. La bota voló por la caseta y Jingo, el joven que me vigilaba, se asomó a ver qué pasaba. Cogió la bota y la sacudió. De ella salió una enorme araña. Jingo se echó a reír. Le grité que me había picado. Me dijo que era una polla y que no me moriría por su picada. No me permitió aplastarla con la bota recuperada. La polla, según me dijo, se comía los insectos venenosos, algunas lagartijas e incluso serpientes pequeñas. Jingo puso la mano cerca de la araña y esta caminó por su brazo sin problemas, porque solo picaba si se sentía atacada. La araña convirtió mi cambuche en su hogar y yo a ella en objeto de observación.

Medía unas ocho pulgadas y las patas eran marrón oscuro en la parte que conectaba con el cuerpo, pero iban cambiando de color hasta llegar a un café claro en los extremos. El cuerpo parecía una roseta multicolor con grises, dorados y negros distribuidos en perfecta simetría. Se movía pomposa, con aire aristocrático, y parecía disfrutar el asustar a un mastodonte como yo, miles de veces más grande que ella.

Estas observaciones eran interrumpidas por ráfagas de angustia, convertidas luego en una perenne nube de tristeza, que me acompañaba a todos lados. «Anímese», me gritaban algunos guerrilleros en mis caminatas mañaneras. «Salga de eso», me decían otros cuando me veían en cuclillas, durante varias horas, examinando el tallo de una mata. Una que otra vez, algunos acontecimientos jocosos hacían más liviana mi pesada carga.

Un día me despertaron, más temprano que de costumbre, unos chillidos muy agudos. Me asomé por el hueco de mi cambuche y no vi nada. Jingo dormitaba, así que me aventuré a salir y, sin que él lo notara, caminé un poco más allá del perímetro que se me había impuesto. Se respiraba un agradable aire húmedo. De las ramas de un árbol, aprisionado por una densa enredadera, sobresalían hacia el suelo unos bejucos en forma de bastón y en distintos tonos de gris. Se me antojó experimentar su textura que lucía aterciopelada. Tan pronto agarré el bejuco se desató una gritería infernal y en fracciones de segundos una decena de monos saltaban despavoridos de rama en rama. Los bejucos resultaron ser los rabos de varios de ellos. El que parecía el líder, balanceándose con el rabo y otra de sus extremidades, gruñía amenazante y me tiraba zarpazos. Yo estaba paralizado y no sabía qué hacer. Detrás de mí sonó un disparo que momentáneamente me ensordeció. Vi al mono caer y acto seguido apareció Jingo, sonriente como nunca lo había visto. «Hoy comemos mico asado», sentenció, y se metió en la maleza a buscar su presa. El campamento tuvo una cena especial esa noche. Yo no probé bocado.

Por las mañanas, luego de que Jingo me llevaba al chonto, me encontraba con Eloísa en la cocina donde preparaban el tinto. Un día no la encontré y me fui a hacer mi caminata. Cuando estaba terminando, la vi sentada en un lugar que quedaba aislado del resto del campamento. Lloraba con la cabeza metida entre los brazos cruzados sobre las rodillas. Me le acerqué sin que lo notara y la observé por unos minutos. Sollozaba con profundo sentimiento. Me senté a su lado, le eché un brazo por el hombro y le pedí que me dijera qué le pasaba. No puso resistencia. Como resignada a lo que le costara su indiscreción, me habló:

—Estoy embarazada —decía mientras movía la cabeza de un lado a otro, como queriendo negar lo que parecía una desgracia inevitable—. Usted no se imagina lo que esto significa.

—¿Qué significa? —pregunté, aunque me imaginaba que la selva no era el mejor lugar para tener un niño.

—Me van a hacer abortar otra vez y no quiero. Esta vez no.

—¿Ya había abortado? ¿Por qué?

—La comandante no quiere niños aquí por razones obvias. Es una violación a la disciplina. Y ni pensar lo que le harán a Ramón.

—¿Es el padre de la criatura?

—Es un compañero que conocí en el hospital poco antes de que usted llegara. Es que estuve muy enferma y me mandaron para allá. Creyeron que tenía sífilis, que es de lo que se enferma todo el mundo por aquí, y además me hicieron un montón de exámenes para otras cosas. Yo no podía tener eso, pues no tenía compañero. De todas formas me metieron cuatro inyecciones.

Cuando me sentía mejor tuve una recaída y entonces descubrieron que tenía paludismo. Cuarenta días estuve allá.

—¿Y qué le había sucedido a Ramón?

—Se recuperaba de un tiro en el estómago que le afectó el páncreas. Le daban muchos dolores y me hice cargo de cuidarlo y de llamar a la enfermera para que le diera medicamentos para el dolor. Era callado pero muy inteligente. Me daba unos rollos larguísimos sobre la historia de las FARC, desde el Bogotazo hasta Marulanda, y me explicaba las razones por las cuales la guerra era necesaria. Un día me pidió que nos orilláramos y, como ya estaba enamorándome de él, lo hice. Él regresó a la compañía de Gaitán y me prometió que le pediría al comandante que me reclamara. Se lo consulté a Xiomara y se molestó conmigo. Me dijo que esto no era un club, que esto era la guerra y que los enamoramientos no dictaban dónde yo iba a estar. Me recordó el otro aborto. Fue de un compañero que me puso los cachos con una manguera. No me mire así. ¿No entiende? Mi novio se acostó con una de esas chinas que vienen a buscar machos de alto rango, las mangueras. Y lo dejé. Aborté el muchacho con gusto. Pero ahora no. Quiero tener un hijo de Ramón, que salga inteligente como él.

Unos arbustos que se movieron y el crujir de la hojarasca interrumpieron el relato de Eloísa. Alguien nos había estado escuchando. Para disimular, yo continué la caminata y Eloísa me siguió a una distancia prudente. En días subsiguientes, cuando nadie podía vernos, siguió contándome cosas de su vida. Escucharla me daba la sensación de haber regresado a mi consulta de psicólogo, aunque ella fuera mi única paciente. Dentro de las circunstancias en que se encontraba, la animé a que defendiera su derecho a tener la criatura y a exigir los cuidados necesarios. Buscaba que Eloísa encontrara un propósito por el cual luchar.

Su verdadero nombre era Miriam, tenía treinta y cuatro años y se había ido a los dieciocho de la casa de los abuelos, donde también vivían sus padres y hermanos. La residencia quedaba en una finca donde venían guerrilleros a buscar gallinas y cerdos. Una que otra vez también pasaban soldados del Ejército. Eloísa se llevaba bien con unos y otros. Un día los vino a visitar el comandante Gaitán que andaba reclutando jóvenes por el área. La convenció de que con la guerrilla se podía ganar un salario fijo, además de servirle a la lucha para hacer una Colombia nueva, con menos pobreza de la que ella veía a diario. Y se fue con ellos.

Gaitán la adoptó como si fuera su hija y la protegía. Estuvo en su compañía por muchos años; aprendió a usar armas, a ser experta en el manejo de los radios de intercomunicación entre los distintos frentes y a dominar los aspectos organizativos de un campamento. Cuando la compañía de Gaitán entró más de lleno en la confrontación con tropas del Ejército, la envió al campamento de Xiomara que estaba en un área de menos peligro y cuya misión principal era servir como uno de los anillos de seguridad del Mono Jojoy, el jefe máximo del Bloque Oriental de las FARC.

Una noche antes del cambio de guardia, varios días después de la primera conversación con ella, me susurró al oído que en la madrugada del otro día se iba a la capital a una misión. No supe qué decirle. Solo se me ocurrió pedirle que se memorizara el teléfono de Franco para que intentara comunicarse con él y me trajera noticias de Nina. Pasaron muchos meses antes de volverla a ver, en circunstancias muy diferentes.

9
Una rosa blanca

Mi batalla personal con las memorias de la guerra resultaba a ratos intensa. Los recuentos del doctor y mi búsqueda de información en internet traían vestigios de esas experiencias que evitaba enfrentar en las terapias con López Arraíza. Una de esas escaramuzas emocionales sucedió cuando trabajaba en la siguiente información encontrada en la edición número 87 del periódico *En Guardia*, una publicación del Ejército colombiano:

«Hombres de la Cuarta División, de la Operación Emperador, localizaron un hospital de la guerrilla de las FARC en las selvas de Guayabero, sitio El Charcón, área general del municipio de Puerto Rico. En el desarrollo de la operación murieron en combate varios terroristas de la organización armada ilegal, encargados de custodiar las instalaciones del centro médico y los campamentos alrededor que servían como anillos de seguridad. Valorado en millones de pesos, el centro contaba con ocho instalaciones, salas de cirugía, partos, postoperatorios, laboratorio clínico, consultorio odontológico y servicios de bacteriología. La edificación era parte de la infraestructura de apoyo logístico que utilizaban las cuadrillas Séptima, 27, 43 y 44, en el área selvática del sur-occidente del Meta».

La descripción del hospital guerrillero, más su ubicación, me llevaba a concluir lo siguiente: era el mismo al que, años antes, había llegado el doctor López Arraíza en ruta hacia el campamento de Xiomara. Tenía desplegados los mapas de la región del Meta y del Caquetá en mi mesa de trabajo y saltó a la vista otro dato interesante: ese Puerto Rico al que hacía referencia la noticia no era del Caquetá, hacia donde el doctor se había dirigido inicialmente en compañía de Esteban, sino del Meta. ¡Dos Puerto Rico en la misma región!

Comencé a calcular la distancia entre uno y otro cuando sentí una aceleración repentina en los latidos del corazón. Las manos me empezaron a sudar y sentí un leve mareo. Cerré los ojos y, tan pronto lo hice, vinieron imágenes de mi primera visita al hospital del campamento militar ubicado en la frontera con Irak. Horas antes había salido con una patrulla a buscar agua en una aldea cercana. Tan pronto llegamos, los aldeanos se nos acercaron desesperados a pedir ayuda. Necesitaban comida y muchas mujeres nos ofrecían sus niños para que nos los lleváramos para darles alimento. Aquella gente llevaba meses atrapada entre dos frentes de guerra, sin poder salir de sus casas. Pero la orden impartida por el sargento era buscar agua de un aljibe rústico allí ubicado e irnos. Dejar atrás aquellos seres angustiados, pretender no oír el llanto ininterrumpido de los niños desnudos, cubiertos de polvo de arena, y alejarnos a seguir cumpliendo con nuestras tareas, me hizo sentir miserable. Me detuve y corrí en dirección hacia la aldea, sin un propósito claro que no fuera mostrarme solidario. Los compañeros corrieron detrás de mí, me sometieron a la obediencia y por varios días estuve internado en el hospital, bajo medicamentos para la ansiedad.

Eso recordaba cuando unos insistentes golpes en la puerta me sacaron de aquella tortura. Era Marcela. Seguía viniendo los sábados a hacer la limpieza pero casi nunca coincidíamos. Dos días atrás nos habíamos visto en una librería cercana a la universidad. Cada vez que nos encontrábamos, una deliciosa inquietud se apoderaba de mí. Su sonrisa y espontaneidad me estremecían y mis enmohecidos instintos amenazaban con manifestarse, pero los suprimía. Me sentía feo, huraño, antisocial, totalmente inapropiado para ella. Sin embargo, ella parecía cómoda con mi presencia, tal vez entusiasmada. ¿O me lo imaginaba?

Al verla, noté que algo le pasaba. Ella también me percibió perturbado.

—¿Estás bien? —pregunté.

—Realmente no y veo que tú tampoco.

—No te preocupes. Son asuntos que estoy manejando con el doctor. ¿Y tú?

—Me tengo que ir a la República. Abuelita está grave, no creen que pase de esta noche. —Se tiró en el sofá abrumada.

—¿Te puedo ayudar en algo? ¿Tienes dinero para el pasaje?

—Sí; con eso no hay problemas. Me asusta perder a mi abuela y la suerte de mis hermanos si ella llegara a faltar.

—¿Cuál es su condición?

—Es diabética y no se cuida.

—De eso murió mi madre. ¿Qué vas a hacer?

—Voy camino al aeropuerto. No sé cuándo regrese.

—Todo va a estar bien. —La abracé y ella reciprocó con mayor fuerza. Estuvimos así unos instantes. De pronto ella se separó y buscó en su bulto.

—Te tengo un regalo de despedida. —Sacó una bolsa de plástico con cierre de cremallera y extrajo una pequeña libreta que me extendió.

—No me digas que...

—Sí te digo. Lo que yo no encuentre no lo encuentra nadie. Claro, jamás pensé que iba a ser una libreta tan pequeña.

Me quedé sin habla por unos segundos, mirando la diminuta libreta: ¡el diario de Nina!

—Te lo dejo confiada en la promesa de que solo lo usarás para complementar tu historia.

—¿Y para qué otra cosa lo podría usar?

—Nada, no me hagas caso. Me preocupo demasiado por el doctor. Es tiempo de que Efraín revuelque ese pasado e inicie una nueva etapa en su vida. Si esto lo ayuda, santo y bueno.

—¿Él no se va a dar cuenta de que la tomaste?

—Lo dudo. Por años no la ha buscado.

Me puse a hojearla, pero Marcela me dio un beso en la mejilla y se dirigió a la puerta despidiéndose.

—¿Cómo sabré de ti? —pregunté y no pude evitar el tono de desamparo.

—Trataré de llamarte.

—¡Por favor!

Y se fue.

Por un rato me quedé petrificado, en silencio, sin atreverme a pensar en nada. La cortina de arena detrás de la que aún escuchaba el llanto de los niños polvorientos continuaba de telón de fondo. Y ahora, la primera mujer en años con la que comenzaba a tejer un lazo de empatía de improviso se despedía…

Luego de varios minutos de total asombro, con la incredulidad estampada en el rostro, baje la escaleras del edificio y busqué mi viejo Toyota, enmohecido por el desuso. Tomé rumbo hacia la playa del Condado. En el semáforo de la esquina de las calles Kings Court y McLeary un vendedor de flores se me acercó. Vio mi rostro inexpresivo y me hizo señales para que bajara el cristal. «Tenga, va por la casa» dijo, y me extendió una rosa blanca. «Deme dos más», me salió decirle y pagué las tres. Las puse en el asiento del pasajero y seguí la carretera que va a Isla Verde, bordeando la playa, en dirección al aeropuerto. Miraba las rosas al detenerme en cada semáforo. Una olvidada sensación de ternura se fue apoderando de mí.

Dejé el auto en el estacionamiento de un supermercado, tomé las rosas y crucé la calle. Los aviones que se acercaban a la pista de aterrizaje cercana pasaban a poca altura sobre los edificios aledaños. En la entrada del lugar al que había llegado, apenas se podía leer la inscripción: Cementerio Puerto Rico Memorial. El salitre dejaba su huella en cada rincón de aquel antiguo camposanto.

Era la segunda ocasión que lo visitaba. La primera fue pocos días después de haber regresado de la guerra. Una tía lejana quiso cumplir con la encomienda de mostrarme dónde habían enterrado a mis padres. Ahora, la yerba lo cubría casi todo, incluyendo unos velones rotos que alguien, en algún momento, había dejado allí. El peso de la tristeza me obligó a sentarme en una esquina de la tumba identificada como Familia Urdaneta Sáez. Bajé la cabeza y mire las tres rosas aprisionadas entre mis manos. La suavidad de los pétalos, el aroma delicado que de ellas emanaba y la impecable blancura contrastaban con el deterioro del ambiente que me rodeaba. Así estuve, como en un éxtasis, en profunda contemplación, por largo rato. El sonido del mar cercano me fue subyugando y, poco a poco, comencé a sentir una agradable levedad. El rostro de mi madre, siempre dulce, siempre apacible, siempre bondadoso, tomó forma en mi recuerdo. La brisa húmeda golpeaba mi rostro y jugueteaba con los pétalos de las rosas.

De pronto escuché palabras inconexas salir de mi boca, como un mantra: perdón, gracias, dolor, olvido, miedo, regreso, amor, reconciliación… Recordé unas décimas que cantaba mi padre y balbuceé algunos versos de la canción preferida de mi madre. Y, por primera vez, me resultó agradable llorar…

Liviano, me puse de pie y con las manos comencé a arrancar yerbajos. Continué hasta abrir el espacio suficiente para colocar dos de las rosas que traía. Besé los pétalos y dejé allí el primer regalo que le hacía a mis padres desde que me fui a la guerra.

Luego, caminé hasta el mar y deshojé la rosa que me quedaba, sobre la arena que absorbía la espuma. Las olas se iban llevando los pétalos; pensé en Marcela y en su abuelita. Me quedé con el último de ellos. Desde el aeropuerto, el sonido de las turbinas de un avión anunciaba su pronto despegue.

10
Suspendida en el tiempo

Cuando regresé al apartamento, luego de la visita a las tumbas de mis padres, se intensificaron los sentimientos contradictorios: un poco de vergüenza por las emociones manifestadas y, por otro lado, una sensación de levedad, de cierta paz. Aproveché esa inusual tranquilidad y decidí prepararme algo de cenar. Puse a hervir una pasta, recogí la ropa regada en mi habitación y me desvestí para darme un baño. Al poner la ropa en el armario observé la ausencia de colores vivos en mis camisas. Todas eran blancas, grises, o color marrón. Me miré al espejo y dije: ¡qué tipo más aburrido! Sonreí. Eso también me extrañó. Nunca antes me había regalado una sonrisa o un comentario liviano.

Luego de cenar, tomé el diario de Nina y me senté en el sofá a observarla a través de esa ventana que me permitía llegar a su intimidad. La imagen de la esposa del doctor fue poco a poco emergiendo de aquella pequeña libreta. Sus notas estaban llenas de diversos sentimientos y de valiosa información:

Martes 22 de abril de 2003
Han pasado seis días desde el secuestro de Efraín. Mi mente se niega salir del entumecimiento producido por el suceso. Hoy, por primera vez en esos seis días, cobro conciencia del espacio

que ocupo, un espacio donde Efraín ya no está. Desde la sala, miro a través de la puerta de cristal y recuerdo la mañana en que lo vi hablando por teléfono con Jairo. Esa llamada cambió nuestras vidas.

Me siento en el pequeño escritorio ubicado cerca de la pared. Alzo la vista y mi mirada se detiene en una pintura de Alfonso Arana, mi acompañante en todos los lugares donde he vivido desde mi adolescencia. Son dos mujeres, blancas como el marfil. Parecen danzar en un espacio indefinido de color rojizo. Una de ellas, la que me mira, apenas está cubierta por una tela de seda gris serpenteándole el cuerpo. En la coronilla hay un hueco, como si el cráneo le hubiese sido removido. La otra mujer, vestida de anaranjado, mira hacia el cielo con temor; parece reclamar explicaciones.

Yo también necesito explicaciones. Tel vez están dentro de mí misma. Por eso decido escribir, porque nada parece mitigar la angustia instalada en el alma desde el momento en que tuve conocimiento del secuestro. Efraín me induce a la escritura. Lo recuerdo aconsejándole a una paciente escribir sus sentimientos para buscar alivio al dolor provocado por el asesinato de su pareja. Eso mismo intento, pero a la vez me pregunto: ¿habrá muerto? ¿Debo considerar esa terrible posibilidad? ¿Es que no volveré a sentirme arropada por su cuerpo, rendida ante su pasión, emocionada por su ternura? ¿No volveré a sentir su aliento en mi boca, sus besos suaves recorriendo mi espalda, el roce de nuestros pies debajo de las sábanas? ¿Estoy iniciando mi proceso de duelo? ¡Tantas preguntas sin contestación! Me aferro al bolígrafo como a un salvavidas, busco no ahogarme en esta incertidumbre.

Lucho, no quiero ser el fantasma de ayer, cuando se iniciaron las clases y los padres, mis colegas y los niños me abrazaban solidarios. Realmente no estaba allí. Mi mente gravitaba por algún lugar remoto buscando a mi amado esposo. Afuera, escuchaba a los niños jugar y reír. Quería ser uno de ellos. Pero sentía su alegría tan lejana que el dolor se intensificaba.

No puedo resistir la culpa por haberme quedado en Bogotá, en vez de acompañar a Efraín. ¿Por qué no me aferré a la pasión recuperada esa última noche antes de su partida? ¿Por qué me permití regresar al resentimiento de las semanas anteriores, al deseo de respirar sin compartir su aire, caminar sin escuchar sus pasos, dormir sin su calor cercano? Experimento una tensión interna que me conmina a honrar mi verdad y a desbordarla aquí.

Los meses antes del viaje fueron asfixiantes. Yo me debatía entre la frustración de no poder tener un hijo y el coraje por el mutismo de Efraín ante el descubrimiento de su incapacidad. Sentía su silencio como una agresión. Cuando yo necesitaba abrazos y conversar sobre la situación, él había escogido la autocompasión, la distancia, la victimización.

Y precisamente, en aquella habitación del hotel en Bogotá, entre gotas de agua y destellos de pasión, cuando comenzábamos a reencontrar la intimidad perdida, se me desapareció. Volvíamos a vibrar en la misma secuencia. Tal vez por eso, cuando me tiró un beso de despedida desde la ventanilla del taxi que lo llevaría al aeropuerto, sentí una punzada como si algo terrible le fuera a pasar. Ahora busco en estos trazos de escritura la fuerza para enfrentar lo que me espera detrás de la cortina del tiempo.

Miércoles 23 de abril de 2003
Regreso al apartamento, mi refugio, donde no tengo que contar la historia de lo sucedido una y otra vez. Aquí no es necesario dar gracias al recibir un «lo siento» compasivo. Esta vez escribo en esa mesita del balcón donde al atardecer el sol se escurre entre los árboles con destellos de luz intermitentes. Solo me he puesto la bata de seda anaranjada, la de su Flaming June, como me llamaba cuando se la modelaba.

Retomo el recuerdo de ese Jueves Santo, ese día no me sentía parte de aquella ciudad y estaba con unas personas a quienes no me atrevía a revelar por completo mi desolación. Tenía miedo. No sabía si lo ocurrido era cierto o si vivía una brutal pesadilla. Estaba suspendida en el tiempo.

La vuelta a casa, sin Efraín, fue regresar de un entierro. En cada rincón había pertenencias suyas que parecían preguntarme dónde estaba él. En la cama, encontré su silueta demarcada en el espacio vacío. Imaginé rastros de sus células muertas, polvo que se había elevado con el aleteo de las sábanas, partículas a contraluz que se balanceaban y luego se desvanecían.

Me atacan pensamientos terribles, las contradicciones me habitan. Estoy comprometida a extraer de mi dolor mis más íntimas verdades. Eso me hará más fuerte.

Jueves 24 de abril de 2003
A una semana del secuestro, me siento totalmente desesperanzada. Después de la reunión del inicio de labores en la escuela, pedí no ser interrumpida y me he encerrado en la oficina. Las llamadas diarias de Franco desde Bogotá no anuncian nada nuevo. Mis padres no se me despegan y me llaman a cada hora. Quiero estar sola.

Luego de un rato, siento unos toques tenues en la puerta. Abro la puerta y me encuentro con Marcos, mirándome con timidez, como excusándose por la interrupción. Tiene las manos detrás de la espalda. «¿Traes algo para mí?», le pregunto. Me sonríe y me entrega un dibujo. Es un ave parecida a una cigüeña que carga a un bebé en el pico. Marcos ha escrito el nombre de Efraín y ha dibujado una flecha en dirección al bebé. Extraigo de lo más profundo de mi ser una sonrisa. «Qué bello», le digo mientras le doy un abrazo. Él se va feliz; yo he quedado devastada porque su hermoso gesto, sin él quererlo, lastima mi más profunda herida.

Reflexiono: en estos instantes mis deseos de tener un hijo, la ansiada visita de esa cigüeña dibujada por Marcos, no es tan importante como la ausencia de Efraín. ¡Qué gran lección! Quisiera verlo en su oficina, a escasas cuadras de la escuela, juntarnos brevemente al mediodía para almorzar, hacer planes para ir al cine. Lo real llega a ser más urgente que lo imaginado.

Martes 29 de abril de 2003

Esta semana han pasado ante mí varios funcionarios de Gobierno y me aseguran el regreso de mi esposo, pero leo en sus ojos que no saben cómo. No dudo de sus deseos, pero necesito certezas.

En la reunión a la que gentilmente me llevó el licenciado Enrique Colón con el secretario de Estado, no escuché nada esperanzador. Sus palabras retumbaban en las paredes de mármol de aquel Palacio Rojo y se escapaban por la ventana hacia la bahía. Con ellas se iba mi mirada, en consciente distracción. Fui la primera en ponerme de pie al finalizar el encuentro. El único certero fue el licenciado Colón cuando me dijo: «Por esta vía no esperemos resultado alguno».

La verdad duele, pero es imprescindible para sanar.

Esa noche, cuando terminé de escribir los planes para las clases del día siguiente, puse algo de música para escucharla mientras me bañaba. Vicente Feliú cantaba Créeme, *del disco que le regalé a Efraín como adelanto del Día de San Valentín:*

> *Créeme cuando me vaya y te nombre en la tarde,*
> *viajando en una nube de tus horas,*
> *cuando te incluya entre mis monumentos...*
> *Créeme, cuando te diga que me voy al viento,*
> *de una razón que no permite espera,*
> *cuando te diga no soy primavera,*
> *sino una tabla sobre un mar violento...*
> *Créeme, cuando te diga que el amor me espanta,*
> *que me derrumbo ante un te quiero dulce...*
> *Créeme, si no me ves, si no te digo nada,*
> *si un día me pierdo y no regreso nunca...*

Extraño a mi esposo como nunca antes. Temo esas horas en que la noche aviva mis miedos. La desesperanza aprovecha mi cansancio para preñarme de dudas. Al acostarme, imagino un cono de luz blanca saliendo del cielo y posándose sobre el lugar donde debe de estar Efraín y así formo una protección a su alrededor. Luego, dudo.

Miércoles 30 de abril de 2003
¡Maldito mes! Hoy por fin termina. El tiempo se ha detenido y yo he quedado en medio de una asfixiante pausa. He dejado de leer periódicos y mantengo el radio apagado para no alimentar falsas expectativas de noticias sobre su secuestro. Solo mis niños son capaces de sacarme de este marasmo.

La madre de una estudiante me trajo el recorte de periódico con la noticia en que el comisionado residente en Washington se compromete a buscarle solución al secuestro de Efraín. En la foto, él mira a la cámara, sonriente, con traje oscuro, corbata roja y gafas de sol. No me reconozco en la mujer a su lado, de traje blanco, con la mirada perdida en el vacío y las manos tensas. La foto de Efraín para el reportaje la tomaron de un archivo, es de una actividad en la convención de psicólogos y se ve muy sonriente. La noticia se pierde entre todas las informaciones relacionadas con la salida de la Marina de Vieques, el primero de mayo de 2003.

Veo y siento en mi piel lo que no ven ni sienten los que me rodean.

Detuve la lectura del diario de Nina, necesitaba un café. Desde la visita al cementerio donde reposan los restos de mis padres, mis sentimientos estaban a flor de piel. Me quité los espejuelos, me lavé la cara, pero permanecía allí, curioso y emocionado, observando a Nina en su lucha contra el desamparo. El sonido del burbujeo del agua hirviendo no fue suficiente para sacarme de ese espacio al que me había llevado lo escrito por ella. Me preguntaba qué sintió Efraín al leerlo. ¿Se sintió conmovido como yo? ¿Qué lo llevó a cortar toda comunicación con ella?

Aún de pie en la cocina, apuré varios sorbos adicionales de café y descubrí una curiosa sensación de poder. Tenía en mis manos la posibilidad de unir, en un relato, dos intensos dramas, dos cursos históricos, dos corrientes paralelas en el tiempo. Nina nunca llegó a saber los detalles de lo sucedido a Efraín, ni identificarse realmente con el dolor de su esposo cuando se encontraba en total desamparo en la selva. Efraín tampoco logró entender el torbellino de sentimientos que arroparon a Nina luego de su secuestro. Solo yo sabía lo que sintieron el uno y el otro. ¿Qué hacer? ¿Limitarme a escribirlo?

Regresé al sofá. Marcela vino a mi mente. Sentí de nuevo el beso cálido que me había dado al despedirse. Tomé el resto del café que había en la taza, respiré profundamente y continué leyendo de la libreta de Nina:

9 de mayo de 2003
En la escuelita se hizo una actividad con motivo del Día de las Madres. Los niños cantaron y dibujaron para sus madres y abuelas, y me tenían una sorpresa. Paola, una hermosa niña, trigueña, de rizos color azabache, se puso de pie y, a nombre del grupo, me declaró la madre postiza de todos, así dijo. Entonces me cantaron una canción. ¡Cuánto lloré!

¿Cómo diferenciar la nostalgia, nuestro apego a la rutina, de la verdadera añoranza del ser amado? Anoche, traté de conciliar el sueño, repasando con minuciosidad mi primer encuentro con Efraín.

Antes del comienzo de clases, en agosto de 2002, hubo una reunión de padres y maestros y surgió el nombre del doctor Efraín López Arraíza, autor de un libro sobre estilos de personalidad. A algunos de los presentes la publicación les había resultado una buena herramienta para entender a sus hijos y a sus parejas. Leí el escrito, me pareció bueno y pasé a referirle casos de padres que me solicitaban algún consejo.

Un buen día se apareció en la escuela para darme las gracias. Lo recuerdo en el umbral de la puerta. Era un hombre alto, muy atractivo, cuya suavidad al saludarme contrastaba con su estatura. Me ruborizó su mirada que, por momentos, se detenía en mis manos, cuello, boca, ojos... Hasta me pareció que contaba mis pecas, todo esto sin dejar de hacerme comenta-

rios muy profesionales sobre el progreso de los estudiantes referidos. Luego de la conversación puramente formal, me preguntó si podía reciprocar mi gentileza invitándome a cenar.

Me sorprendió mi nerviosismo ante su llamada, dos días después, para ponerle fecha a la invitación.

El sábado siguiente pasó a recogerme. Era un hombre bastante distinto al que vino a mi oficina. Su cuerpo atlético y bien tonificado no se disimulaba debajo de una elegante combinación casual de camisa azul y pantalón crema. Tenía las mangas recogidas hasta el firme antebrazo. Yo me puse mi traje preferido, el de delicados diseños florales sobre un rosa pálido.

Fuimos a un pequeño restaurante en la playa de Ocean Park, en San Juan. Escogimos una mesa en la terraza con vista a la playa. Unos focos de luz, colocados en el techo de la estructura, iluminaban el constante ir y venir de las olas. Él pidió una botella de un vino californiano. Mientras tomábamos una copa, la conversación adquirió un tono íntimo y descubrimos muchas cosas afines: ambos proveníamos de familias muy pequeñas, amábamos estudiar y nos gustaba el cine de arte y la música de la Nueva Trova. Pero hubo un instante, lo recuerdo muy bien, en que la plática trazó la ruta de nuestra relación.

—Cuando te invité a cenar temí que no aceptaras —dijo luego de la segunda copa de vino.

—¿Por qué? —pregunté.

Efraín desvió la vista hacia los otros comensales y, después de una breve pausa, contestó:

—No creía posible que una mujer tan hermosa estuviera sola.

Sin quererlo, su elogio hizo que enrojeciera un poco. Intenté una sonrisa y le dije:

—No he tenido tiempo para una relación, mi prioridad ha sido la escuela.

—Te entiendo. Establecer mi consulta me ha consumido todo el tiempo y energía. Pero ya creo estar listo para terminar con mi soltería. —Y reímos.

Poco a poco comenzamos a hablar como si se tratara de otras personas, aun cuando ya desnudábamos ciertas intenciones amorosas. Entonces Efraín fue más directo.

—¿Me permitirías conocerte más?

—¿Qué quieres decir? —pregunté con cierto temor a escuchar la respuesta que de inmediato dio.

—Que desde la visita a tu escuela has estado en mi pensamiento y me gustaría volver a salir contigo.

Miré hacia la playa y me pareció experimentar un momento deliciosamente romántico. No dije una palabra. Solo lo miré e hice un tímido gesto de aceptación. Efraín levantó su copa invitándome a brindar. Un susto me recorrió todo el cuerpo.

Esa noche, cuando me dejó en el vestíbulo del condominio donde yo vivía y sus labios depositaron un tierno beso en mis mejillas, temblé toda. A mis 23 años de entonces nunca un hombre me había estremecido con un simple beso. ¡La trascendencia del breve instante!

Los siguientes dos meses transcurrieron en un espiral romántico de inusitada intensidad. Recuerdo con especial sentimiento la madrugada del domingo 6 de octubre. Habíamos asistido a la boda de una de las maestras de mi escuela y, al salir, Efraín condujo el auto hasta la playa de Ocean Park, al lado del restaurante donde había tenido lugar nuestra primera cita. La playa estaba iluminada esta vez por una intensa luna llena. Nos quitamos los zapatos y caminamos por la arena húmeda. De pronto, Efraín se detuvo, introdujo la mano en el bolsillo del pantalón y extrajo algo que ocultó en el puño. De inmediato se arrodilló frente a mí:

—Hace unos meses te dije en esa terraza a nuestras espaldas que ya estaba listo para terminar mi soltería. Quiero saber si tú estás dispuesta también. —Y me entregó la sortija de compromiso.

No le contesté. Preferí darle por respuesta un beso apasionado al que él respondió con más intensidad. No sé si había gente que nos pudiese ver, perdí noción de tiempo y espacio. De los apasionados besos fluimos a las caricias de cada detalle de nuestros cuerpos, ya salpicados de mar. La deliciosa locura culminó en la arena, embestidos por el oleaje, con el deseo de un amor largamente esperado.

Luego de ese día, Efraín me llamaba entre cada cita, almorzábamos juntos casi todos los días, los jueves íbamos al cine a la tanda de las seis y luego cenábamos, los fines de semana recorríamos los rincones más desconocidos de la isla y cada día reafirmábamos que estar juntos para siempre era una decisión irreversible.

El segundo domingo de diciembre de aquel año, con un pequeño grupo de amigos congregados en la playa de nuestros amores, vestidos de blanco y descalzos, nos casamos. Me sentía inmensamente feliz.

Como deseaba terminar un doctorado en Educación antes de cumplir los treinta años, decidimos tener nuestro primer bebé de inmediato, para que ya tuviera por lo menos tres años cuando yo comenzara mis estudios doctorales. Todo transcurría en medio de una euforia tal vez incomprensible para una educadora y un psicólogo, pero era como si quisiéramos apurar de inmediato el elixir de felicidad que el destino nos regalaba, como si temiéramos que se nos pudiera escapar a la menor pausa.

A finales de febrero, en una visita rutinaria a mi ginecólogo, me extrañó no haber quedado embarazada. Él, que era como un padre para mí, me aconsejó tener calma pues, según dijo, los procesos reproductivos requerían tiempo. Pero para evitar preocupaciones, nos mandó a hacer unas pruebas de laboratorio. Algo le preocupó de los primeros resultados y pidió hacernos otras, más sofisticadas. Finalmente llegó el resultado de la azoospermia. Peor que el resultado fue la reacción de Efraín. Tal vez por lo inmadura de nuestra relación, él se aterró de haberme fallado, pero nunca me lo comunicó. Cuando le conté a mi doctor sobre el comportamiento de Efraín sonrió y lanzó uno de sus acostumbrados refranes pueblerinos: «En casa del herrero, cuchillo de palo».

Rechazo la ventisca ácida del resentimiento de esos recuerdos. Me hace daño. Nos hizo daño. El resentimiento es corrosivo, devora las células de las que se alimenta el amor. Necesito hurgar en mis entrañas y sembrar perdón, para él y para mí. Solo así sacaré el mejor provecho de este proceso incierto.

Lunes 16 de junio de 2003
Camino descalza por la playa de Ocean Park. Quiero ser como esas olas que rompen sin temor en la desconocida orilla. Me aventuro a dejar mis huellas en este espacio tan lleno de recuerdos. Me parece escuchar a Sylvia Rexach cantándome al oído: «Soy la arena que la ola nunca toca y que en la playa perdida vive sola su penar».

El viernes pasado terminé las labores en la escuela. Hacía días que no escribía, quería experimentar la superioridad del silencio sobre las palabras. El fin de semana me había dedicado un poco de tiempo a mí misma, leyendo poesía. Hoy he venido aquí, a extrañar sus besos con sal, a dibujar con palabras su ausencia, a paliar el dolor que no amaina.

Y hoy se cumplen dos meses del secuestro. Desde que nos casamos, soñaba con este verano, para irnos a la isla de Culebra o a Vieques, a tomar sol y dormir en una playa, a cobrarnos en pasión sobre la arena las horas negadas por su trabajo y el mío.

En todo esto pensaba cuando recibí una llamada de Franco. Mi corazón dio un vuelco de alegría anticipada. Pero no. La llamada se debía a una cita de la embajada de los Estados Unidos para discutir el caso del secuestro de mi esposo. Debo ir a Bogotá el primero de julio. ¿Valdrá la pena?

6 de julio de 2003
Han sido días muy intensos. Estoy escribiendo en el avión de regreso desde Colombia a Puerto Rico, en medio de una nube que lo arropa todo. No quisiera salir de este estado de quietud y silencio. Solo me acompaña el ruido de las turbinas. Casi todos duermen, algunos leen. Nadie sospecha la tristeza que cargo.

Pero me ata a la tierra la esperanza de que Efraín esté vivo, allá abajo, en algún lugar inhóspito.

¡Qué bien se portaron Franco y Ada! No sabían qué más hacer para complacerme. El recuerdo de los últimos días en Bogotá, con Efraín, me perseguía como una sombra.

Fuimos a la embajada. La monolítica estructura blanca, rodeada de soldados y de una intimidante verja de hierro, me pareció más una cárcel de máxima seguridad que la sede de las relaciones entre Estados Unidos y Colombia. Sobre el techo destacaban las antenas parabólicas de comunicación. En el lejano fondo se alzaban las montañas que circundan la meseta de la sabana.

Nos recibió un oficial de alto rango, pero Franco rechazó la reunión con él. Expuso con su característica vehemencia la inutilidad de venir desde Puerto Rico a reunirnos con alguien que no fuera la embajadora. El oficial se fue y dos horas después apareció la señora Ann Wood Paterson. Venía con una sonrisa un tanto forzada. Se excusó por no atendernos en primera instancia y pidió que le explicáramos la razón de nuestra visita. Yo tomé la palabra:

—Vengo a pedirle a usted que haga el mayor esfuerzo posible por lograr la liberación de mi esposo, secuestrado en la carretera a San Vicente del Caguán, el 16 de abril de este año, 2003.

—¿En qué circunstancias fue secuestrado su esposo?

Franco extrajo de inmediato de su maletín toda la documentación recopilada y se la entregó. Yo le contesté a la embajadora:

—Señora embajadora, copia de toda esa documentación ya está en poder de su ayudante, el señor Lezcaro.

—Haremos todo lo que esté a nuestro alcance, pero es poco lo que hemos podido hacer con tres ciudadanos nuestros recientemente secuestrados —nos dijo, desviando la mirada.

La sutil diferenciación percibida en sus palabras, entre Efraín y «tres ciudadanos nuestros», exasperó a Franco. Pero volví a tomar la palabra:

—Mi esposo, como nuestro amigo, el licenciado Franco, y esta servidora somos tan ciudadanos estadounidenses como los otros tres secuestrados. Nuestra petición es precisamente que se diligencie con igual sentido de urgencia, tanto la liberación de ellos como la de mi esposo.

—No me entienda mal, señora, lo que sucede es que Thomas Howes, Keith Stansel y Marc Gonsalves eran contratistas nuestros que hacían una labor para... —Intentó explicar la embajadora, pero era obvio: mientras más explicaba más evidente resultaba que un puertorriqueño no tenía el mismo nivel de interés para ellos que sus tres conciudadanos.

Salí de allí convencida de que por la vía oficial nada se conseguiría, como había dicho el licenciado Colón.

Sin embargo, logré grabar un mensaje dirigido a Efraín para un programa de radio que se llama La Luciérnaga, dedicado a los secuestrados. Me sentí cohibida, extraña, hablándole a un micrófono con la esperanza de que en algún lugar desconocido Efraín me escucharía. Al terminarlo me sugirieron conseguir un mensaje de la gobernadora para difundirlo en la época navideña.

El avión comenzó a descender en San Juan. En el Puente Moscoso ondeaban aún las banderas americanas de la celebración del 4 de julio. Cerré los ojos. Mis manos buscaban abrigo entre las manos de mi amado y no las encontré. El avión tocó tierra. Yo no. Me dolía el alma. Me sigue doliendo...

Volví a cerrar la libreta y permanecí en silencio, sintiendo el dolor que escapaba de aquel diario. Había algo dentro de mí que me condicionaba a mirar los sucesos desde la distancia del historiador; pero había otra parte, ahora dominante, que me empujaba a sentir el dolor como mío, con una mirada compasiva, más allá del cazador de historias. Quise entonces saber lo que le había sucedido al doctor en ese mismo periodo de tiempo, tres meses después de su secuestro. Llamé de inmediato a su oficina y coordiné un nuevo encuentro.

11
Un pequeño visitante

Cuando entré al despacho del doctor, después de varios días sin comunicarnos, sentí un alto grado de aprehensión. Cargaba conmigo unos secretos que no me atrevía a compartir con él, pero amenazaban con escapárseme en un gesto, una expresión no pensada o en una pregunta indiscreta. Había conversado con Nina y tenía en mi poder su diario. ¿Cómo reaccionaría López Arráiza de saberlo? Preferí callar para proteger mi historia.

De inmediato noté la ausencia de Marcela: anaqueles desordenados, expedientes sobre el sofá y la falta de ese olor a limpio que ella dejaba a su paso. López Arráiza subrayaba un libro que parecía leer con avidez. Lo cerró y me pidió que me sentara mientras lo colocaba en la pila de papeles que estaban en el escritorio.

—Es el libro de Clara Rojas; me acaba de llegar —dijo con la alegría del que ha recibido un regalo.

—¿Hace mención de usted? —Quise saber.

—Estoy empezando a leerlo. ¿Y usted, se siente bien? ¿Cómo va con su *investigación*? —dijo poniendo énfasis en la última palabra.

Eso me puso a la defensiva y volví a ofrecerle lo escrito para sus comentarios. Reiteró su preferencia de leer el producto final. De inmediato comenzó a contar desde el punto en que había dejado el relato y solo se detuvo cuando sonó la alarma del tiempo separado para el encuentro. Esta vez lo noté más comunicativo, con mayor confianza. Añadía a su narrativa gestos, acercamientos. Al terminar, antes de abrirme la puerta de salida, dijo:

—Tenemos tres cosas en común: lo que me pasó, lo que a usted le ocurrió y lo que ahora nos está sucediendo. Si al final somos mejores personas valió la pena el proceso.

No vine a entender el significado de esas palabras hasta varios meses después.

Aquí, parte de lo contado en esa sesión:

Para julio de 2003, yo continuaba en el campamento de la comandante Xiomara. Tenía la necesidad imperiosa de hacer apuntes sobre las experiencias diarias para hacer del papel mi único confidente.

En aquellos días llegó de visita un viejo comandante, canoso, de cabellera abundante, rostro con las huellas de muchas batallas y un parcho en el ojo izquierdo. Venía a dar la sesión de educación política semanal para los guerrilleros. Al terminar, uno de los jóvenes dejó olvidada su libreta de notas al lado de la mesa que les servía de aula. Yo, que observaba a distancia, la tomé. Jingo no se dio cuenta y la escondí dentro de mi camisa. Mi único interés durante los próximos días fue conseguir un lápiz. Husmeaba por las casetas cuando los guerrilleros realizaban sus ejercicios mañaneros, me quedaba cerca de las sesiones de educación a ver si a otro despistado se le olvidaba uno y, finalmente, ya desesperado, me aventuré a rebuscar en la misma caseta de la comandante Xiomara. Lo hice un día en que ella citó a todo el campamento para una ceremonia dedicada a unos compañeros muertos en un enfrentamiento con el Ejército. ¡Y lo encontré! Entonces corrí a buscar la libreta para ponerme a escribir los recuerdos que no quería dejar escapar.

El invierno en la selva es lluvioso, incómodo, opresivo, eterno. Los aguaceros golpean a diario las copas de los árboles y el agua cae ramas abajo humedeciéndolo todo. Aumentan las corrientes de los ríos cercanos y la resonancia producida adormece el ambiente. Me imaginaba el contraste con Puerto Rico: gente tomando sol en la playa, calores sobre los noventa grados y excursiones de Nina con sus niños al castillo del Morro. Mis caminatas por el perímetro asignado disminuyeron y me encuevé a escribir. Convertí esa libreta en mi confesionario, en mi objeto más preciado. Como un perro con su hueso, la enterraba debajo de las mudas de ropa que me asignaban y, cada día, luego de escribir, la cambiaba de lugar.

El invierno también me proveyó tiempo para iniciar una inverosímil práctica psicológica en el lugar menos imaginado. Comenzó con un joven de nombre Jacinto que un día se me presentó al cambuche a confesarse: nos había espiado el día que Eloísa me contó sus pesares. Para poder conversar conmigo consiguió el permiso de Jingo, a cambio de una cajetilla de cigarrillos. Como tantos jóvenes, Jacinto había sido reclutado por la guerrilla y se había enlistado con gusto, no tenía otras opciones. Pero albergaba sueños. Quería ser veterinario, aprender idiomas, casarse con una muchacha distinta a las de la selva y poseer una camioneta. Se había enterado de que yo era psicólogo y quería consultarme una decisión suya: volarse. Era el término usado para desertar. Le pedí que pensara las consecuencias. Lejos estaba yo de saber lo que acarreaba dejar la guerrilla.

Luego de la conversación, me di cuenta de que el muchacho solo buscaba ser escuchado. Estaba decidido a irse. Era de un poblado cercano y decía conocer al dedillo la selva. Además, el Ejército estaba en el área y, según él, era cuestión de ocultarse durante el día, avanzar en la noche y esperar el paso de una patrulla. Lo animé a hacerlo. El siguiente día de sesión educativa se notó la ausencia de Jacinto, pero nadie dijo nada.

Jingo siguió trayéndome «clientes» a cambio de favores que recibía de ellos: una segunda ración de comida, un radio de baterías, un pedacito de jabón, un intercambio de fusil y, el que pareció más valioso para él, que Ariana, una hermosa guerrille-

ra, lo dejara observarla a distancia cuando se fuera a bañar. Yo, que tanto me jactaba de mi ética profesional, había convertido las consultas en una moneda de trueque. En aquel primitivo estado, cada objeto o favor adquiría un valor de acuerdo con las necesidades propias. Unos por el poder que les daba tener el control de un radio, otros, por la dignidad rescatada en el simple hecho de bañarse con un jabón. Yo recobraba algo de prestigio al convertirme en el sabio de la aldea.

Las consultas eran variadas. Algunos venían porque les daba miedo ir de patrulla y tener un enfrentamiento que les costara la vida. Para ellos, tener miedo era sinónimo de ser cobardes. Otros se sentían solos y querían saber si había alguna forma de conquistar una muchacha pretendida por varios. Tuve largas conversaciones con un muchacho homosexual, preocupado porque los demás pensaran que lo era. Cuando descubrió que él mismo no se aceptaba dejó de asistir a la consulta.

El caso de Ariana era único. Tendría unos dieciséis años. Era rubia y se hacía unas trenzas que me recordaban las de Bo Derek en la película Diez. Se maquillaba bien y su femineidad contrastaba con el uniforme militar que usaba. Cargaba el fusil apretado a su pecho, voluminoso y sensual. Al hablar, muy coqueta, se humedecía constantemente los labios. Comenzó por decirme que había venido por recomendación de Jacinto. Su problema era complicado. Le gustaba un muchacho recién ingresado a la guerrilla, pero ya el viejo comandante que había venido a dar la educación política le había echado el único ojo que tenía. Lo consultó con la comandante Xiomara y esta le insinuó que debería sentirse honrada de haberle gustado al comandante. Ariana temía el traslado al campamento de él y terminar como su moza. Me explicó la disciplina de los campamentos: era necesario que los guerrilleros y guerrilleras que se enamoraran lo notificaran a la comandancia. Me pareció curioso que hubiera una clasificación para esas relaciones: eran novios si simplemente se gustaban y, con previa autorización, podían compartir algunos ratos juntos; si la guerrillera acep-

taba al guerrillero como su mozo podían acostarse miércoles y domingos; si se convertían en socios entonces compartían el cambuche todo el tiempo. Ante la ausencia de la Iglesia o el Estado para regular las relaciones sexuales con sus dogmas o leyes, la dirección guerrillera asumía el rol.

Por varias semanas, ¿o fueron meses?, bajo la intensa lluvia invernal, escribía en mi libreta clandestina y conversaba con mis pacientes secretos. Un día en que una inusitada claridad insinuaba la presencia del sol más allá del manto de clorofila que nos cubría, Jingo me dijo que lo acompañara. La comandante Xiomara me quería ver. Sentí una súbita carga de adrenalina. ¿Me irían a liberar? ¿Sería que las gestiones de mis familiares y amigos habían rendido fruto? ¿Era mi liberación producto de alguna negociación con el Ejército colombiano? Lo que vi al llegar me pareció otra alucinación de las que ya no me debía sorprender.

La comandante Xiomara estaba muy relajada, sentada en un banquillo con los pantalones militares recogidos hasta las rodillas. Tenía el pie derecho en un balde de agua desbordado con espumas, el izquierdo descansaba en el muslo de una de las muchachas del campamento para una pedicura. Otra guerrillera le limaba las uñas, y el pelo lo tenía recogido en rolos de papelillos. ¡La implacable comandante Xiomara en un salón de belleza montado en plena jungla!

Me indicó que me sentara al lado de su pedicurista y, con un tono inesperadamente amable, dijo que tenía algunas noticias para mí.

—¿Cuáles quiere primero, las malas o las buenas? —expresó devolviéndome algo de esperanza.

—Si la buena es que me deja en libertad, dígamela primero —contesté y arrastré mi banquillo más cerca de ella.

—La buena aún no es esa. Hay que esperar la decisión del Secretariado en su caso.

—¿Y qué debo esperar, que alguien pague por mi secuestro, vivir enterrado aquí el resto de mi vida, el paredón...?

—Alégrese de que ya los compañeros del Secretariado tienen conocimiento de su caso, lo están analizando y me prometieron una decisión pronta.

—¿Cuán pronta?

—Recuerde lo que le dije, su tiempo no es el nuestro, sea paciente. Pero le tengo otra buena noticia. No crea que no me he enterado de sus consultas psicológicas clandestinas —dijo señalándome con el dedo, como una madre a su hijo travieso.

—¿Y?

—Que no voy a tomar represalias ni en su contra ni con aquellos que han violado la disciplina del campamento. Pero le voy a permitir que converse solo con aquellos que yo autorice.

—Me siento muy honrado de ser autorizado a ejercer mi profesión por su señoría —afirmé con todo el cinismo que pudieran cargar mis palabras. La comandante lanzó un contragolpe que me dolió por meses.

—Es que no quiero que por una mala asesoría uno de mis muchachos termine muerto, como le sucedió a Jacinto.

La palidez de mi rostro pareció satisfacer su intención. Hubo un silencio en el que pasaron por mi mente las conversaciones con el joven soñador, las posibles causas de su muerte y cuál debía ser mi reacción. Antes de que yo pudiera articular palabra ella reanudó su ataque.

—Se voló, como le confió a usted, y luego de estar varios días escondido, una patrulla del Ejército lo encontró dormido y lo mató.

Quise cuestionar su versión, pero la urgencia de estar solo y rendirle un tributo de silencio al pobre muchacho pesaron más. Me puse de pie y caminé con una inmensa carga de culpa hacia mi caseta.

Al otro día descubrí el porqué de la sesión de cuidado de belleza del día anterior. Nos despertaron más temprano de lo usual, venía a visitarnos un importantísimo personaje. Se recogieron las casetas y la comandante Xiomara recorrió el campamento pendiente del más mínimo detalle de limpieza. Las *guerrilleras y los guerrilleros se colocaron en dos largas filas, creando un pasillo de recepción, y a mí se me obligó a estar de pie, detrás de la comandante, al final de la línea. La espera en silencio fue como de media hora. Entonces aparecieron ocho hombres, los de mejor constitución física que había visto hasta ese momento, armados con rifles y granadas, escoltando al esperado visitante. Una vez frente a la línea de recepción, se abrieron en forma de V y de entre ellos salió ¡un enano!*

Me pregunté si mi vista me engañaba. Volví a mirarlo. ¡Sí, era un hombre extremadamente diminuto! Caminaba con aire de autoridad portando un rifle afín a su tamaño. Tenía piernas encorvadas, un enorme fondillo, ojos saltones y pelo rizo. La comandante lo observaba con total naturalidad pero la mayoría de los presentes intercambiaba miradas de burlona complicidad. Algunos inclinaban la cabeza, tal vez para evitar que se les escapara una carcajada. El personaje llegó ante la comandante, se puso en atención y llevó la mano a la punta de la gorra para el saludo militar. Su rostro quedó justo a la cintura de la líder guerrillera. Ella se inclinó lo más que pudo, le contestó el gesto militar y luego le dio un abrazo. «Saludos a todos», dijo la criatura con voz chillona. «Descansen», ordenó y estalló un fuerte aplauso.

Esa misma tarde todos cuchicheaban la historia del enigmático invitado. Se llamaba Rigo y estaba investido de cierta autoridad por ser hijo, no oficial, del legendario jefe de las FARC, *Manuel Marulanda, Tirofijo. El Secretariado, según me dijeron, se pasaba enviándolo a distintos campamentos para mantenerlo fuera de peligro.*

Al otro día de su llegada, el campamento amaneció en actividad febril. En la noche hubo una fiesta de bienvenida al distinguido huésped. Unos campesinos habían traído una vaca para asarla y varios guerrilleros preparaban chicha, una bebida de panela fermentada. Las señoras mayores, que eran pocas y solo se dedicaban a las labores de la cocina, prepararon de aperitivo unas arepas rellenas de queso y, de postre, unos bocadillos de dulce de guayaba. La comandante Xiomara le ordenó a Jingo que me llevara a la recepción.

Al llegar, me dio la sensación de estar ante una representación teatral de un campamento de ensueño, diametralmente opuesto al opresivo, silencioso y aburrido reino de la comandante Xiomara. Estaba iluminado con jachos. Los guerrilleros conversaban animadamente, la mayoría tomando chicha; otros cantaban alrededor del que tocaba una guitarra desafinada; y la comandante, acompañada del diminuto visitante, iba saludando a todos. Jingo me llevó donde ellos y Rigo se me plantó al frente. Me llegaba a la mitad del muslo. Miró hacia arriba y me lanzó un chiste conocido: «¿Está frío allá arriba?». No pude evitar echarme a reír. Me extendió su pequeña mano y lo saludé. Hubo una instantánea empatía que no logré entender. Luego lo comprendí: de cierta forma era un secuestrado como yo.

Al poco rato los cajones que servían de asientos se convirtieron en tambores y todos comenzaron a bailar. El ritmo se fue acelerando, la distancia entre los cuerpos disminuía y las pasiones secuestradas por la disciplina militar comenzaron a soltar amarras. Los movimientos sensuales de las jóvenes dibujaban con inequívocos trazos sus deseos escondidos. Rigo sacó a bailar a Ariana y demostró ser un bailarín experimentado. Giraba sobre sus talones, daba pequeños saltitos y no perdía el ritmo. Ella se inclinaba y hacía que sus senos se movieran con el repique de los tambores, casi rozándole el rostro. Él emitía chillidos de felicidad.

De pronto, una intensa luz blanca se impuso sobre el parpadeo amarillento de los jachos. Los tambores se detuvieron y se escuchó el ruido de los motores de varios aviones que sobrevolaban cerca del campamento peinando el perímetro con sus reflectores. «¡Supertucanes!», gritaron algunos y de inmediato se apagaron los jachos. «¡Dispersen el campamento!», ordenó la comandante Xiomara, y todos corrieron a buscar refugio en la oscura densidad selvática que nos rodeaba. Por más de media hora los aviones estuvieron escudriñando el área. Luego se alejaron, pero la comandante corrió la orden de no regresar al campamento hasta que amaneciera. Jingo gruñó: «El jodido enano es un imán. Dondequiera que va lo siguen los tucanes».

Al amanecer volvimos al campamento, no sin antes participar de otro suceso tragicómico. Como medida de seguridad se había cavado un hoyo donde se metería a Rigo en caso de ataque. Se colocó una plancha de acero en el tope. El problema fue sacar al pobre hombre del hueco. Hubo que colocarle una soga debajo de los brazos y entre varios hombres intentamos sacarlo. Rigo se quejaba de que la soga le laceraba las axilas y la operación falló en varias ocasiones. Al fin se pudo y el pobre hombrecillo salió con la cara llena de barro.

En las noches siguientes los aviones repitieron la operación. La comandante ordenó recogerlo todo y abandonar el campamento. Nos dividimos en cuatro grupos. El del frente, compuesto por unos cinco guerrilleros, todos varones, iba con un día de adelanto y tenía la encomienda de encontrar el lugar adecuado para establecernos. El segundo, el más numeroso, nos llevaba medio día de caminata. Cargaba las cosas más importantes: generador de electricidad, cocinas, casetas, armas y uniformes.

En el tercer grupo íbamos la comandante Xiomara y sus dos lugartenientes, Ariana, dos muchachas adicionales, Rigo, Jingo y yo. El último grupo se quedaría en el campamento para borrar todo vestigio y luego se nos uniría. Había radiocomunicación entre los grupos. El operativo completo tomó cerca de un mes.

Durante el trayecto tuve la oportunidad de contarle a Rigo cómo había parado en manos de la guerrilla que dirigía su padre. Él me pidió que no mencionara eso de que era hijo de Marulanda. Entonces me explicó que algunos miembros del Directorio estaban en contra de los secuestros, pero reconocían que era un arma de negociación con el Gobierno de Álvaro Uribe, quien tenía a cientos de guerrilleros prisioneros. Mis secuestradores, sospechaba él, pertenecían a una banda de maleantes que también se dedicaba a la extorsión. Rigo pensaba que al ver el pasaporte norteamericano entendieron que yo era más valioso para la guerrilla que para ellos. Prometió interceder por mí con su padre, si es que lo veía, ya que hacía dos años que no tenían contacto. Si no, le enviaría un mensaje al Mono Jojoy.

Rigo y yo compartíamos una misma pena: el trayecto se nos dificultaba: a él por ser tan bajo de estatura y a mí por ser tan alto. Había lugares por donde yo no podía pasar y troncos de árboles caídos sobre los cuales a Rigo se le imposibilitaba trepar. Un día tuvimos que pasar por un filo de montaña extremadamente estrecho. A la derecha había unas enormes rocas cubiertas de musgo, con árboles pequeños y retorcidos, cuyas raíces brotaban de unas hendiduras que había en la piedra. A la izquierda, amenazaba con tragarnos un acantilado cubierto de bejucos gruesos y rugosos, que se entrelazaban con las ramas de algunos árboles. Más abajo, se escuchaba el relajante sonido del cauce de una quebrada.

Rigo estaba extenuado, pero la comandante Xiomara nos apuraba pues quería llegar al nuevo campamento antes del anochecer. Para avanzar, lo subí a mi espalda, como si fuera una mochila. Mientras caminábamos me hacía comentarios sobre las nalgas de una guerrillera negra que iba al frente.

No habíamos caminado unos cincuenta metros cuando sonó un disparo. Uno de los lugartenientes había matado una enorme serpiente que, camuflada, se soleaba sobre una roca. Rigo se asustó con el ruido, sus manitas perdieron el agarre de mi cuello y cayó hacia el acantilado. Tratando de aguantarlo, también perdí el equilibrio y caí detrás de él. Este es el fin, pensé, mientras mi cuerpo golpeaba con cuanto encontraba a su paso en aparatoso descenso. De pronto, dejé de caer. Ramas y bejucos habían formado una malla milagrosa que me sostenía. «No se mueva», gritó uno de los hombres desde la parte de arriba. Los chillidos de Rigo me indicaron que estaba más abajo de mí, también salvado por los bejucos.

El rescate tomó un largo rato. Primero se ocuparon de Rigo, a quien lograron subir gracias a un joven de increíbles habilidades acrobáticas que se deslizó por las ramas como si fuera un *descendiente de Tarzán. Una vez lograron subirlo, me tocó a mí. La operación tenía que hacerse con sumo cuidado; si los bejucos dejaban de sostenerme, abajo me esperaban las afiladas rocas de la quebrada. Amarrado por la cintura con dos sogas y deslizándome por donde el acróbata me indicaba, logré regresar al trillo.*

Pasamos la noche a la intemperie. Al otro día llegamos al nuevo campamento. El espacio era más pequeño que el anterior, pero quedaba al lado de un río caudaloso, lo que facilitaría bañarse y tener agua. Esa primera noche los aviones atravesaron el espacio, pero a mayor altura. Más tarde, escuchamos a lo lejos el tableteo de sus ametralladoras. Al otro día, llegó la noticia: los muchachos del grupo que se quedaron en el campamento borrando vestigios habían sido acribillados.

La muerte era una compañera habitual en la vida de la guerrilla. Tal vez por arrogancia, o por enajenación, pensaba que morir podía ocurrirle a otros, no a mí. Lo de Jacinto y la culpa que sentía por lo que le había sucedido me acercaron la muerte al oído. Por momentos sentía que la llevaba en el morral.

A aquellos combatientes la pérdida de un compañero o compañera les causaba tristeza, pero el acecho constante del peligro les hacía saltar las etapas de duelo y conectar de inmediato con el presente.

Rigo había cambiado la tonalidad en el campamento. A cada rato hacía bromas y era un secreto a voces que babeaba por Ariana. Un día me preguntó si yo veía algún impedimento para que la hermosa guerrillera lo amara. Le aseguré que solo ella podría decírselo. Otro día me trajo un poema que le había escrito y me pidió que lo acompañara a la hora de la cena para que se lo leyera. Mientras lo hacía, Ariana me miraba con su coquetería habitual. Vino a mi mente Cyrano de Bergerac.

Cuando las lluvias amainaron y comenzó la temporada seca, Rigo se despidió. Le tocaba ir a otro campamento. Me aseguró que no olvidaría la encomienda de mediar por mi liberación. Regresé a mi ostracismo habitual. Ni escribir me animaba. Jingo

había sustituido su compulsión de limpiar el fusil por la tarea de
arreglar el radio, obtenido gracias a mis consultas. Una noche,
por fin, el radio funcionó. La primera canción, cantada por Da-
niel Santos, era sobre la bandera de Puerto Rico.

Una madrugada Jingo me despertó antes de lo acostumbra-
do. «Oiga, oiga, oiga», me repetía desesperado y me pegaba el
radio al oído. En lo que me percataba de lo que me trataba de
decir, escuché a una mujer decir «te amo». Jingo me miraba con
honesta excitación.

—¿La oyó? —me decía mirando el radio con asombro.

—¿A quién? —pregunté sin entender.

—¿No se dio cuenta? —dijo decepcionado.

—No sé de qué me habla. ¿Quién era?

—¿Su mujer se llama Nina?

—¡Sí! —El sonido del nombre de Nina me hizo ponerme de
pie—. ¿Qué pasó con ella?

—¡Usted es un huevón*! Le acaba de enviar un mensaje por*
La Luciérnaga y no lo escuchó.

—¿Nina? Explíqueme, por favor.

—Es un programa de radio dedicado a los secuestrados, para
que los familiares envíen mensajes. Es a las 4 de la mañana.

—¡No lo puedo creer! ¿Qué decía?

—Las pendejás *que dice todo el mundo, que lo quiere, que*
no lo va a abandonar, que le pide a Dios, eso.

Le hice repetir a Jingo el mensaje de Nina una y mil veces. A
esas palabras que no escuché, a esa voz que se perdió en el silen-
cio de la selva me aferré como mi razón para sobrevivir.

Estas últimas palabras las dijo con voz entrecortada. Me echó
su brazo derecho sobre el hombro y lo vi a punto de confesarme
lo sucedido a su regreso. El dolor que emanaba de su corazón
era tan intenso que enrarecía el ambiente. Sin embargo, como
había hecho en momentos parecidos, utilizó la excusa de ir al
baño con el fin de reponerse.

Durante esos mismos meses de finales de 2003, las cortas entradas de Nina en su diario se limitaban a reiterar su desolación, atenuada por la entrega a sus estudiantes.

La historia de todos tomó un nuevo giro en los meses de noviembre y diciembre de 2003 para Efraín y Nina; para mí, siete años más tarde.

12
El carnaval

Yo caminaba como un equilibrista del destino por la línea que dividía la historia del doctor López Arraíza, abandonado a su suerte en la selva colombiana, y la de su joven esposa, desolada y sin esperanzas en Puerto Rico. El sonido de la llegada de un correo electrónico a mi computadora interrumpió el éxtasis creativo de entretejer ambas historias. El mensaje era del periodista colombiano Juan Carlos Torres, autor del libro *Operación Jaque*, sobre el operativo que liberó al grupo de secuestrados donde estaba Ingrid Betancourt. Le había pedido una entrevista con la esperanza de lograr acceso a los archivos utilizados para su libro. El periodista me ofreció su disponibilidad para principios de diciembre, en Bogotá, pues de momento estaba de gira promocional por algunos países.

La adrenalina disparada con cada nuevo hallazgo relacionado a la historia del doctor lograba mantenerme durante horas corridas en internet. En una de esas búsquedas di con una nota de la página web del periódico *El Espectador*, del 11 de noviembre de 2009, que hablaba de Rigo, el hijo de Marulanda. La información había sido sacada de un libro recién publicado de Zenaida Rueda, una guerrillera que había desertado el 2 de enero de ese año junto a un secuestrado bajo su custodia. En la foto de portada, la guerrillera mostraba una cicatriz parecida a la de Eloísa, según la descripción de López Arraíza. Quise conseguir el libro. No se encontraba en Amazon ni en ninguna librería en Puerto Rico. Esto me dio una razón adicional para regresar a Bogotá.

En una siguiente búsqueda encontré una sorprendente información: el vagabundear de Rigo terminó trágicamente durante un ataque aéreo al campamento en que se encontraba el 8 de mayo de 2010. ¡En esos mismos días yo había comenzado mis terapias con el doctor!

Leí algunas páginas adicionales del diario de Nina en las que continuaba manifestando su etapa de duelo de profunda tristeza. Mientras, el doctor estaba a punto de vivir una experiencia inusitada a principios de diciembre de 2003:

Después de la partida de Rigo, perdí lo poco que me quedaba de ese tiempo cronológico que mi reloj se encargaba de llevarme con minuciosa fidelidad. Apareció otro tiempo, tal vez más real pero menos preciso, el subjetivo, el experimentado en mi conciencia. Ya no eran unas manecillas o unos números digitales los que apuntalaban ciertos acontecimientos. Eran huellas emocionales, pequeñas alegrías, grandes sorpresas, una risa aquí, un llanto allá, el sustituto de ese calendario que ya iba olvidando. Desaprender se me convirtió en una obsesión.

Comía una décima parte de lo acostumbrado. Bañarme dos veces al día y ponerme ropa limpia dejaron de ser cosas estrictamente necesarias. La urgencia de tener planes y llenar el día con compromisos se fue alejando de mí como un volantín sin hilo. Las urgencias sexuales de los jóvenes guerrilleros me parecían ajenas. Un delicioso silencio alimentaba mi existencia. Pasaban los días y no emitía palabra alguna. Hasta me pareció extraño el sonido de mi voz cuando le grité a Ariana: «¿Qué haces?», al sorprenderla espiándome cuando me bañaba en el río cercano.

Una mañana, precedidos de ruidosa algarabía, aparecieron unos monos, tal vez los mismos del campamento anterior. Yo estaba en la fila del desayuno, tomé la arepa con el pedazo de queso correspondiente y me fui a observarlos. Puse mi ración sobre el pequeño banco que a veces me servía de escritorio, partí unos pedacitos e intenté dárselos con la mano. Los micos hacían toda clase de piruetas, se acercaban y se alejaban de mi mano, sin tomar la comida. Frustrado, regresé al banquillo. ¡Mi comida ya no estaba! En una rama cercana, la líder de la manada había aprovechado mi distracción y repartía pedazos de la arepa y el queso a sus pequeños.

La próxima marca en mi nuevo calendario se produjo al ver a unos guerrilleros poniendo unas guirnaldas de luces por todo el campamento. Pregunté con cierta curiosidad de qué se trataba. La contestación me llegó como un trueno sin el relámpago de alerta: «Hoy es la fiesta de Nochebuena». ¿Qué? ¡Estábamos en Navidad! Mi reacción fue extraña, inesperada. Salí corriendo como si le huyera a un enjambre de abejas y me encerré en el cambuche a llorar todo lo reprimido durante meses. Invadieron mi mente las imágenes de las decoraciones de Navidad en Puerto Rico, la fiesta de la escuelita de Nina, los regalos que con tanto celo guardábamos para sorprendernos a la mañana siguiente, las canciones, los centros comerciales llenos de gente, las parrandas en los apartamentos vecinos... Lloraba con el dolor de una herida que de nuevo se abre, con el estupor del choque con una realidad que había escondido bajo los árboles y la maleza. Seguí llorando por horas.

Le dije a Jingo que no saldría de la caseta y de inmediato él se encargó de difundir la noticia de mi descalabro emocional. Al caer la tarde, Ariana vino a visitarme. Dijo que la comandante Xiomara le había dado permiso para que fuera mi escolta en la fiesta. Se había quitado la chaqueta militar y a cada paso sus senos ondulaban buscando acomodo en su camisilla verde olivo. Venía olorosa a gardenias y con el pelo suelto. Me ordenó dejar la lloradera e irme a bañar, sentenciando: «los hombres no lloran». Sin decir palabra, accedí y me fui a dar un baño. Al rato, me trajo una muda de ropa limpia. «Lo vamos a pasar bien», afirmó con toda la picardía de la que era capaz. Esperó afuera y cuando estuve listo me arrastró a la fiesta.

Habían traído unos músicos del poblado más cercano, con acordeón, guitarra y percusión. La comida era abundante e incluía pollo asado, papas hervidas y arroz con frijoles. Tan pronto llegué, varios guerrilleros vinieron a ofrecerme un licor fermentado con cáscara de piña. Ariana me animó a probarlo y, para darme el ejemplo, fue la primera en apurar medio vaso. La bebida era dulce y resultaba agradable al paladar. Me recordó el pitorro preparado por mi abuelo para la víspera de Reyes. La alegría de todos era auténtica, contagiosa. Parecían decididos a hacerme pasar una buena noche. Yo me dejé ir. La descarga emocional de las horas anteriores me había dejado con poca resistencia.

Bebí y bailé hasta el entumecimiento de los sentidos. Las luces de las guirnaldas se fueron difuminando y el sonido de los instrumentos musicales se mezcló con la eterna serenata de la jungla. «Coma, coma, que se me marea», escuchaba a lo lejos la voz de Ariana. Lo próximo fue la nada; luego, no sé cuánto tiempo después, un golpe de agua en el rostro me hizo abrir los ojos. Estaba en el suelo y los muchachos se reían mientras intentaban despertarme con un nuevo balde de agua. A duras penas me puse de pie. Ariana me trajo un tinto y con la ayuda de Jingo me llevó al cambuche.

—Váyase y siga la fiesta que yo me encargo del doctor —escuché a Ariana ordenarle a Jingo mientras me arrastraba adentro. Entonces entró y se me sentó al lado.

—Perdone el exceso. —Se me ocurrió decirle.

—¿Por qué se excusa si lo hemos pasado bien? —Acercó su cara a la mía mientras me pasaba la mano por el pelo—. ¿Se siente mejor? —preguntó con ternura.

Sentí su aliento dulce a alcohol. No dije nada. Una sensación de susto me recorrió el cuerpo. Ella lo notó. Cerré los ojos para disimular la turbación. Entonces ella se acercó más y comenzó a rozar su nariz con la mía, juguetona; a darme besos cortos, inquietos, por todo el rostro. Quise decir algo, alertarla de algún peligro que en ese momento no podía definir. Ella me lo impidió con un beso en la boca, intenso, húmedo, agresivo. Yo estaba anonadado. No podía y tampoco quería reaccionar. Ella se despegó abruptamente. Pensé que la había ofendido al no reciprocarle. Pero en un movimiento rápido, felino, se fue a mis pies y me sacó las botas de un tirón. Entonces buscó mi correa con desespero y la soltó. Traté de incorporarme pero me detuvo con un gesto y fue empujándome con suavidad al suelo. Me dejé caer y ella esbozó una sonrisa de triunfo. Me abrió suavemente la braqueta y con una sugestiva nalgada me conminó a que la ayudara a bajarme el pantalón. Obedecí hipnotizado. Entonces se quitó la camisilla y en la semioscuridad vi su senos poderosos, juveniles, guerrilleros, lanzarse sin piedad a sepultar mi rostro.

Mi corazón se aceleró y la sangre corrió cuerpo abajo al reclamo de sus manos. El torrente imprevisto abrió capilares cerrados por meses, erizó mi cuerpo y ella celebró mi despertar, besando, lamiendo, mordiendo con ingenua torpeza. Se viró entonces bocabajo, puso su cara en mis pies y pidió que le arrancara el pantalón militar. Lo hice y comenzó a besarme los dedos mientras colocaba su empapado sexo sobre mi cara. Se movía con urgencia adolescente. Me tomó entonces la mano, agarró el dedo del corazón y lo llevó con suavidad a su centro de placer que latía a punto de ebullición. Comenzó a hurgar en su lava ardiente, abriendo espacios desconocidos. Ya lista, palpó la dureza de la escultura que había moldeado y se sentó en cuclillas sobre ella. Fue bajando despacio, saboreando cada milímetro de erección, conteniendo apenas el impulso de dejarse caer al urgente llamado de su deseo. Instantes después, cabalgaba a horcajadas sobre mí. Yo sentía que una corriente irresistible dentro de ella me succionaba, serena a veces, turbulenta las más, con caídas abruptas que me cortaban el aliento. Ella susurraba sin parar. Decía amarme, me pedía que la poseyera hasta el dolor, confesaba que me deseaba desde que me vio bañándome y se agarraba de mi pelo con furia.

No le importó que afuera se escucharan sus gemidos, unidos al bullicio de la fiesta. A mí no me importó lanzarme a ese preci-

picio que me reclamaba una, dos y no sé cuántas veces más. Siguió en su desenfreno hasta que cayó desfallecida. Todos los sonidos se detuvieron. Quedamos pegados el uno al otro por una viscosa amalgama de fluidos de intenso aroma. Así estuvimos por largo rato. Luego, ella se fue despegando poco a poco, disfrutándose cada centímetro de su salida. Me dio un beso suave y susurró: «Feliz Navidad». Se puso rápidamente la ropa y salió. A través del hueco del cambuche la vi alejarse hasta que se disolvió en la noche. «Todavía quedan restos de humedad», escuché a Pablo Milanés cantar desde el disco que Nina me había regalado.

Una mancha de remordimiento me empezó a teñir el alma.

13
Navidad

La época de Navidad tiñe de nostalgia los estados de ánimos. Nos persiguen las costumbres, los recuerdos, la absurda necesidad de estar alegres y la sombra de la tristeza se cierne sobre los que tenemos la soledad como única compañera del diario peregrinaje. Las primeras brisas de diciembre de 2010 me sorprendieron camino a Bogotá, añorando a Marcela. Tampoco pude evitar el contagio triste de las vivencias de Nina y el doctor López Arraíza en sus Navidades de 2003.

En el trayecto de San Juan a Panamá estaban desocupados los dos asientos a mi lado y pude leer y escribir sin molestar a nadie. Una joven sentada en la misma fila, pero al otro lado del pasillo, observaba con curiosidad la febril actividad a la que me había entregado. Del diario de Nina leí la siguiente entrada:

Soy una pregunta que le teme a su propia respuesta.
He perdido hasta la sombra, ¿o se me ha escondido en el alma?
Quiero nadar a contracorriente...
Día a día vivo, día a día muero...
ansío resucitar.

Como si estuviera en el cuarto de edición de una película, detuve la escena en la que Nina expresaba sus sentimientos con palabras cargadas de poesía y pasé al recuento de su esposo, en aquel momento a miles de kilómetros de distancia, despertando del marasmo de la noche en que fue secuestrado por una pasión adolescente. La joven del otro lado del pasillo me miró con extrañeza cuando cerré la pequeña libreta que acababa de abrir y me puse los audífonos para escuchar el relato del doctor:

Los gritos de Jingo me sacaron lentamente del inusitado abismo en el que había caído. Amanecía. Gateando, asomé la cara por el hueco del cambuche. Jingo dejó de gritar y me miró como si viera un fantasma.

—¿Qué carajos le pasó? —Se me acercó como si no lo pudiera creer.

—No he dormido bien —traté de explicarle.

—¿No será que durmió demasiado bien? —ripostó con picardía.

—¿Por qué me gritaba? —Intenté desviar el tema.

—Una cucha estaba en la radio pidiendo que lo soltáramos por ser Navidad.

—¿Una cucha?

—Sí, una vieja. La presidenta de su país. Venga, que fue a través del radio de la comandante.

No estaba seguro de entender lo que Jingo trataba de decir. Mis sentidos seguían entumecidos. Dando traspiés llegué hasta los predios de la comandante Xiomara.

—Me dicen que anoche bebió, cantó y bailó —dijo ella escudriñándome con sorna.

—Me excedí un poco.

—Había permiso para hacerlo. Además, le encomendé a Ariana velar por usted. Estoy segura de que cumplió mi encomienda a cabalidad.

Temí que estuviera olfateando el dulce aroma de la joven aún impregnado en cada poro de mi cuerpo.

—Me dijo Jingo que alguien me envió un mensaje.

—Alguien no, ¡la gobernadora de su país! No sabía que usted era tan importante.

Pensé que me estaba tomando el pelo y sonreí sin darle importancia.

—¿No me cree? Esta noche, por ser Navidad, repiten los mensajes en Voces del Secuestro, por Radio Caracol. Hasta para nosotros es divertido escucharlos. Puede venir si quiere.

Así lo hice y pude escuchar el mensaje de la gobernadora:

«Saludos a los hermanos de Colombia. Les habla Sila María Calderón, gobernadora del Estado Libre Asociado de Puerto Rico. Me dirijo en particular a las personas que tienen secuestrado al doctor Efraín López Arraíza, un excelente psicólogo y, sobre todo, un buen puertorriqueño. Hoy es Navidad y en todas las latitudes del planeta se celebra el nacimiento del niño Jesús, quien vino a la Tierra a traer paz a los hombres de buena voluntad. A esa buena voluntad apelo para que le regalen al doctor López Arraíza su libertad, el don más preciado de cualquier ser humano. Los puertorriqueños les estaremos eternamente agradecidos. Feliz Navidad y que el año 2004 sea de paz y prosperidad para todos».

Me conmovió el gesto de la señora Calderón. Su mensaje me hizo sentir que Nina, mis amigos y el Gobierno de Puerto Rico unían esfuerzos para mi liberación. Reverdecía mi esperanza. ¿Cuál sería la reacción de los líderes de la guerrilla a la petición de las autoridades de Puerto Rico? Muy pronto lo supe.

Dos días después Jingo me levantó más temprano de lo usual. Ordenó que recogiera mis cosas porque me iría. Comencé a dar saltos en desquicio total. La euforia me duró solo unos minutos. La comandante Xiomara llegó a explicarme que, luego del mensaje de la gobernadora, el Mono Jojoy quería conocerme y reclamaba de inmediato mi presencia en su campamento. Me asignó una escolta con sus mejores hombres. No pude despedirme de Ariana. La travesía tomó varias semanas.

Una asistente de vuelo anunció por los altoparlantes de la cabina del avión el comienzo del descenso a ciudad de Panamá. Detuve la grabación y recogí mis cosas. Solo tendría veinte minutos para lograr la conexión con Bogotá. Dos horas después, ya estaba en la ciudad a la que comenzaba a tomarle un especial cariño.

El periodista Juan Carlos Torres fue muy amable al recibirme. El revuelo publicitario causado por su libro lo había colocado en una vorágine de comparecencias en los medios de comunicación, por lo cual no podría dedicarme mucho tiempo. Sin embargo, puso a mi disposición, en una sala muy vigilada en el Ministerio de Defensa, su preciado tesoro investigativo. Allí pude atemperar fechas y acontecimientos paralelos a los narrados por el doctor.

Mientras López Arraíza se dirigía a los cuarteles generales del más temido dirigente guerrillero y principal estratega militar de las FARC, el Ejército colombiano comenzaba a obtener datos de la ubicación del campamento donde se encontraban Ingrid Betancourt, Clara Rojas y los otros secuestrados. A finales del año 2003, el grupo fue trasladado a la jurisdicción del Bloque Oriental dirigido por Jojoy.

Pasé varios días sumergido en aquellos fascinantes documentos. Una noche, en la habitación del Hotel Fénix, donde me había hospedado en mi primera visita a Bogotá, revisé mi correo electrónico y me llevé una sorpresa. El licenciado Enrique Colón me escribía lo siguiente:

«Estimado Mario:

Sé que le resultó interesante mi entrevista con el combatiente boricua Guillermo Morales en la que le pedí mediar a favor del doctor López Arraíza con los guerrilleros que había conocido en un hospital de La Habana. Me han invitado a una actividad en la Misión de Puerto Rico en Cuba, para apoyar a los prisioneros políticos puertorriqueños. Será del 29 de abril al 2 de mayo de 2011. No puedo asistir por unos casos pendientes en el tribunal. Solicité permiso y me permitieron ofrecerle la invitación a usted. Si pudiera ir estoy seguro de que, con la ayuda de nuestro delegado en La Habana, obtendrá más información. Como debe suponer, estas invitaciones no conllevan el pago de transportación aérea, aunque sí se le proveen alojamiento por tres días. Usted me dirá. Quique».

¡Ir a Cuba! ¡Por supuesto! Tendría que someterme de nuevo a un estricto control de gastos para hacerlo, pero no podía desperdiciar la oportunidad. El listado de correos electrónicos sin leer me tenía una sorpresa mayor. Marcela me escribía.

«Mario: No pienses que te he olvidado. No ha sido fácil encaminar a mis hermanitos luego de la muerte de abuela. En estos momentos no veo posible regresar a Puerto Rico. Hay unos asuntos de herencia y de deudas muy complicados que no sé cuánto tiempo me tomará resolver. El doctor me está ayudando a través de un abogado amigo suyo residente acá. Recibe mis mejores deseos de una feliz Navidad y que el año por venir te permita terminar el libro sobre el doctor. Por favor, no le digas lo del diario. Yo se lo explicaré cuando llegue el momento adecuado. Cariños, Marcela».

Me quedé un buen rato, absorto, mirando la pantalla de la computadora. Mi rostro tal vez no reflejaba las emociones desatadas por aquel simple correo: alegría por saber de ella, pero, a la vez, tristeza por la imposibilidad de su regreso a Puerto Rico. También me causaba cierta incomodidad algo en la relación entre Marcela y el doctor López Arraíza que no acababa de entender.

Fui a caminar sin rumbo por las frías y congestionadas calles de un Bogotá en pleno bullicio navideño. Una hora después me senté en un agradable parque a tomar un descanso. Me resultaba familiar el entorno. Entonces lo reconocí: era El Nogal, aquel parque descrito por el doctor en su primer relato, cuando había regresado a Bogotá para encontrarse con Clara Rojas. Saqué de mi mochila el diario de Nina y entre sus trazos hermosamente delineados me pareció atisbar un indicio de recuperación emocional, tal vez imperceptible, aun para ella misma:

Es la madrugada del 25 de diciembre. Mi familia vino anoche a mi apartamento a la cena de Nochebuena. Antes de que llegaran, mientras hacía los preparativos, separé el lugar que solía ocupar

Efraín a la cabeza de la mesa, pero de pronto me rebelé y quité la silla. Sentí coraje, por su ausencia, por su descuido, por mi soledad, por lo injusto de la situación, por todo... Así estuve, caminando de un lado a otro del comedor, con los puños cerrados y la mirada fija en el espacio vacío, hasta que el guardia de seguridad llamó para indicarme la llegada de mis invitados.

Hubo intercambio de regalos y todos trajeron algo para que se lo guardara a Efraín. Quedaron perplejos cuando me negué a seguir alimentando esperanzas en ausencia de certezas. Abrí una botella de champán y brindé: «Por mañana, día de Navidad, y por los mañanas sucesivos, donde debo recoger los escombros de mi alma y hacer con ellos una escultura que me deslumbre a mí misma».

Al otro día me fui a la playa de Isla Verde. Estaba llena de sargazos que adornaban la arena de un color marrón oscuro. Me senté en la orilla y poco a poco fui apartando las algas a un lado. Con mis manos esculpí en arena la figura de una mujer... Cuando me fui, la vi suavemente disolverse en el agua.

Los días posteriores estuvieron arropados por una tensa quietud. La despedida del año fue en casa de mis padres. Lloré mucho a la hora de los abrazos. Pero me molestaba la pena con la que mi familia me miraba. Me hartaba esa mirada de todos. Al otro día me despertó el sonido del teléfono. Eran Franco y Ada. «¿Qué han sabido de Efraín?», pregunté tan pronto me desearon feliz año. «Nada», contestó Franco. Ada me dijo que ya en la embajada y en el DAS estaban molestos con Franco por su insistencia diaria. «Parece que se lo ha tragado la selva», fue la última respuesta de las autoridades. Franco, con su natural espontaneidad, me dijo que los mandó al carajo y les colgó el teléfono. Y me pregunto: ¿será cierto? ¿Se lo tragó la selva? ¿Y yo? ¿Me dejaré tragar por ese monstruo verde que por nueve meses ha succionado mi felicidad?

Cerré el diario de Nina y sentí la urgencia de viajar en el tiempo y decirle lo que en esos mismos días le sucedía a su esposo, sobreviviente aún de ese monstruo que intentaba engullirlo. Sin embargo, el único espacio para redimir tanta impotencia, tanta soledad, era el teclado de la computadora. Regresé al hotel y me senté a escribir la parte del relato del doctor López Arraíza correspondiente a esos primeros días de 2004:

Los hombres asignados a mi escolta no se parecían a los jovenzuelos que me acompañaron en mi primera travesía al campamento de la comandante Xiomara. Este era un grupo élite capaz de enfrentarse a cualquier circunstancia. Conocían la intrincada red que conectaba los distintos anillos de seguridad hasta llegar al Mono Jojoy. El Ejército no cesaba de acosar a la guerrilla. En algunos campamentos donde pernoctábamos, nos retenían hasta que sus patrullas determinaran la seguridad del recorrido. Los dirigentes sabían a dónde nos dirigíamos y temían que la información les llegara a las unidades de inteligencia militar y sirviéramos de guía para dar con el Mono Jojoy. Yo seguía sin entender cómo y por qué me había convertido en un personaje de una película de guerra.

El siguiente tramo resultó uno de los más difíciles. Para evadir al Ejército cruzamos por una elevada montaña donde fue necesario quedarnos a dormir. Era asombroso ver cómo en poco tiempo aquellos hombres resolvían cualquier dificultad con sus escasos recursos. Construían una cabaña con ramas; hacían una soga con bejucos; con troncos de árboles la escalera necesaria para bajar a una cascada; pescaban en un río o mataban un animal salvaje para comer, y, sobre todo, mantenían una disciplina férrea: conversaban solo lo estrictamente necesario y no se arriesgaban.

La mañana de Año Nuevo amanecimos en el pico de la montaña. La naturaleza me regaló la vista más impresionante que un ser humano pudiera contemplar. A vuelta redonda, la selva formaba a mis pies una inmensa alfombra con todas las tonalidades inimaginables del verde. Una brisa fría me golpeaba la cara y creaba un ulular adormecedor. Sentí deseos de abrir los brazos y dejarme caer sobre aquel infinito océano de hojas, para volar como las aves que formaban pequeños puntos negros cientos de metros abajo. Experimentaba una deliciosa paz. Las travesuras del pensamiento se encargaron de interrumpir el éxtasis. «¡No hay escapatoria!», dijo una voz. La inmensidad que me embelesaba era también una jaula infinita; hermosa, pero jaula al fin.

Días después estábamos en medio del más espantoso contraste. Llegamos a unas casuchas situadas alrededor de un pantano en el que había una marranera para suplirle cerdos a las FARC. Uno de los guerrilleros le dio un fajo de billetes al dueño de todo aquello y nos dejaron dormir en una de las mejores residencias. Además, nos prepararon una buena comida con lechón asado. Por la mañana, saboreábamos un tinto antes de reanudar la marcha cuando llegaron dos chicos, dando alaridos, con los ojos desorbitados: «¡Guío, guío, guío!». Los hombres agarraron sus machetes; los guerrilleros, sus fusiles, y corrieron en la dirección de donde venían los chicos. Uno de mis guardianes se volteó y me dijo: «Venga para que se convenza de que nunca debe intentar escapar». Lo seguí.

Al llegar, vi a una decena de hombres que golpeaban con pedazos de madera algo que se revolcaba en el fango. Cuando estaba cerca, descubrí una enorme culebra dorada con manchas oscuras en el lomo y un intenso color amarillo en el vientre. Cerca de la cabeza, en su interior, se observaba un bulto, con movimiento propio, que parecía luchar para evitar ser engullido. La anaconda se estaba tragando uno de los cerdos que se había escapado de la marranera y se atrevió a merodear por el pantano.

El cazador del grupo hizo dos certeros disparos a la cabeza de la serpiente. El monstruo se contorsionó. Su cola golpeaba con tal fuerza que todos quedamos cubiertos de fango. Una hora después aún daba coletazos. Al final, los hombres celebraron su muerte y la abrieron para extraer el cerdo. Para mi sorpresa, el animal se sacudió y echó a correr en medio de las risas *de los presentes. La midieron: seis metros y medio de largo y casi cien centímetros en su parte más ancha. El guerrillero que me había invitado a aquel inusual espectáculo me golpeó en el hombro y me dijo: «Usted es grande, pero yo he visto a un guío como ese tragarse una vaca». Así, entre arrobo y espanto, en un enero surrealista, cruzamos los últimos anillos de seguridad que protegían al Mono Jojoy y llegamos a su fortaleza.*

14
El Mono Jojoy

La narración que me hace el doctor Efraín López Arraíza de su secuestro en Colombia nos lleva a los inicios del año 2004. Sospecho que en ese momento no sabía, a cabalidad, quién era Víctor Julio Suárez Rojas, alias Jorge Briceño Suárez. Precisamente, sobre este polémico personaje, yo había obtenido mucha información en los archivos del Ministerio de Defensa de Colombia.

Este prominente líder de las FARC, también llamado el Mono Jojoy por su capacidad de escabullírsele a quienes trataban de atraparlo, como lo hacía el momojoy, un gusano de la selva, era el guerrillero más prominente de las FARC después del máximo líder, Manuel Marulanda, Tirofijo. Comandaba con mano de hierro el importantísimo Bloque Oriental de la organización militar y tenía fama de cruel, sanguinario, un símbolo del terror, como lo calificaba el ministro de Defensa de aquel entonces, Juan Manuel Santos.

Ya el frío de la madrugada bogotana superaba el del acondicionador de aire de mi habitación en el Hotel Fénix, así que lo apagué, pero continué escribiendo la narración de esos dramáticos momentos vividos por López Arraíza al llegar al campamento del Mono Jojoy:

Me resultó extraño el trato deferente y amable recibido a mi llegada a la ciudadela del Mono Jojoy. Aquello no era un campamento común, era una ciudad. Pasé los primeros tres días acompañado de un joven más parecido a un profesor universitario que a un guerrillero. Pelo negro, espejuelos pequeños y redondos, modales refinados y una insaciable curiosidad por conocer de ese Puerto Rico de donde yo procedía. Por órdenes de Jojoy se encargó de mostrarme el complejo militar. Estaba enclavado en un espacio equivalente a unas diez canchas de fútbol. Lo cubrían árboles enormes para evitar su localización por aviones de reconocimiento. Para mi asombro, en las ramas más altas de aquel gigantesco bosque había antenas de satélite que apuntaban al cielo. El conjunto de casas estaba construido en madera, levantadas por zocos a un metro del suelo. Las más cercanas a la casona del jefe militar eran de dos pisos y formaban una barrera adicional de seguridad. En una de ellas había un comedor comunitario con largas mesas donde podían sentarse hasta ochenta comensales. La cocina consistía en varios fogones donde unas enormes ollas humeaban como locomotoras antiguas.

Las reuniones importantes se celebraban en una especie de anfiteatro griego construido en escalones de tierra con topes de madera. Las banderas de Colombia y de las FARC adornaban la tarima. Un sofisticado equipo de sonido mantenía de fondo canciones de temática revolucionaria, interrumpidas por constantes arengas o anuncios de las actividades del campamento. Además, en una monumental pantalla se pasaban películas y juegos de fútbol durante los ratos de ocio.

Una de las casonas más grandes servía de hospital. En ella, había equipos de alta tecnología para radiografías, salas de cirugía, camillas, gimnasio para terapias y estantes con medicinas en grandes cantidades. A corta distancia estaban los generadores eléctricos y los talleres de reparación de armas y motores. Un lago, cuyas aguas desembocaban en un río ancho y profundo, constituía una ingeniosa salida de escape: desde el techo de la casa del Mono Jojoy hasta el lago había un sistema de sogas para transportarlo a una de las lanchas en segundos.

El almacén de alimentos me recordaba las megatiendas estadounidenses que abundaban en Puerto Rico. Las góndolas tenían de todo, incluida una impresionante cantidad de botellas de whiskey, rones cubanos y vodkas rusos. Pero nada de lo anterior se comparaba con el búnker destinado al almacenaje de las armas. Como no soy experto en el tema, no podría decir sus nombres ni calibres, pero sí pude distinguir ametralladoras, lanzacohetes, cientos de fusiles, granadas de mano y morteros.

¿Cuál era la justificación para mostrarme todo aquel andamiaje? Le pregunté con suspicacia a Giovanni, mi anfitrión, y se limitó a decirme que eran órdenes del Mono. Al otro día, cuando por fin estuve frente al legendario personaje, entendí el porqué.

Mientras Giovanni me llevaba a través de la ciudadela a la casona de Jojoy, iba repasando mentalmente el perfil del dirigente guerrillero. En este complejo militar, la información fluía con mucha libertad a diferencia del campamento de la comandante Xiomara. Me enteré de que el Mono Jojoy era diabético, seguía una estricta dieta y necesitaba una gran variedad de medicinas. Escuché historias de su sensibilidad con las personas necesitadas y de su crueldad con el que osara desobedecerle.

Gervasio, uno de los cocineros, me contó sobre el cáncer de su madre. El comandante le dio dinero para recluir a su mamá en el mejor hospital oncológico de la capital y trasladar a toda su familia a Bogotá. Gracias a ese bendito señor, decía a punto de llorar, mi madre aún vive. Patricia, la encargada de las medicinas del Mono, comentaba lo sucedido a Norberto, a quien se le había encomendado llevar una gran suma de dinero a Joaquín Gómez, jefe del Bloque Sur. Entregó solo una parte y le dio el resto a un hermano suyo, también guerrillero, para que desertara. Al regresar de su misión, el Mono le hizo un consejo de guerra, le cortó las manos delante de todos y luego lo mandó a fusilar.

Las historias de las aventuras amorosas del jefe guerrillero con cuanta jovencita llegaba al campamento también formaban parte del cotorreo diario. Los enfrentamientos con el Ejército y cualquier otra cosa relacionada con el comandante dominaban las conversaciones.

Esperamos como media hora en el vestíbulo de su cuartel general. Tres enormes fotos adornaban el lugar, flanqueadas por las banderas de Colombia y las FARC. Una de las fotos era del Che. Giovanni me explicó quiénes eran los otros dos personajes: Jacobo Arenas, fundador intelectual de la organización guerrillera, y Tirofijo, el máximo dirigente. Me hicieron pasar. Giovanni se quedó afuera.

Jojoy estaba de pie frente a su escritorio. Parecía un hombre común, metido a la fuerza en un uniforme militar. Tenía cara redonda, recién afeitada, bigote de medio corchete hacia abajo, ojos achinados y una papada que le arropaba el cuello. Podría tener unos cincuenta años. Su estatura no pasaba de los cinco pies y medio. Era un tanto rechoncho, pero se notaba que hacía ejercicios. Sus manos lucían cuidadas. Al verme esbozó una sonrisa y soltó su primera saeta.

—¿Cómo le van sus vacaciones, doctor? —dijo, extendiéndome la mano.

—¿Vacaciones? —pregunté extrañado.

—Me refiero a cómo ha pasado estos tres días en mi campamento en comparación con los pasados meses en el de la comandante. —Se rio mientras me señalaba una silla.

Entonces tomó de su escritorio un libro y se plantó frente a mí. ¡Era mi libro!

—¿Usted escribió esta huevonada? —preguntó poniéndose serio.

—Sí, señor. ¿Eso le parece mi libro? —contesté tratando de disimular que me había ofendido su comentario.

—Lo escrito en este libro podrá aplicar a ese mundillo en el que usted vive, pero no acá. Realmente me causó mucha risa. La Caperucita roja me parece más real. —Y se quedó en actitud de reto, esperando mi reacción.

—Me interesa saber lo que van a hacer conmigo —alegué poniéndome de pie.

—Siéntese. —No pareció agradarle la desproporción entre mi estatura y la suya.

Me senté.

—Le voy a dar una oportunidad de probar si lo escrito en este libro es cierto. Es más, le prometo que si lo logra se habrá ganado su libertad —dijo regresando a su escritorio. De ahí en adelante habló sin pausa—. El Secretariado, la máxima autoridad de las FARC, me ha ordenado reunir y tener bajo mi custodia a un grupo de secuestrados entre los cuales hay serios problemas de convivencia —dijo—. Esto pone en peligro la seguridad de los propios secuestrados y de quienes los custodian. Entre ellos se encuentran Ingrid Betancourt y Clara Rojas. Estas señoras, a pesar de haber sido amigas y compañeras en la campaña política, ahora no quieren estar juntas. Ingrid incita a sus compañeros a desobedecer las reglas del campamento y gran parte de los mismos secuestrados la odian. También ha intentado escaparse en varias ocasiones.

—Pero el problema lo han creado ustedes por haberlas secuestrado —interrumpí su monólogo.

—Déjeme aclararle, la guerrilla no fomenta el secuestro como método de lucha, pero es necesario tener prisioneros civiles y militares, pues nos protegen de ataques del Ejército y nos dan poder de negociación ante el Gobierno de Uribe.

—¿Y qué usted pretende de mí? —inquirí.

—Quiero que medie entre los secuestrados. Obtendrá su libertad si logra apaciguarlos.

—¿Usted me pide que haga eso con las huevonadas de mi libro? —Devolví el golpe anterior.

—Usted es un hombre inteligente, no se me ponga con esas pendejadas. ¿Le interesa su libertad, sí o no?

—¿Cómo espera que yo haga lo que ustedes no han logrado a la fuerza? —insistí y lo vi perder la paciencia.

—Pues yo lo voy a enviar a ese campamento y usted decidirá si va o no a colaborar —dijo subiendo el tono de voz.

—Haré lo que la ética de mi profesión me indique.

—¡Que mucha mierda tienen en la cabeza los gringos! Hablan de ética y matan civiles en sus intervenciones militares, sojuzgan pueblos y los obligan a padecer la más cruda explotación. En su país, doctorcito, Estados Unidos, mantiene la colonia más antigua del mundo a fuerza de dólares. ¡Y hablan de ética! —dijo mirándome con desprecio.

—No soy gringo como usted insinúa y le aclaro: los dólares no determinan cómo ejerzo mi profesión.

—¿De veras? —Soltó una carcajada y me ordenó seguirle.

La puerta de su baño privado resultó ser una escalera que bajaba a un sótano donde había otra puerta. Una clave colocada en un pequeño panel electrónico le permitió la entrada. Adentro olía a humedad y la iluminación era tenue. Un armario rústico era el único mueble en la habitación. El Mono sacó una llave de la relojera de su pantalón militar y lo abrió. ¡No podía creer lo que veía! Decenas de paquetes de dólares, en denominaciones de veinte y cien, estaban allí almacenados formando grandes pilas.

—¿Se anima a cooperar ahora con mayor entusiasmo? —Y se puso a jugar con varias pacas de billetes pasándomelos cerca de la cara.

—No me imaginaba cuán lucrativo puede ser el narcotráfico —dije con toda intención de provocarle.

El hombre perdió su pose de superioridad. Tiró en el suelo las pacas de billetes y me agarró por el cuello de la camisa con furia.

—Nosotros no somos narcotraficantes, imbécil. —Y me empujó contra la pared de la habitación. Me dejé chorrear por ella hasta quedar en cuclillas. Él sacó su pistola. Yo esperé lo peor y cerré los ojos. Pero no disparó. Habló con un tono más controlado—. Este territorio es nuestro y los narcotraficantes pagan su cuota por usar nuestras tierras. Le dan trabajo a nuestro campesinado y con ese dinero podemos comprar armas, comida y medicamentos para continuar nuestra lucha. ¿Por qué si a los gringos les preocupa tanto el narcotráfico no controlan el consumo de drogas en su propio país? Cero consumo, cero demanda, cero oferta... ¿No le parece?

—Señor, usted me habla como si yo estableciera la política pública de los Estados Unidos. Soy un simple psicólogo y lo único que deseo en este momento es regresar a mi país y estar con mi mujer.

—Como ha visto, tengo los recursos económicos para mandarlo a Washington si usted desea. Pero también lo puedo mandar al mismísimo infierno... —Y rumió con malicia su próxima frase—, es más, prepárese, saldrá mañana.

Los pertrechos organizados por la tropa que me acompañaría eran como para una larga travesía: las armas más sofisticadas, un equipo de localización satelital y varios radios de comunicación.

Poco antes de salir, el Mono se apareció en el patio del complejo militar y me ordenó acompañarle. Un miembro de su escolta personal nos siguió a distancia. Cruzamos por detrás de su casona hacia un área mucho más restringida. Cuatro guerrilleros custodiaban una estructura en cemento sobre la cual había muchas antenas. Entramos. Tres guerrilleras estaban de espaldas, con audífonos puestos frente a unos sofisticados equipos de comunicación. Las escuché decir cosas en clave. Una de las voces me resultó conocida. El Mono se dirigió a ella y le tocó el hombro. La mujer se volvió. ¡Era Eloísa!

—Mire a quien le traigo —le dijo el Mono señalándome. Eloísa abrió los ojos sorprendida, pero se contuvo. Él le hizo un gesto para que me saludara y ella corrió a darme un abrazo fuerte. Así se quedó un buen rato. El Mono sonrió y salió de la estructura.

—Quisiera contarte muchas cosas —me susurró—. Supe de tu estadía en el campamento, pero no pensaba verte. Nosotras no tenemos contacto con el resto del campamento, pues manejamos cosas muy confidenciales.

—¿Cómo has estado?

—Gaitán quiso protegerme de Xiomara y convenció al Mono de traerme acá. Para ganarme la confianza del jefe me enviaron a Bogotá. Llevaba mucho dinero para el médico a cargo del hospital que en secreto le da atención a nuestra gente. En el viaje perdí el bebé.

Hizo un silencio. La abracé más fuerte. Siguió susurrándome con urgencia.

—Pero he logrado mi sueño de ser «radista». Al manejar todas las comunicaciones me entero de todo. Tuvimos conocimiento de la llamada de la gobernadora cuando trató de interceder por ti. El Mono me pidió detalles de quién eras. Hice un esfuerzo por ayudarte, pero a él solo le interesa arreglar una situación muy difícil con el grupo de secuestrados donde está la señora Betancourt.

—Cuando fuiste a Bogotá, ¿pudiste comunicarte con mi amigo Franco? ¿Supiste algo de mi esposa? —pregunté tomándole la cara entre las manos. Sus ojos seguían llenos de lágrimas.

—Pude llamar a tu amigo. Me acribilló a preguntas, pues no creía que yo pertenecía a las FARC. Pensaba que lo quería extorsionar. Me creyó cuando le pregunté por tu esposa. Dijo que estaba bien y me ofreció dinero si desertaba y lo ayudaba a rescatarte.

—¿Por qué no lo hiciste?

—Efraín, ese no es mi mundo. En Bogotá me sentía perdida. Fui a algunos centros comerciales y me parecía estar en una película de fantasía. Entre tanta gente me sentía terriblemente sola. Desde aquí te podría ayudar mejor.

—¿Cómo?

No hubo tiempo para su contestación. Se abrió la puerta y Giovanni apareció para buscarme. Eloísa me regaló un beso en la mejilla, se secó una lágrima imprudente que aún insistía en salir, me dio la espalda y se puso el audífono.

«Luna oculta 310 regresa. Vuela cóndor, cambio», le escuché decir.

Al terminar este capítulo del relato del doctor Efraín López Arraíza quedé en una pausa reflexiva por varios minutos. Sobre el pequeño escritorio de mi habitación había unas hojas de papel timbrado con el logo del Hotel Fénix de Bogotá. Tomé una de ellas y dibujé cinco círculos interconectados, como el símbolo de los juegos olímpicos. Eso no me extrañó, pues era algo que hacía instintivamente. Lo distinto fue escribir los nombres de Nina, Eloísa, Efraín, Marcela y Mario dentro de cada uno de ellos. ¿Qué hacía yo ocupando uno de esos círculos que se entrelazaban? ¿Por qué Marcela? Más extraño aún, no taché mi nombre. ¿Estaba yo inevitablemente enredado ya en la vida de estas personas a las cuales comencé mirando desde la distancia del escritor?

Esa tarde, antes de salir hacia el aeropuerto, le escribí una nota de agradecimiento al periodista Juan Carlos Torres por permitirme el acceso a sus archivos y me detuve en una tienda a comprar café Juan Valdez para regalárselo al doctor López Arraíza en nuestra próxima cita. Su reacción a mi regalo fue muy interesante.

15
Memorias en la piel

Mis Navidades de 2010 fueron las más interesantes en muchos años, gracias a la visita a Bogotá. Al regresar de Colombia ya los estudiantes universitarios se habían ido a sus respectivos hogares y Río Piedras parecía un pueblo fantasma. Distanciado del alboroto tradicional de las festividades navideñas, caminaba todos los días hasta la biblioteca de la Universidad de Puerto Rico y allí pasaba largas horas estudiando la información obtenida en la capital colombiana o leyendo los libros comprados en Bogotá, sobre testimonios de exsecuestrados.

De los escasos mensajes de Navidad recibidos, dos me produjeron reacciones muy diversas: una gran alegría el enviado por Marcela, deseándome un feliz año; y mucha extrañeza uno firmado por Nina: «Que la paz del niñito Jesús te acompañe en el 2011». ¿Habría tenido algún propósito al buscar mi dirección electrónica y escribirme? ¿O acaso su saludo había sido uno de esos mensajes grupales enviados a todos los contactos del correo electrónico? Me incliné más por lo segundo, pero también lo tomé como una señal para intentar volver a hablar con ella. Le contesté dándole las gracias, y me puse a hojear su diario. La primera entrada del año 2004 había sido el 12 de enero:

Hoy regreso al agradable sonido de mis niños, al corretear por los pasillos de la escuela, a los tiernos besos de espontánea inocencia, a los «hola, maestra» cargados de ternura. ¡Cuánta falta me hace la ternura!

Cada frase escrita por Nina me hacía sentir más empático con ella. Mi regreso al barrio universitario parecía tener eco en su retorno a la escuela. El doctor Efraín López Arraíza me llamó el primero de enero para felicitarme por las festividades y acordamos vernos dos semanas después. Dediqué esos primeros días del nuevo año a arreglar detalles de los apartamentos de mis inquilinos y a limpiar el mío. Mientras limpiaba mi habitación, volví a toparme con la caja de fotos de mi época en el Ejército. De inmediato la empujé hacia el rincón donde la tenía guardada, pero me detuve por unos instantes. Entonces, la tomé como quien carga una bomba que al menor movimiento puede estallar y me senté en el suelo a examinar su contenido.

Esta vez no sentí, como antes, la ansiedad producto de ese reencuentro con el pasado. Regué las fotos en derredor y, atrapado entre ellas, fui tomándolas al azar. En la primera aparecía al lado de un camión militar junto a Sanders y Mathews, dos soldados estadounidenses compañeros de tropa. Ambos mantenían el dedo pulgar hacia arriba; mientras yo, con los brazos cruzados sobre el pecho, parecía ajeno a todo. Luego seleccioné otra que me estremeció: estaba frente al hospital donde me habían atendido luego del ataque de pánico producto de la visita a la aldea de los niños hambrientos. Mi rostro reflejaba angustia, terror, desubicación..., ¡y había terminado el tratamiento!, según los médicos. Solté la foto y volteé el cuerpo para buscar mi imagen reflejada en el espejo del cuarto, visible desde la sala. ¡Cuán distinto me veía! Tenía puestas unas bermudas de cuadros verdes, blancos y amarillos; vestía una camisa polo blanca y llevaba chancletas de cuero. En el rostro se observaba una barba incipiente y aún no me había peinado. Me sentía relajado, sentado en el piso, en medio de la sala. ¡La antítesis de aquel soldado secuestrado por el miedo! Miré unas cuantas fotos adicionales, donde la expresión depresiva era constante, y decidí terminar por el momento la curiosa búsqueda.

Sentirme distinto me dio entusiasmo. No había percibido con tanta claridad cómo iba, poco a poco, dejando atrás aquel pasado doloroso. En ese ánimo llegué a la oficina de López Arraíza, el lunes 17 de enero de 2011. Esta vez, cuando me abrió la puerta de su despacho, le di un abrazo fuerte y le regalé la bolsa de café colombiano. Su reacción fue muy espontánea: volvió a abrazarme y lo noté emocionado. No supe qué decir. Él rompió el silencio:

—He extrañado nuestras conversaciones en estos días festivos. Le agradezco lo del café, es lo primero agradable procedente de Colombia desde hace ocho años.

—No crea. Por su propio testimonio concluyo que en diciembre de 2003 recibió un regalo nada desagradable. —Y le hice un guiño con un gesto de picardía.

López Arraíza entendió mi referencia a su encuentro con Ariana y se cortó.

—Perdone, no debí hacer ese comentario —me excusé.

—Mario, hace tiempo nosotros hemos borrado la prudente distancia recomendada entre médico y paciente —dijo, muy serio—. Pero eso tiene dos soluciones: o damos por terminadas sus terapias psicológicas, pues por lo visto el nuevo año lo ha dejado con una estupenda actitud, o regresamos a la relación médico-paciente y nos olvidamos de la historia.

—Yo me inclino por lo primero —dije con susto anticipado.

—Yo también —contestó el doctor y se rio—. Pero eso requiere que me diga con total honestidad cómo se siente.

Por varios minutos luché para obligarme a salir del oscuro calabozo en el que vivía encerrado por tantos años. Solté amarras y le conté de mi creciente pasión por escribir una historia como la suya, y de lo feliz que eso me hacía; de mi visita al cementerio, a la tumba de mis padres, y lo que había significado; del reencuentro con las fotos de la guerra y el cambio ocurrido desde la primera vez que las vi, y de cuán distinto me sentía en términos generales. Le dije todo, pero no le mencioné a Marcela.

Luego, camino a mi apartamento, cuando llevaba en mis manos la nueva grabación de su testimonio, me sentí mal: no había sido completamente honesto con el doctor. La incertidumbre de saber cómo reaccionaría ante el hecho de que yo tuviera el diario de Nina me hacía ocultar esa parte. ¿O esa era la excusa para no hablarle de Marcela? En aquel momento no tenía respuesta.

Antes de salir de la oficina, el doctor se plantó ante mí y, mirándome fijamente, dijo:

—Lo conversado hoy no da por concluido su proceso de recuperación. Siempre hay espacio para seguir sanando, esto le aplica a usted y me aplica a mí. Tenemos, ambos, la responsabilidad de compartir cualquier evento, pensamiento o sentimiento que ayude o interfiera con ese proceso. ¿Convenido, *amigo*? —y subrayó con la voz esa última palabra.

Las sorpresas del día apenas comenzaban. Cuando llegué al apartamento y busqué la nueva correspondencia en mi computadora encontré este correo electrónico:

«Mario:

No tiene que darme las gracias por la felicitación del Año Nuevo. Lo hice de corazón y en el ánimo de, restablecida la comunicación, pedirle excusas por la forma en que lo traté el día de su visita a mi escuela. Ese día me enfrentaba a situaciones muy complicadas y no fui del todo amable con usted. De veras le pido excusas.

Nina»

Ese mensaje disparó mi adrenalina. Salté de la alegría. ¡Se abría una nueva oportunidad de conversar con Nina! Me preparé un café y me fui al sofá a leer lo escrito por ella, el 16 de abril de 2004, aniversario del secuestro de su esposo:

Hoy, un año después, tu ausencia sigue doliendo tanto que ya ni se siente. Por eso no fui a la escuela: es viernes y se me haría más difícil lidiar con la alegría de mis compañeros por la conclusión de la semana. Me he quedado en el apartamento, en piyamas, agarrada desesperadamente a recuerdos de momentos felices; pero mis manos resbalan y caigo en un vacío sin esperanzas. Busco en el cajón de las fotos alguna que muestre nuestra felicidad. ¡Son muy pocas! Se me olvidaba que no te gusta retratarte. Ni eso tengo... En una foto se detiene el tiempo.

...

Deambulo por la sala y me dejo caer en el asiento, debajo del cuadro de Arana. Miro a la mujer sin cabeza y recuerdo que antes tenía en mi mente un mapa perfecto del lugar de cada una de las cicatrices dejadas por el fútbol en tu cuerpo y por tus travesuras de niño. Las palpaba con mis dedos, con mis ojos cerrados, jugando a leer tu historia en sistema braille. Hoy te dibujo en el viento, trato de repasarlas y mis dedos se confunden. Lanzo esta pregunta: ¿cómo despertar la piel dormida? Piel sin sentimiento, sin sensación...

...

Mis estudiantes y la escuela se han convertido en mi única terapia. Ayer, en el patio de la escuela, una niña se columpiaba despreocupada impulsando su cuerpo hacia al frente y dejándose caer hacia atrás con confianza. En su cara colgaba una gran sonrisa, la del vértigo de volar. «Más alto, más alto», gritaba y, en un abrir y cerrar de ojos, se soltó lanzándose al vacío. Cayó y rápidamente se levantó sacudiendo sus rodillas para luego seguir corriendo. Yo quise ser ella, tener ese arrojo.

...

Ando pegando mi vida pedazo a pedazo o, al menos, trato de hacerlo. Al final, soy como un jarrón desigual, imperfecto, con quebrantos y cicatrices. Miro mi cuerpo y veo las huellas de mi vida, tus dedos acariciándome, escudriñándome. Por algún lugar de mi cuerpo adolorido andan tus huellas.

...

Hoy necesito saber si te tragó la selva, si continúo en esta pausa asfixiante, si debo seguir intentando llorar sin poder. Es como si

las lágrimas se me hubieran secado. Dejo la mente correr y me
imagino una lluvia en el desierto: llueve a borbotones, pero el
agua no moja, solo inunda, no penetra la tierra porque esta se
ha vuelto impermeable, impenetrable. Aun así, de ella brota la
vida. A su tiempo, los cactus florecen. Soy desierto.

...

Las memorias más importantes no están escritas en papel, las
llevo grabadas en la piel. Resurjo del letargo; despierto. Poco
a poco voy sintiendo mis dedos, el roce en mi epidermis, la
sangre fluir, los pensamientos volver. ¿Qué hacer? Desde que
te fuiste se detuvo mi corazón; me habita solo el eco de un lati-
do. De algo estoy segura: no moriré del corazón, moriré de la
mente, gastada de tanto pensar. Mi corazón tiene muchas grie-
tas, pero no se quebranta. Me miro en el espejo y no me reco-
nozco. No sé si te extraño a ti o extraño a la mujer que era
cuando estaba contigo.

No podía leer el diario de Nina sin necesitar una pausa, larga a veces, breve otras. Me provocaba sentimientos distintos a
los que afloraban cuando el doctor me contaba detalles sobre su
secuestro. Nina comunicaba una intensidad tal que conmovía,
provocaba deseos de darle un fuerte abrazo, de viajar en el tiempo para decirle que toda oscuridad era un anticipo de la luz. Yo
comenzaba a dar fe de ello. Por el contrario, a los relatos precisos del doctor yo les agregaba palabras, sentimientos, colores,
olores y sabores, ausentes en su narración. No obstante, en las
experiencias de ambos iba encontrando mi propio palpitar.

La tercera sorpresa del día la anunció el silbato del cartero.
Me asomé a la ventana y le di las gracias cuando ya cruzaba la
calle. Bajé al buzón y me encontré un cheque del Departamento
del Tesoro de los Estados Unidos por 2,786.40 dólares. La administración del presidente Barack Obama me compensaba, como
a cientos de miles de personas, en Estados Unidos y en Puerto
Rico por la crisis económica que el propio sistema había creado.
¿Qué criterios utilizaron para cuantificar mi compensación?

¿Pretendían con ello inyectar dinero a la maltrecha economía o calmar un tanto sus conciencias? Me pareció irónico que ese mismo dinero me permitiría viajar a Cuba en abril para tratar de conversar con el fugitivo puertorriqueño, Guillermo Morales.

El salto del aeropuerto de San Juan al de Las Américas en Santo Domingo es de apenas cuarenta y cinco minutos. No pude leer durante el trayecto. La ansiedad no me lo permitía. Marcela había respondido a un mensaje electrónico y prometió pasar por el aeropuerto a verme. Era corto el tiempo entre la llegada del vuelo de San Juan y la salida del avión de Cubana de Aviación.

La sonrisa de Marcela, a toda dentadura, fue lo primero que vi cuando comencé a buscar su rostro entre la gente. Corrió y me abrazó con fuerza. Sentí una emoción que me estremecía todo el cuerpo. Un aroma de jazmín se impregnó en mi ropa. Se apartó para mirarme y me volvió a abrazar. Había aumentado unas libritas y eso, para mi gusto, la hacía ver más sensual. Un traje corto, de hilo bordado a mano, delineaba su figura sin inhibiciones. Me tomó de la mano y me llevó a un café en el primer piso del aeropuerto.

—Cuéntamelo todo —dijo sin soltarme la mano.

—Pues mi vida se reduce a tres cosas: velar por que los estudiantes me paguen el alquiler, buscar mis cheques de veterano y armar la historia del doctor. ¿Y tú?

—No tengo estudiantes, ni cheques de veterano y mucho menos historias que armar. —Rio desenfadada.

—¿Cómo transcurre tu vida acá?

—En deshacer los entuertos que dejó la abuela y en ser madre de mis hermanitos. Eso me consume todo el tiempo.

—¿Estás bailando?

—Absolutamente nada y tampoco tengo tiempo para hacer ejercicios. Te habrás dado cuenta, estoy más gorda.

—Te ves más bonita.

—Sí, para ti, porque me quieres mucho. —Y volvió a reír con ganas.

—¿Has sabido del doctor?

—Muy poco. ¿Cómo va la historia?

—Voy a Cuba a tratar de comprobar si su liberación fue producto de una mediación con guerrilleros de las FARC hospitalizados en La Habana.

—Oye, ¿no piensas terminar esa historia? —Volvió a reír.

—Deseo ser lo más fiel posible a la verdad que pretendo contar.

—Sé fiel a tu corazón y olvídate del resto —dijo, frotando la mano sobre mi pecho.

—¿Y cuándo vuelves a la isla? —pregunté. Ella se puso seria.

—No sé si vuelva. Esto acá está muy difícil.

Nos quedamos en silencio un buen rato. Quise evitarlo pero sentí un calentón desde el pecho hacia el rostro, los ojos se me humedecieron. Disimulé observando los variados diseños de las natas de leche en la superficie del café, del que no había probado un sorbo. Ella lo notó y con suavidad me tomó la barbilla y me obligó a mirarla.

—No te me pongas triste —dijo acariciándome la cara.

Hubiese deseado detener el tiempo en ese instante. No recordaba la última vez que una mujer me había acariciado. Abrí la boca sin saber qué decir. El susto se iba apoderando de mí. Ella abría los ojos sin entender qué me pasaba. Entonces se me escaparon unas palabras impensadas.

—Marcela, creo que te amo.

Ella bajó la cabeza pero apretó mis manos con fuerza. Luego de unos deliciosos segundos, solté una de las manos y extraje de mi bolso de viaje un sobre de carta que guardaba desde el día de mi visita al cementerio y se lo di. Ella lo abrió extrañada. Adentro había un pétalo de la rosa deshojada en honor a su abuelita. Cuando le conté su origen se emocionó y me abrazó por un largo rato.

Nos interrumpió el anuncio por los altoparlantes del inicio del abordaje para el vuelo a La Habana.

—Ven, no vayas a perder el vuelo. —Y me llevó de la mano.

Justo antes de entrar por el área de seguridad detuvo su paso acelerado, se me puso de frente y me agarró por la cintura. Mirándome fijamente dijo:

—¿Sabes? Eres un regalo en mi vida. Tus detalles conmigo, el decir que me amas…, todo eso me honra. Pero a veces el destino es muy ingrato. Ahora mismo, la vida nos ha juntado al doctor, a ti y a mí, mientras estamos manejando nuestros propios procesos. Yo, la pérdida de mi abuela y de los sueños por realizar en Puerto Rico. El doctor, gracias a ti, está soltando las últimas amarras de su secuestro. Y tú, Mario, eres un ser extraordinario en el proceso de despegar de su piel el uniforme de guerra. Dejemos que la vida siga su curso sin buscarle muchas explicaciones. En este momento algunas cosas nos parecen imposibles, mañana tal vez no. Hay que tener paciencia. ¿Me entiendes?

Le dije que sí, pero no tenía idea de lo implicado en mi afirmación. Un oficial me requirió el boleto y el pasaporte. Mientras se lo daba, Marcela desapareció.

El embeleso me duró por hora y media. El marcado acento cubano de la azafata de Cubana de Aviación cuando me preguntó si era residente o extranjero me trajo a tierra. Me asomé por la ventanilla y me pareció sobrevolar las montañas de Puerto Rico. Cuando el avión aterrizó, la curiosidad se sobrepuso a la tristeza. Me excitaba cruzar ese velo de misterio entre Cuba y Puerto Rico.

Salí del aeropuerto José Martí y tomé un taxi al que le sonaba cada tuerca del motor. Tan pronto le di al conductor la dirección del Hotel Vedado, en la calle O, supo que yo era puertorriqueño y empezó a entonar canciones popularizadas por Danny Rivera, cantante puertorriqueño muy conocido en Cuba. Yo estaba tratando de apartar a Marcela de mi mente y él entonando: «En un cuarto dos amantes, conversaban de su amor…».

Era jueves, cerca de las 6:30 de la tarde. Había muchas parejas disfrutando del atardecer en el malecón y observé más tránsito de lo esperado. Por instantes me parecía estar en medio de la filmación de una película de los años cincuenta: edificios despintados, autos antiguos y, sobre todo, la ausencia de letreros de McDonald's y Burger King en el paisaje capitalino. Se respiraba otro ambiente. Dejamos la avenida Maceo que bordea el malecón y doblamos por la calle 25. Cuatro cuadras a la derecha apareció el Hotel Vedado, casi frente al Museo Abel Santamaría.

Era muy sencillo, sin lujos, pero bien cuidado. Esa noche, bajé al área de la barra y me senté cerca del piano a escuchar una mujer negra, de voz fuerte, interpretar canciones de la época del *feeling*. Me dejé arrastrar por la nostalgia. Desde la barra, una jovencita comenzó a coquetear en dirección a mi mesa. Miré alrededor y sí, era a mí a quien enviaba su pícara sonrisa. Se mecía, sensual, de un lado a otro, en la banqueta. La falda corta no daba lugar a la imaginación. El *panty*, de un amarillo intenso, se dejaba ver entre sus muslos de atleta, que se movían con seductora cadencia. Se lanzó de la banqueta y los cuádriceps se le tensaron. Trago en mano, se sentó en mi mesa y me preguntó en inglés de dónde venía. Percibí su cambio de actitud cuando dije: soy puertorriqueño.

—Vaya, los boricuas son nuestros hermanos —dijo con total familiaridad.

—Nuestra Lola Rodríguez de Tió lo dijo: somos de un pájaro las dos alas —repliqué.

—Yo juraba que había sido Martí —añadió ella.

Y así seguimos conversando. Luego me invitó a bailar. Lo hice. No sé coordinar los pies mientras la mente está pensando en otra cosa, mucho menos con dos cubalibres en la cabeza. Aunque tal vez no era un bailarín lo que ella estaba buscando. Luego de más cubalibres y dos o tres boleros, mi capacidad de razonamiento ya no era la del meticuloso historiador. La invité a la habitación y de inmediato deseé que no aceptara. Me dijo que si lo hacía la arrestarían. A cambio, me invitó a su casa y de inmediato aclaró que vivía con sus padres, su abuela y varios hermanos. «Vaya, te lo digo *pa'* que después no te me vengas a quejar», sentenció con un delicioso aire de negociante. «Ellos no se meten en lo mío ni yo en lo de ellos», concluyó. Aproveché la oportunidad y salí al rescate de mi paz mental. Le dije que tal vez otro día pues tenía que levantarme temprano. Se fue a la barra, quizá decepcionada. La cantante concluyó su actuación con *Tú, mi delirio* y me fui a acostar.

Por la mañana descubrí a otros puertorriqueños en el hotel. Venían para asistir a la actividad de apoyo a los presos políticos. Yo me había asegurado, la noche antes de los cubalibres, de coordinar la entrevista con Edwin González, el encargado de la Misión de Puerto Rico en Cuba. Durante veinte años, este hombre de sonrisa fácil y bigote de prócer era el embajador no oficial de los boricuas en Cuba. Edwin era un «resuélvelo todo»: ayudaba a jóvenes interesados en estudiar cine en la escuela San Antonio de los Baños, a personas que iban a curarse de vitíligo, a periodistas en busca de acceso a altos jefes del Partido Comunista, a artistas invitados a festivales culturales o a enamorados que utilizaban una o todas las excusas anteriores para hacer de La Habana su escapada preferida. Desde Puerto Rico le había adelantado mi propósito y le pedí una entrevista con Guillermo Morales. Se le hizo muy difícil convencer al fugitivo boricua. Lo logró al decirle que el entrevistador era historiador y no un periodista.

Edwin me recibió con entusiasmo y de inmediato me llevó a una pequeña sala presidida por una pintura al óleo del padre de la patria puertorriqueña, don Ramón Emeterio Betances. En la pared contigua había otra del educador y filósofo Eugenio María de Hostos y, en el lado opuesto, una pintura moderna de la expresa política Lolita Lebrón. El piso era de losetas en blanco y negro y, sobre ese tablero de ajedrez, un sofá, dos sillas y un sillón de madera y mimbre. En la pared opuesta a la del óleo de Betances había una foto de Fidel Castro, en franca camaradería con Juan Mari Brás, fundador del Movimiento Pro Independencia de Puerto Rico y figura de gran relieve político en las décadas de los sesenta y setenta. Observaba los detalles de la foto cuando Edwin llegó acompañado de Guillermo. No pude evitar dirigir una mirada imprudente a la cicatriz que recorría el lado derecho del rostro del exiliado boricua y terminaba en el labio inferior. Ya tenía el pelo blanco y lucía mayor que sus sesenta años. Le ofrecí la mano al saludarlo y él me extendió su muñón. Me turbé. Entonces le di las gracias por atenderme. No me contestó, solo forzó una sonrisa inconclusa. Se sentó en el sofá y yo en la silla contigua, grabadora en mano. Le pedí que me trazara su trayectoria hasta su llegada como refugiado a Cuba.

—Mire, no me gusta remover aguas viejas —dijo y guardó silencio por unos instantes—. Lo que pasó, pasó y, mientras no le arrebatemos a los gringos nuestra patria, nada de lo hecho va a tener sentido. Yo nací en 1950 en Nueva York, de emigrantes puertorriqueños, ¿sabe? Desde joven me di cuenta de la injusticia que me rodeaba y comencé a pelear por mejores condiciones de estudios para los boricuas, los negros y otras minorías. Ya eso me hacía problemático. En la Universidad de la Ciudad de Nueva York me integré a las protestas contra la Guerra de Vietnam y así me fui involucrando hasta entrar en la lucha armada.

—¿Y esa fue una decisión pensada o producto del fervor del momento? —me atreví a preguntarle.

—No fue una decisión pensada ni mucho menos; no había otra opción. Como decía don Pedro Albizu Campos, hay que luchar desde las entrañas del monstruo, comiéndole las entrañas, como Jonás con la ballena que se lo tragó. Eso hacíamos las Fuerzas Armadas de Liberación Nacional. A comienzos del verano de 1978 tuve el accidente.

—¿Cuándo exactamente le ocurrió?

—No recuerdo bien la fecha exacta pues hay cosas que uno borra.

—¿Y qué le sucedió?

—Algo falló en la preparación del explosivo y me voló las manos y parte de la cara. La policía vino y en el hospital no dejaron que los médicos me sacaran ni las partículas incrustadas en la cabeza, ni las manchas de pólvora pegadas a mi piel. «Que aprenda a hacer bombas ahora», decían y se reían. Los dedos de esta mano se podían pegar pero se los llevaron como evidencia.

—¿Ahí fue llevado a la prisión de Rickers Island?

—Exactamente, y se negaron a darme terapia para el ojo izquierdo. Los compas presentaron una demanda a los tribunales y los obligaron a darme tratamiento. Entonces me llevaron al Bellevue Hospital y de allí me fugué.

—¿Cómo lo hizo?

—Lo hice solito, para no perjudicar a los compas. Empaté sábanas como pude, con una mano y con parte de la boca. La policía no creía posible que en mis condiciones me pudiera fugar, por eso tenía mínima vigilancia y salté por la ventana. Era mejor jugarse la vida que estar a expensas de ellos.

—Esto debe de haber enfadado mucho a los federales.

—Tanto así que me empezaron a buscar, como cazadores detrás de una presa. Yo sabía que esta vez tirarían a matar. Pero pude escaparme a México. Allá, poco a poco, cogí confianza y me puse a hacerle llamadas a mi compa en Nueva York. Ella se descuidó y en una ocasión me llamó de un teléfono intervenido. Localizaron dónde estaba, me agarraron; sin necesidad, asesinaron al matrimonio mexicano que me estaba ayudando... *¡Coño!*

Hizo una pausa. Se pasó el muñón por la frente. Seguía llegando gente a la Misión, para la actividad, y Guillermo era una de las atracciones del evento. Iba a ser incómodo continuar la entrevista. Aceleré el disparo de preguntas y él de sus respuestas.

—¿Cómo lo trataron los mexicanos en la cárcel?

—Bueno, en la cárcel mexicana realmente eran los gringos los que mandaban a mis custodios. Me golpeaban, me torturaban, me daban descargas eléctricas, me sumergían la cabeza en un balde de agua, me hacían todo lo inimaginable viniendo de una gente que se jacta de ser la mejor democracia del mundo.

—¿Por qué la tortura?

—Para obligarme a delatar a mis compas de Nueva York y Chicago. Pero no lo consiguieron.

—¿Por cuánto tiempo duró esta situación?

—Ese infierno de cinco años terminó cuando mi gente ganó una demanda de extradición. Se le había puesto la cosa difícil a Estados Unidos con la presión internacional sobre mi caso. El Gobierno mexicano decidió entonces que yo era un preso político, por la condición colonial de Puerto Rico, y eso me daba el derecho a luchar por la liberación de mi patria. ¡Decisión histórica!

—¿Y es ahí cuando viene a Cuba?

—El 24 de junio de 1988 me llevaron al aeropuerto y me dijeron que caminara hacia un avión estacionado en una pista aparte. Yo no confiaba en los guardias mexicanos, pero no tenía otra opción. Cada paso en dirección a aquel avión me parecía como si naciera de nuevo, pues estaba convencido de la determinación de los gringos a no darse por vencidos. Llegué a las escalinatas y la ansiedad casi no me permitía respirar para subir los escalones. Cuando estoy llegando al último, se abre la puerta, aparece una persona y me dice: «Bienvenido, patriota boricua, es usted un hombre libre: ya está en territorio cubano». Y me dio un abrazo que nunca voy a olvidar.

A aquel hombre duro, tosco, huraño, se le corrió una lágrima sobre sus cicatrices. Quise hacerle la última pregunta, la razón para mi viaje a Cuba.

—¿Ayudó o medió usted para que un doctor puertorriqueño secuestrado por las FARC fuera liberado?

—El licenciado Quique Colón me dio una carta hace mucho tiempo para unos comandantes guerrilleros colombianos que conocí en el hospital donde recibía las terapias. Curiosamente, a ellos les había pasado algo parecido a mí: les explotó una bomba, pero en el caso de ellos estaban desarticulando las que los militares colombianos les dejaban.

—¿Y les dio la carta?

—Sí. Les dije que ese pobre infeliz era una persona desconocedora de la lucha de ellos, tan víctima del imperialismo como el que más.

—¿Y ellos la enviaron?

—Me lo prometieron y esa gente cumple lo prometido.

—¿Supo que el doctor fue liberado?

—No, no lo sabía. Se me había olvidado la cosa.

—Yo estoy escribiendo su historia.

—Pues escriba sobre la mediación de los comandantes de las FARC, pero a mí no me meta en eso. Ya de mi historia se ha escrito demasiado.

—Difiero. Creo que de usted no se ha escrito lo suficiente.

—A mis compatriotas yo les aconsejo que se pongan a luchar por la independencia de Puerto Rico y dejen de estar escribiendo del pasado.

Se puso de pie. Esta vez su sonrisa se pudo abrir paso entre la cicatriz que la oprimía. Y se perdió entre las decenas de personas que lo esperaban para saludarlo.

16
Martín Sombra

Al regresar a Puerto Rico, luego de la fuerte impresión causada por la emotiva entrevista con Guillermo Morales, sentí la urgencia de concluir la historia del secuestro del doctor Efraín López Arraíza en Colombia. La narración se acercaba al punto del encuentro del doctor con los secuestrados de cuya liberación se hablaba en esos momentos en los medios de comunicación del mundo entero. Esa presión internacional provocó la Operación Jaque, ejecutada por el Gobierno de Álvaro Uribe.

En mi mesa de trabajo, a la izquierda, estaba el diario de Nina; a la derecha había una libreta con datos que debían insertarse en la narración del doctor; en el medio, una computadora a la que tenía conectada la grabadora utilizada en las conversaciones con López Arraíza. Pasaba de una fuente a otra dependiendo de cómo la historia fuera desarrollándose.

Observé una conmovedora coincidencia entre la sección del diario de Nina que yo leía en ese momento y la parte del relato del doctor López Arraíza que contaba su travesía hacia el campamento comandado por Martín Sombra. Nina escribía lo siguiente:

He leído que cuando vas caminando y ves una hoja que parece bailar al desprenderse de una rama es porque hay alguien pen-

sando en ti. Desde entonces, cuando me sucede lo siento como una bendición. Cuántas cosas tienen que suceder para que se dé ese sincronismo. Pues hoy, mientras caminaba hacia la nada, con la mirada perdida, una hoja cayó a mis pies, luego de rozarme ligeramente la silueta. La observé por largo rato. ¿Eras tú quien en mí pensaba? Mis ojos se clavaron en mis pisadas. Sentí la urgente necesidad de redirigir mis pasos. ¿Eres tú quien me llama o es alguien desconocido?

En la selva, Efraín parecía vivir una experiencia semejante:

Me despertó el ruido de algo parecido a un leve aguacero. Me incorporé hasta donde podía en mi pequeño cambuche. Sentado, mi cabeza tocaba el techo de la caseta de hule viejo, apestoso a humedad. A través de los agujeros pude componer una imagen bastante certera del exterior. No llovía. Asomé la cara y quedé extasiado: era un aguacero de hojas. Miles, de diversos colores y tonalidades, danzaban jugueteando con la brisa y caían con suavidad en el suelo, o sobre el cambuche, o en la cabeza del guerrillero que me vigilaba, o donde las llevara el viento, sin resistencia, a su destino final. El sonido me fue produciendo una deliciosa sensación de relajamiento.

Estuve largo rato disfrutando el espectáculo con todos mis sentidos, extasiado en la manifestación cromática, acariciando la superficie de las hojas que me caían en la mano, oyendo el susurro de su aterrizaje, evitando el análisis racional de aquella maravilla, regalo de la naturaleza. Cesó. Y los pensamientos salieron desbocados como caballos salvajes. ¿Cuál era el mensaje del universo en ese momento? Las hojas caían, rodaban y se quedaban quietas, amontonadas en tranquila espera. Luego, con el tiempo, cambiarían de color a un marrón oscuro, para después ser composta y más tarde tierra, y finalmente resurgir como árbol, flor, fruto, hoja, lluvia. La vida, cambio constante. Y yo, ¿qué era, una hoja que evitaba ser composta? Solo la remota posibilidad de reencontrarme con Nina me sostenía flotando en medio del ventarrón.

Detuve la grabadora y me pregunté: ¿Qué mantiene separados a dos seres de tan sincrónica afinidad? Imaginé a dos riachuelos, que corren paralelos a desembocar en una apacible poza y descubren, demasiado tarde, que compartían un mismo destino. También pensé en Marcela. Añoraba su alegría... Luego de esa nostálgica pausa, continué escuchando la grabación del doctor, y escribiendo mi interpretación de su relato:

«Vámonos, vámonos, vámonos», llegó gritando el encargado de explorar los alrededores del lugar donde habíamos pernoctado. Llevábamos varios días de travesía y esa era la constante: huir, esconderse, caminar de susto en susto, ya fuera debido a los animales de la selva o a los soldados del Ejército. En pocos minutos, ya estábamos cruzando un río con las manos sobre la cabeza, cargando las pertenencias para que no se mojaran.

Casi alcanzábamos la otra orilla cuando salieron ráfagas de disparos de los arbustos cercanos. Los proyectiles penetraban en el agua con un chasquido seco o silbaban rebotando en las piedras y levantaban partículas que nos herían la piel. Por instinto me hundí y dejé que la corriente se llevara mis cosas. Aguanté la respiración por varios minutos. Cuando los pulmones no resistieron más, saqué la cabeza y cerré los ojos, seguro de que moriría. Respiré y me volví a hundir. ¡Aún vivía! Abrí los ojos. Una mancha oscura me rodeaba. Más abajo vi el cuerpo arrastrado por la corriente de uno de los guerrilleros. La mancha negra me seguía. Me palpé a ver si también estaba herido. No sentí nada. Nadé por debajo del agua hasta una roca. Volví a sacar la cabeza. Los disparos habían cesado.

Por varios minutos quedé pegado a la piedra como un musgo, chorreando agua, temblando de miedo, rogándole a Dios otra oportunidad de vida. «Se fueron los hijoeputa», le oí decir a Rulfo, el guerrillero jefe de la tropa. Estaba parapetado en la otra cara de la roca. «¿Está bien?», le pregunté. «Mataron a Lino y a Jenaro», contestó mascullando rabia. Ordenó que me mantuviera pegado a la roca y se zambulló. Pasó cerca de media hora. Solo escuchaba aves revolotear y el chillido de unos micos. De pronto, una mano fuerte agarró el cuello de mi camisa y me jamaqueó. Era Rulfo con el rostro desencajado. «Esta mierda de cuidarlo me ha costado la vida de mis dos mejores hombres. Ahora usted caminará al frente hasta que lleguemos al campamento». El hombre había recuperado mi morral, que había sido impelido por la corriente, y me lo lanzó a la cara. Entonces me empujó fuera del agua.

¿Qué pasó con los cuerpos de los dos guerrilleros? Ni me atreví a preguntar. Se los dejó al río. Esa noche lo escuché tratando de ahogar su pena, maldiciendo entre dientes, pateando lo que encontraba a su paso. Melky, otro de los guerrilleros, me confesó en voz baja que Rulfo cuidaba de Jenaro y Lino como si fueran los hijos que la guerra no le había dejado tener. No me volvió a hablar hasta dejarme en el campamento de Martín Sombra. Lo hizo para despedirse y me pidió que lo disculpara si no me había tratado bien.

Era mediana la tarde, el calor y la humedad agregaban pesadumbre al momento de llegar a un enorme complejo de casuchas y cambuches: el reino de Martín Sombra. Estaba tirado en un colchón viejo, rodeado de unas jovencitas, como si fuera una caricatura de un sultán venido a menos. Era un trigueño regordete, brazos muy cortos para su torso, barba desaliñada, dientes amarillentos y voz chillona. Tenía desabotonada la camisa del uniforme militar y la barriga se le asomaba buscando acomodo.

Permanecimos de pie unos segundos mientras él, a duras penas, se incorporaba. Cuando finalmente lo logró, le pidió a Rulfo que se quedara a descansar unos días antes de regresar al campamento de Jojoy, y a mí me llevó a su tienda. Era un área de mucho espacio, con papeles, computadoras, radios, armas y licores en total desorden.

—Llevo varios días esperándolo —dijo sobándose la panza—. Necesito su ayuda.

—No sé cómo puedo ayudarlo —contesté y puse el morral en una esquina de aquella inverosímil oficina.

—¿Es usted psicólogo, no? Pues puede ganarse su libertad si me ayuda a manejar a los secuestrados a mi cargo. Tienen una guerra del coño y su madre entre ellos. Exigen, protestan, joden por cualquier huevonada, y necesito tranquilizarlos.

—¿Y usted espera que yo los pacifique como si fueran niños de primaria?

—Métase allá adentro y vaya a ver si con sus conocimientos puede lograr mejorar las relaciones entre ellos. Pero cuidado, tampoco los una para hacerme la guerra. Ya me hicieron una huelga que si no me pongo fuerte se me quedan con el campamento.

Aquello me parecía surrealista, cómico y trágico a la vez. Este hombre a cargo de importantes prisioneros pensaba que yo, por ser psicólogo, tenía una varita mágica para lograr una buena convivencia entre los secuestrados, pero con un límite muy conveniente.

—Señor, soy un secuestrado más y no creo que pueda resolverles un problema creado por ustedes mismos —dije y me senté al lado del morral.

—¡Póngase de pie, que aquí mando yo, coño! Ya el Mono me había hablado de su actitud negativa, pero tenía la esperanza de que se presentara más colaborativo. Le vendrá bien que lo mande a la jaula. Cuando usted quiera, hablamos. —Y me dio la espalda.

Dos guerrilleros me llevaron de mala gana a través del campamento. Este quedaba en un lodazal a la orilla del mismo río por el cual habíamos navegado con Rulfo. Unas tablas puestas en el suelo facilitaban pasar a la parte más seca. Decenas de guerrilleros se movían de un lado a otro, haciendo ejercicios militares, construyendo barracas o compartiendo como si aquello fuera la plaza de un pueblo.

En la periferia del campamento surgió un espacio cercado por tela metálica y alambre de púas. Cuatro garitas, con hombres armados en cada una de ellas, servían de puntos de vigilancia. Adentro, se levantaban dos grandes barracas conectadas entre sí por un pasillo de tablas. Los que me conducían tocaron a la puerta de metal de la entrada y dos guardias nos abrieron. Mientras me llevaban por el pasillo vi rostros cadavéricos, lúgubres, ausentes, mirando con sorpresa disimulada. Otros, como zombis, parecían caminar sin rumbo alguno o daban vueltas sin sentido.

Pude ver a cuatro mujeres. Una de ellas jugaba ajedrez, en una mesa de plástico, con un hombre aburrido. Otras dos compartían un tejido, y la cuarta, de espaldas, parecía leer. Un hombre fornido, de mejor apariencia, se nos acercó. Se veía molesto. Me miró fijamente y murmuró en inglés algo amenazante, ininteligible.

Luego de recorrer el pasillo de aquel infierno, sobre el cual me había advertido el Mono Jojoy, me ubicaron en lo más apartado del lugar. No pregunté nada. Mi mente apenas podía procesar aquel cementerio viviente. Quedé paralizado por largo rato. Poco después regresó uno de los guerrilleros y me trajo un colchón de aire, con parchos por todos lados. Me tiré en él, mirando al techo de zinc, abrumado por la miseria circundante.

Durante dos días fui un fantasma invisible. Me levantaba cuando todos se levantaban, casi siempre a horas muy tempranas de la mañana, caminaba hacia donde el grupo iba a buscar las comidas, me bañaba donde otros se bañaban, pero nadie me dirigía la palabra, ni siquiera me miraban.

Comencé a dudar de mi existencia. ¿Y si había muerto en la balacera del río y todo esto era la antesala al infierno? Me pellizcaba con temor a no sentir dolor. Pero una tarde, cuando todos estábamos sumidos en el letargo cotidiano, alguien me tocó en el hombro. Abrí los ojos y, sentada al lado mío, escudriñándome, estaba la mujer que jugaba ajedrez el día de mi llegada.

«¿Quién es usted?», me preguntó, cuando yo no había terminado de abrir los párpados. Me pegó aún más la cara para repetirme la pregunta y entonces me pareció que la había visto en algunos diarios. Su mirada inquisitiva activó archivos perdidos de mi memoria. Por tercera vez me preguntó quién era y

¡recordé! ¡La había visto en enero de 2002! Ese año regresé a la universidad donde había estudiado, en Nueva York, para asistir a una reunión de exalumnos. Por la noche acompañé a Jairo a una actividad en la que él debía hacer acto de presencia. De allí nos iríamos a un club de jazz en el Village. La actividad resultó ser una recaudación de fondos para la candidata a la presidencia de Colombia del Partido Oxígeno Verde, quien estaba de visita en Nueva York. Como había poca gente, tuvimos la oportunidad de saludarla. Le pregunté el porqué del nombre tan raro de su organización política. No recuerdo su contestación, pero sí la fuerza de su mirada que ahora volvía a experimentar.

—¿Es mudo o qué? ¿Quién demonios es usted? —insistió una cuarta vez.

—Alguien que usted conoció en Nueva York en circunstancias muy distintas —dije, mientras trataba de vencer el entumecimiento y me sentaba frente a ella.

—¿En Nueva York?

—Sí. Usted buscaba fondos para su partido. Soy puertorriqueño y fui a su actividad con un amigo colombiano. —Y la vi hacer un breve silencio como si rebuscara en el recuerdo.

—¿Y qué hace aquí?

—Eso quisiera saber yo.

—Por ahí se dice que usted es un infiltrado y viene a hacerse pasar por secuestrado para espiarnos —dijo y convirtió su mirada en un detector de mentiras.

—Yo soy tan víctima como usted y tengo tantos deseos como todos de salir de este infierno.

—Explíqueme por qué lo secuestraron.

Le expliqué a Ingrid Betancourt cómo había ocurrido mi secuestro. Yo estaba tan entusiasmado de conversar con alguien ajeno a la guerrilla, que en varias ocasiones ella me pidió bajar la voz. Desde ese momento en adelante me convertí en su aprendiz. Me dedicaba un rato todos los días para explicarme las reglas de convivencia, en quiénes debía confiar y en quiénes no, la forma de obtener cosas a través de un primitivo sistema de true-

que y, sobre todo, cómo mantenerme en constante reto a la autoridad del campamento. Habían pasado varios días cuando me atreví a preguntarle:

—¿Por qué los demás secuestrados no me hablan?

—Aquí nadie confía en nadie. Me eligieron para que toda comunicación con usted sea a través de mí.

—¿Y usted confía en mí?

—Nos estamos conociendo. No apure la cosa.

Aquella soledad, producto de la indiferencia, me iba desesperando cada día más. ¿De qué recursos podía valerme para enfrentar esa nueva tortura? Una pelea iniciada por Ingrid porque alguien le había cogido su turno del baño me pareció tan absurda que me dio la solución: aislarme. Me apertreché en mi esquina, saqué mi libreta de notas, puse un cristal imaginario entre ellos y yo, y regresé a mis años de estudios de Psicología. Ellos serían mis perros, y yo, Pavlov.

Detuve la escritura. Una vez más me sentía identificado con la experiencia del doctor. Me levanté del escritorio y sentí la necesidad de subir y bajar varias veces las escaleras de los tres pisos de mi edificio de apartamentos. Algunos de los inquilinos me miraban convencidos de que había enloquecido. Sudaba la sensación de encierro pegada a la piel, provocada por la narrativa del doctor. ¡Otra vez el recuerdo de la guerra me sorprendía vulnerable! En la guerra, correr sin rumbo fijo, por aquel mar de arena en Irak, se convirtió en una posibilidad de escape a mi autoimpuesto secuestro. Cada día me golpeaba en la cara la estupidez cometida al ingresar voluntariamente al Ejército. Como el doctor, recurrí al aislamiento emocional para la supervivencia. Evitaba el contacto con otros soldados que, como yo, detestaban estar en aquel lugar. Nuestros demonios se manifestaban a diario sin inhibiciones. Tardé años en comenzar a sanar esas heridas emocionales en la oficina de López Arraíza, pero, como él mismo me había advertido, el proceso continuaría. Luego de sudar copiosamente, tomé una ducha fría y regresé al relato:

Parapetado en mi observatorio, fui conociendo en detalles el carácter de los secuestrados más cercanos a mí. Ingrid era dominante, impulsiva, no se daba por vencida y ejercía un extraordinario control en la mayoría de los secuestrados. Antes de mi llegada, había logrado abrir un hueco en la tierra debajo de la verja que rodeaba la enorme jaula. Lo hizo pacientemente ¡con una cuchara que extrajo de la cocina! Por su osadía le redujeron la ración de comida durante una semana. Eso me contó.

Le incomodaba pedirles favores a sus carceleros y su rutina diaria estaba muy bien organizada para no dejarse abatir por el encierro. Su resistencia me parecía admirable. «Doctor, repítase todos los días: 'no soy un prisionero, no soy un prisionero'», me dijo en una de sus visitas en las horas del bochorno. «Ni usted ni yo hemos hecho nada malo y estos malvados no tienen ningún derecho a someternos. Es una obligación rebelarnos y nunca dejaré de intentar fugarme. Ellos avalan su poder sobre nosotros haciéndonos creer que somos prisioneros. Pues no y mil veces no», concluía.

Los tres estadounidenses tenían personalidades distintas. Keith Stansell, Thomas Howes y Marc Gonsalves habían sido capturados por la guerrilla cuando la avioneta que pilotaban había sido derribada por las FARC. Los tres realizaban trabajos para una compañía privada norteamericana, proveedora de información de inteligencia al Gobierno colombiano. Eran parte del Plan Patriota firmado entre Estados Unidos y Colombia.

Keith era huraño y alardeaba del dinero que supuestamente tenía y de sus amigos poderosos. Era el único de los secuestrados que me dirigía la palabra, para insultarme. Estaba convencido de que yo era un infiltrado e intentaba provocarme. Me endilgó el primer insulto cuando llegué al campamento. Parecía un león encerrado buscando alguien contra quien descargar su coraje. Odiaba aquel ambiente, sobre todo porque se hablaba en español y él lo entendía muy poco. Hasta sus propios compañeros, Tom y Marc, le sacaban el cuerpo. Estos eran de temperamento conciliatorio, les gustaba mediar, tenían buen sentido del *humor, pero no por eso estaban exentos de explosiones de rabia y desesperación.*

Clara Rojas era la del temperamento más complejo. Recuerdo su imagen, la primera vez que la vi, de espaldas, sumida en sus pensamientos y emociones. Ingrid evitaba hablarme de ella y era obvia la distancia insalvable entre aquellas dos mujeres. Un día intenté romper esa barrera.

—¿Qué sucedió entre Clara y usted?

—¿Por qué quiere saber? —respondió, tratando de ganar tiempo antes de contestarme.

—Me da la impresión de que Clara la necesita. Algo le pasa.

Cambió su mirada hacia la esquina donde Clara permanecía de espaldas y se quedó en silencio por un buen rato. Ingrid no era una mujer bonita, pero sí atractiva: rostro ovalado sobre un cuello con garbo, boca pequeña y bien delineada, ojos cansados pero inquisitivos, voz firme aderezada con dulzura, pelo recogido en trenzas, manos delicadas que habían resistido el maltrato de la selva y una energía vital contagiosa.

—La convivencia en este encierro no es fácil —dijo ganando más tiempo.

—Pero ustedes eran amigas y colaboradoras, compañeras de lucha.

—Sí. Al principio éramos solidarias y nos apoyábamos en todo, pero a la larga uno se da cuenta de algo terrible: en este infierno, la supervivencia es individual. Mientras pasaba el tiempo y la esperanza de libertad iba desapareciendo, el hastío cavó una enorme distancia entre nosotras.

—¿Muchos resentimientos?

—¡Imagínese!

—Difícil imaginármelo. Cuénteme —dije siguiendo el instinto de un viejo zorro en la psicología clínica.

—Por meses estuve llorando la muerte de mi padre y Clara me decía que mi llanto no la dejaba dormir. Para darle un ejemplo.

—¿Alguno más?

—Cuando nos trasladaban de un campamento a otro las provisiones eran muy escasas y debían dividirse con la mayor justicia posible. Entran en juego, usted sabe, los instintos primitivos... Nada, tonterías de lo cotidiano que nos van desgastando.

—He escuchado que trataron de fugarse juntas.

—Sí y el fracaso en esa empresa añadió una enorme dosis de amargura a la relación.

—¿Cada una culpó a la otra por el frustrado intento?

—Yo no, pero tal vez ella lo siente así.

—Como usted era su jefa en el Partido Oxígeno Verde tal vez sienta que es su responsabilidad haberla metido en esta situación.

—Ella escogió acompañarme cuando las autoridades gubernamentales se negaron a darme escolta de Florencia a San Vicente. Pero sí, no eludo la responsabilidad por el maltrato al que ella ha sido sometida.

—Pero lo han sufrido juntas, ¿no?

—Sin duda. Por meses estuvimos encadenadas a un árbol veinticuatro horas, como si fuéramos animales. Dormíamos una casi encima de la otra. Bajo esas circunstancias uno termina actuando como eso: un animal encadenado.

—La miseria no siempre une, a veces crea abismos insalvables —reflexioné.

Ingrid continuó por largo rato contándome de su complicada relación con Clara. De pronto se escucharon gritos. Vimos a algunos de los secuestrados correr en dirección al espacio ocupado por Clara. Ella estaba en el piso, desmayada. Ingrid salió a hacerse cargo de la situación y yo la seguí. Poco después, los guardias cedieron a la petición de llevarla a darle atención médica.

Al otro día, cuando nadie se había levantado aún para ir a desayunar, un guardia vino a buscarme. Martín Sombra urgía mi presencia.

—¡Esa berraca está preñá! —Le oí decir cuando entré a su caseta. Daba vueltas en círculos, furioso, mientras una de las muchachas de su séquito le pedía que se calmara.

—¡Ya tiene seis meses y me lo ocultaron! —repetía mientras levantaba las manos al cielo, incrédulo—. Ahora, o me ayuda o lo mato —sentenció señalándome amenazante.

—Señor, no entiendo nada. ¿Quién está embarazada?

—¡Pero será huevón! ¡Clara! ¡Clara! —y seguía repitiendo el nombre de ella enloquecido—. Ya sabe lo que hay que hacer con ella, ¿no?

—Sí. No puede regresar a esa jaula, a ese campo de concentración —repliqué.

Sombra se detuvo y se me abalanzó encima agarrándome por el cuello de la camisa. Sus palabras salían en medio de una intensa llovizna de saliva. Su boca era una cloaca apestosa de licor y tabaco.

—No se le ocurra decir eso jamás. Nosotros no somos nazis, fascistas o como se les llamara a esos sinvergüenzas. Somos revolucionarios, luchamos por una causa justa para nuestro país y ustedes son prisioneros de guerra. —Me empujó contra la pared de su tienda.

—Llámele como usted prefiera, pero ese no es un lugar adecuado para una mujer embarazada y usted será responsable de lo que le pase a ella y al bebé.

Sombra se quedó en silencio. De inmediato cambió su tono de voz y actitud.

—Doctorcito, convénzamela de que aborte. Ya usted ha apaciguado a Ingrid. Ayúdeme en este caso con Clara.

—¿Yo he apaciguado a Ingrid? ¡No me haga reír!

—No se haga el pendejo. Los han visto cuchicheando todos los días y la vieja ha dejado de joder. Ejerza ahora sus buenos oficios con Clara.

—Yo no he intercambiado una sola palabra con Clara desde mi arribo, ¿cómo la voy a convencer de algo? Además, es criminal sugerirle un aborto si, como usted dice, ya tiene seis meses de embarazo.

—Esa criatura no puede, ¿me escuchó?, no puede nacer aquí. La situación es demasiado complicada como para tener un niño en el campamento. ¡Váyase!

Regresé a la jaula terriblemente preocupado por Clara. Ya todos se habían enterado de mi reunión con Sombra. Por los próximos dos días, ni Clara regresó al confinamiento, ni Ingrid me dirigió la palabra. Las sospechas sobre mí aumentaron. Vi a las mujeres reunirse a solas. Los hombres discutían y se exacerbaban. Lo del embarazo de Clara ya era de conocimiento general.

Una mañana, Clara regresó y todos fuimos a recibirla. «Bienvenida al club», le dijo Ingrid. Clara la miró muy seria. Tal vez esperaba otro tipo de expresión de ella. Gloria y Consuelo, que así se llamaban las otras, se ofrecieron a ayudarla.

—¿Quién la coronó? —se oyó la voz de uno de los hombres por encima de la algarabía causada por su regreso. Hubo un silencio.

—Clara —tomó la palabra otro de los secuestrados varones— trate de entender, si no nos dice quién es el padre esto va a afectar a nuestras familias. Pensarán que es de uno de nosotros.

—Sí, diga quién es el padre —gritó un tercero.

Clara palideció de la rabia. Entonces se le encaró a cada uno de ellos.

—¿Es usted el padre? —y siguió haciendo la misma pregunta, uno por uno. Todos contestaban en la negativa.

Cuando llegó ante Keith, este reaccionó violentamente. Le gritó puta y otras palabras soeces. Clara era diminuta, frágil, y aquel energúmeno se ensañaba contra ella sin que nadie interviniera. Se me aceleró el corazón y sentí un calentón en la cara. Temblaba de coraje. Me abrí paso entre el grupo y le pegué un puño en la cara. Se tambaleó, pero su reacción violenta fue inmediata. Caímos enredados a golpes en el piso. Una energía poderosa, irracional se apoderaba de cada célula de mi cuerpo, sentía la sangre corriendo por cada vena, cada capilar, llenando cada músculo; por primera vez experimentaba el deseo de matar a alguien. Le buscaba el cuello, él me golpeaba la cara, pero sus golpes no me producían dolor: estaba entumecido. Ninguno de los otros hacía nada por separarnos. Entonces, Keith logró pegarme contra el suelo, me golpeó con el codo cerca de la sien y perdí el conocimiento.

Cuando lo recobré, uno de los guardias me apuntaba con su rifle. A unos pasos estaba Keith con el rostro ensangrentado. Las mujeres se habían ido, espantadas, a una esquina. Al poco rato entró Martín Sombra embravecido. Se dirigió a todos y dijo:

—La próxima vez que ocurra una pelea voy a ordenar a mis hombres disparar a matar.

Entonces, cambió el tono de voz y comenzó a hablar de la importancia de llevarse bien, de ayudarse mutuamente. La conclusión de su homilía me dejó perplejo.

—Doña Clara, no se preocupe, no vamos a permitir que le pase nada ni a usted ni a su bebé. Le vamos a proveer un lugar fuera de esta área, donde nuestra enfermera la vaya a examinar todos los días y tendrá todo lo necesario para completar su embarazo. Recoja sus cosas para acompañarla.

Clara lo hizo y el propio Martín Sombra la escoltó a su nuevo espacio.

17
El propósito de Clara

El particular sonido de un reloj cucú, indicio de la llegada de un mensaje electrónico a mi computadora, provocó una pausa necesaria en mi empeño de finalizar la historia del doctor Efraín López Arraíza. El mensaje me produjo grandes expectativas. ¡Nina volvía a comunicarse!

Mario:
Perdone la tardanza en escribirle. Una vez comienzan las clases no tengo respiro hasta el final de curso. El mes de junio lo pasaré con mi familia en el oeste de la isla. A mi regreso, a principios de julio, si le parece, podemos tomar un café.

Muchas bendiciones,
Nina

Anoté en mi calendario, con letras mayúsculas, llamar a Nina el martes 5 de julio de 2011, luego de los días feriados. La emoción de un posible encuentro con ella, para aclarar tantas interrogantes, me hizo ponerme de pie, abrir la puerta y lanzarme a las escaleras. Las subí y bajé diez veces con una energía pocas veces sentida. La relajación provocada por el ejercicio superaba la de los medicamentos, los cuales había dejado de usar poco a poco.

Debía posponer la conclusión de la historia del secuestro de López Arraíza para después de la cita con Nina en julio, por si surgía algo nuevo de esa conversación. Regresé a escribir lo que había dejado pendiente al momento de recibir el mensaje de Nina:

En los días subsiguientes al violento encontronazo, Keith evidenció en su rostro una inequívoca crónica de la pelea sostenida: la cara hinchada, un ojo morado y el ego por el suelo. Yo obtuve, a partir de ese incidente, una cierta deferencia, un disimulado respeto de parte de los demás secuestrados. Una tarde escuché a Keith comentar en voz alta su opinión sobre los puertorriqueños: éramos unos mantenidos y solo usábamos el pasaporte americano para recibir ayudas federales. Lo decía y miraba hacia mi puesto en espera de una respuesta a su provocación. Lo ignoré, pero Ingrid me recomendó cuidado, pues Keith no se quedaría sin cobrar venganza. Además, estaba segura de que Martín Sombra me castigaría por la reyerta.

Una mañana, cuando todo el grupo iba a buscar su tinto con galletas, Keith ya venía de regreso. Usualmente, después del desayuno yo me iba a dar un baño al río. Por las mañanas, el agua estaba muy fría y la mayoría prefería bañarse en horas de la tarde. Ese día, al presentir que Keith tramaba algo, regresé con disimulo a mi espacio y lo sorprendí con mi libreta de notas. Corrí a quitársela. Algunos del grupo trataron de detenerme. Keith gritaba:

—This motherfucker is a traitor! He is writing reports about us! Look at this!

Ingrid le arrebató la libreta y su semblante cambió cuando vio mis apuntes. Entonces me encaró.

—¿Y esto?

—Notas donde registro lo que observo.

—¿Notas para quién?

—Para mí. Así mantengo la mente ocupada.

Ingrid se volteó hacia sus compañeros. Al ver sus caras era obvio que le habían creído a Keith. Ingrid me tiró la libreta en el colchón y se fue con el resto del grupo. Keith murmuró un insulto antes de marcharse. Pocas horas después vino un guardia, me pidió la libreta y se la llevó. Mis compañeros de secuestro lo disfrutaron. Yo exigí ver a Sombra.

Me recibió y prometió devolverme la libreta luego de que uno de sus superiores la examinara. Protesté. «Pídame otra cosa, pero la libreta no se la puedo devolver», fue su contestación. Entonces, aproveché para solicitarle ver a Clara. Accedió.

Para llegar a su nuevo espacio, crucé el campamento de un extremo al otro, entre corrales de cerdos y gallinas. Un grupo de guardias los vigilaba. La caleta de Clara fue ubicada al lado del Economato, un gran almacén de víveres. El techo de su nueva habitación estaba cubierto por una lona y el espacio era inmenso comparado con el de la jaula. Vi en el piso dos paneles de madera con una sábana: ¡una cama de lujo! Encontré a Clara de espaldas a la entrada. La llamé por su nombre y no se movió. Subí el tono de voz y tampoco respondió. Temí por ella, así que me acerqué y la toqué en el hombro. Ella se sobresaltó.

—Perdone si la he asustado.

—¿Qué hace aquí?

—Aproveché una conversación con Martín Sombra y le pedí permiso para saludarla y saber cómo estaba.

—Se lo agradezco. Y también le agradezco lo del otro día. No debió meterse en problemas por mí.

—¿Cómo ha estado?

—Aquí, como verá, estoy mucho más cómoda. No les tengo que soportar groserías a los demás y disfruto de mi silencio.

—¿Y su embarazo?

—¿Sombra le mandó a convencerme de abortar?

—No. Usted es dueña de su cuerpo.

—Doctor, aquí no somos dueños de nada. Pero yo he decidido que voy a hacer todo lo posible por que mi bebé nazca.

—¡Qué bueno! —dije y me sorprendí emocionado.

Hubo una pausa. Ella lo notó y se extrañó.

—¿Le pasa algo? ¿Tiene usted hijos?

No pude contestarle. *Su pregunta revolcó situaciones muy dolorosas que yo había tratado de olvidar. Recordé los ojos de Nina tratando de ocultar sus lágrimas cuando el doctor nos habló de mi imposibilidad para procrear: en la pantalla de la computadora había una imagen en la que predominaba el color rosa con unas manchas blancas y unos puntos negros; el médico nos explicó que esa era mi muestra de semen y se notaba una ausencia total de espermatozoides. Dijo que la condición se llamaba azoospermia y solo se encontraba en el uno por ciento de la población masculina.*

En aquel momento sentí una vergüenza terrible. Esa sensación predominó en los días subsiguientes. Me sentía fracasado, creía que le había fallado a Nina. El sueño de tener niños, su gran ilusión, se hacía trizas por mi incapacidad. Quise huir. El doctor me vio tan afectado que trató de minimizar la situación y recomendó dos pruebas adicionales. Ambas arrojaron igual resultado.

Nina me invitó a hablar sobre la situación. Yo evadí hacerlo. Un silencio incómodo fue creciendo entre nosotros. Varios días después me pidió que fuéramos a un psicólogo. Me sentí insultado, pero a la vez sabía que estaba actuando de forma irracional. Era un burdo macho, herido en su orgullo de procreador.

En esas circunstancias, recibí la llamada de Jairo para ir a Colombia. Creí que al salir del país dejaba atrás el problema. El universo tenía otros planes para mí.

Clara me miraba intrigada. Tenía el pelo castaño oscuro, el rostro pálido, un dejo permanente de tristeza y dos profundas líneas alrededor de sus pómulos.

—¿Qué le sucede? ¿Perdió un hijo?

—Perdí las opciones de tenerlo —musité.

—Lo siento —bajó la cabeza.

—Mi esposa se desvivía por ser madre —dije castigándome una vez más con la pesada culpa.

—Entonces usted debería entender mejor que nadie mi decisión —afirmó esta vez con una mejor sonrisa—. Es mi tiempo biológico. El cuerpo me lo dice.

—Entiendo, pero un embarazo bajo estas circunstancias es una locura, sobre todo sola.

—No seré la primera ni la última en tener un bebé en la selva. Siempre deseé ser madre y eso nunca estuvo supeditado a estar casada o a tener un compañero.

Me quedé esperando más información y ella notó mi curiosidad.

—¿Usted también quiere saber quién es el padre? —se volvió molesta hacia su esquina.

—En todo ser humano hay esa parte morbosa alimentada por el rumor. En mi caso, aunque tal vez me gustaría saberlo, no es necesario —contesté deteniéndola.

—¿Cree suficiente si le digo que de una experiencia vivida quedé embarazada?

—Me parece una hermosa explicación.

—Usted como psicólogo debe saberlo: en este infierno es necesario encontrar un nuevo propósito para sentir lo valioso de vivir la vida.

—¿Leyó usted de Víktor Frankl, *Una vida con propósito*?

—Sí, hace muchos años. Estaba interesada en los testimonios de sobrevivientes del Holocausto. Jamás pensé, al leer sobre esa experiencia, cuánto me ayudaría a sobrevivir aquí. ¿Y cuál es el propósito suyo, doctor?

—La posibilidad de encontrarme con mi esposa, pedirle perdón y disfrutar cada segundo de vida con ella.

—No se suelte de ese propósito, si no, se muere.

—Lástima que no hubiésemos conversado antes.

—Usted no quería comunicación con nosotros.

—¿Cómo? —pregunté sorprendido.

—Eso nos dijo Ingrid luego de que ustedes conversaran.

—¡No es cierto! Ella me dijo: «Los compañeros prefieren, por precaución, que la comunicación sea a través de mí».

Clara sonrió y respiró profundamente. Yo insistí en saber.

—No entiendo por qué ella hace eso.

—Ingrid quiere controlarlo todo.

—¿Y usted se lo recrimina?

—Le recrimino su testarudez. Por querer llegar, a como diera lugar, a San Vicente del Caguán nos secuestraron. Claro, yo también era responsable, pues acepté ir. La distancia entre nosotras comenzó después del segundo intento de fuga. Ya estábamos bastante alejadas del campamento cuando un enjambre de avispas nos atacó. Ella se puso histérica y comenzó a gritar en pleno día. Eso alertó a los guerrilleros que ya nos buscaban y nos apresaron de nuevo.

—¿Y las castigaron por el intento de fuga?

—Nos encadenaron como si fuéramos animales. Yo me agarré a mi Biblia y leía versículos en voz alta para que ella se consolara. Pero eso le molestaba. Decidimos hacer un ayuno para protestar por el maltrato y finalmente logramos que nos quitaran las cadenas. La guerrilla no podía permitir la muerte de sus más preciadas prisioneras. Pero esa experiencia infrahumana nos marcó. Cada una se sumió en la búsqueda de la fuerza interna para sobrevivir. Ni ella es buena, ni yo mala, ni viceversa. Simplemente aquí uno llega a odiar todo lo que le rodea, hasta a uno mismo, si no se aferra a su fe.

Clara hablaba como si estuviera destapando una olla de presión. Uno de los guardias interrumpió su descarga y me ordenó regresar a la jaula. Pasé varios días esperando la devolución de mi libreta. Cuando Sombra se apareció por los alrededores volví a exigírselo. Con todo el cinismo del que era capaz, dijo en voz alta: «Sus propios compañeros me pidieron que le quitara la libreta pues se sentían incómodos con lo escrito».

Los confronté con esa aseveración de Sombra. No hubo reacción de ellos para desmentirlo. Sombra también me dijo, en voz baja, que en mis apuntes había información sensitiva sobre los campamentos de la comandante Xiomara y el Mono Jojoy y que por eso se había ordenado destruirla.

Eso tuvo en mí un efecto devastador. Perdí el deseo de comer, de caminar, de pensar, de sentir. La guerrilla me quitaba lo único de valor que me quedaba.

Hasta este punto llegaba la última grabación que le había hecho al doctor López Arraíza. Miré el reloj y ya eran las 6 de la tarde. Tenía hambre, pero no tenía deseos de ponerme a cocinar. Entonces fui al cuarto, me puse unos mahones, una camiseta del último festival musical del semanario *Claridad*, agarré algunos de los documentos aún sin analizar, traídos de Colombia, y salí a comprarme algo de comer.

Me detuve en una librería que ahora servía comidas livianas en una sección habilitada con esos fines. Pedí una sopa de brócoli y un emparedado de atún y me senté a examinar los documentos escogidos. Saltó a mi vista una copia de la revista *Semana*, de abril de 2006. En ella se daba a conocer, por primera vez, que Clara Rojas había dado a luz en la selva. En su libro *Cautiva*, Clara establece el nacimiento del niño el 16 de abril de 2004. Por lo tanto, la conversación entre ella y el doctor debió ocurrir varias semanas antes del nacimiento.

Otro de los documentos tenía datos sumamente interesantes sobre Martín Sombra. El 26 de febrero de 2008, a primeras horas de la tarde, la cadena Caracol había dado una noticia de última hora: el guerrillero Helí Mendoza Mejía, alias Martín Sombra, con treinta y cinco años en el clandestinaje, había sido capturado en la zona rural de Chiquinquirá, en el departamento de Boyacá. El hombre de confianza del Mono Jojoy, a quien se le conocía como el carcelero de las FARC, había intentado sobornar con cien millones de pesos a quienes lo capturaron mientras ingresaba a Colombia proveniente de Venezuela.

Ya iban a cerrar la librería cuando terminé de leer el pliego acusatorio en su contra. Me llamó la atención el siguiente dato: había participado en la toma del municipio de Puerto Rico, ocurrida entre el 9 y 12 de julio de 1999, la cual había dejado cinco muertos y el secuestro de veintiocho policías y militares. Algunos de ellos permanecían secuestrados en el campamento junto al doctor López Arraíza a mediados de 2004.

Regresé a mi apartamento entusiasmado con la relación de estos datos y la historia del secuestro de López Arraíza. Antes de acostarme abrí el diario de Nina. Lo escrito no establecía fecha, pero sí un interesante cambio de ánimo que me llevó a desear la llegada del mes de julio para hablar con ella.

Parafraseo a Julia de Burgos y digo: perdóname, Efraín, si no te nombro, fuera de tu canción soy ala seca.

Sigo enamorada de la vida a pesar de la tortura diaria de tu ausencia.

Día a día vivo, día a día muero…, poco a poco resucito.

He roto mi pacto secreto de tristeza. Me aventuro a la alegría y lo disfruto.

18
Vida en medio de la muerte

Cuando coordiné el próximo encuentro con el doctor Efraín López Arraíza tenía en mente concluir su recuento. Uno de mis profesores en el Departamento de Historia alertaba a los futuros historiadores sobre el peligro de regodearnos demasiado en la investigación. «¡Hay que decidir, en un momento dado, sentarse a escribir lo investigado!», decía enfatizando la rima. Por eso, en la historia de López Arraíza, mientras investigaba, escribía. Por suerte, el doctor también tenía la intención de terminar su relato a la mayor brevedad y así me lo hizo saber tan pronto nos sentamos a conversar.

La ausencia de Marcela se hacía mucho más evidente en su oficina. Las pilas de papeles aumentaban de tamaño y no se colocaban en su lugar los libros sacados de los anaqueles. El doctor acababa de regresar de una reunión, se quitó una elegante chaqueta color gris y la colocó en el respaldar de su silla, se soltó el lazo de la corbata azul, buscó un vaso de agua para él y otro para mí, y comenzó con su ya habitual pregunta:

—Mario, ¿cómo ha estado?

—Cada día más entusiasmado con esta historia. Quisiera terminarla cuanto antes —respondí para establecer mi propósito.

—Se lo agradecería; tengo asuntos muy importantes por resolver, además, ante la ausencia de la empleada a cargo del mantenimiento de esta oficina debo dedicar tiempo a reorganizar esto.

Marcela cruzó fugazmente por el espacio virtual de nuestras mentes. Él no abundó, yo no dije nada, pero ella permaneció por largo rato presente en mi pensamiento.

—Doctor, en el recuento, íbamos por el momento en que le quitan su libreta de notas —retomé el diálogo.

—Y eso nos trae un problema, pues desde ese instante en adelante no recuerdo muchas cosas. En el secuestro uno va perdiendo toda referencia a la propia identidad y entra en una terrible crisis. Ya no hay familiares. La antigua rutina de trabajo y las pertenencias se han perdido. Yo me aferré a mis notas como el único resquicio por donde volver a mirar las experiencias por las que había pasado. Al perderlas, me perdí. Cuando escribía, no solo estampaba en un papel mis vivencias, también las grababa con mayor precisión en la memoria. Dejé de escribir y todo lo sucedido después son imágenes vagas, confusas. Tal vez sus preguntas me ayuden.

—Es curioso, pero en el proceso de escribir sus memorias he ido reviviendo las mías. Siento más liviana la carga de ese pasado por el cual vine a su consultorio.

—Eso no le ha ocurrido por casualidad, amigo mío.

—¿Qué quiere decir con eso?

—El tiempo apremia. Mejor vayamos a sus preguntas. —Y sonrió satisfecho.

—¡*Ok!* ¿Cómo fue su relación con los demás secuestrados a partir del momento en que, por ellos, pierde su libreta de notas?

—De mucho coraje, y lo manifesté colaborando con mis carceleros, siendo amable con las mujeres de la cocina, obedeciendo las órdenes de los guardias sin chistar, llevándole la contraria al grupo. Esto me ganó el distanciamiento de Ingrid y una nueva trifulca con Keith.

—¡Cuénteme!

—Un día protestó porque me echaron la mejor parte de la gallina en el caldo de cada día. Se me acercó y me gritó: «*Dirty*

portorican, you lick the ass of your oppressor, just for food!».
Acto seguido me tiró su sopa en la cara. Sin embargo, no reaccioné como mi instinto me dictaba. Sin limpiarme la cara, saqué del plato el pedazo de pechuga y me la saboreé en su cara.

—Vayamos a otro tema. ¿Qué recuerda del parto de Clara?

—Un día nos levantamos con la noticia de que ella había dado a luz. Un aire de alegría recorrió el campamento y refrescó el ambiente. Gloria, a quien le habían secuestrado a sus hijos, organizó unas sesiones con Ingrid y Consuelo para tejerle ropita al niño. Algunos de los hombres mostraron preocupación por Clara y su bebé y les pidieron a los guardias mantenernos informados de su estado.

—¿Fue traumático ese nacimiento?

—En el campamento se supo que una guerrillera, antigua asistente de un veterinario, le practicó la cesárea con un cuchillo y, al sacar al niño, le dislocó un bracito.

—Clara así lo establece en su libro.

—Ella nos dio una gran lección de lo que se es capaz cuando nos aferramos a un propósito de vida. Varias semanas después, la vimos con su bebé en la puerta de nuestro campamento. Todos corrimos a recibirla. Gloria comenzó un cántico de bienvenida y de pronto todos coreábamos nanas en honor al recién nacido. Clara miraba con asombro y agradecimiento aquella recepción espontánea. «Se llama Emmanuel», anunció con orgullo. Ingrid se acercó y abrazó a su antigua amiga. Tomó el bebé en sus brazos, le quitó su cobija para verlo mejor y lo besó en la frente con ternura. No pude evitar emocionarme. Al otro día vi a Ingrid enseñarle a Clara cómo bañarlo.

—O sea, el niño hizo el trabajo de armonizar el campamento que Martín Sombra y el Mono Jojoy esperaban de usted.

—Muy cierto. El ambiente cambió con la llegada de Emmanuel. La vida triunfaba en medio de aquel cementerio humano. Les exigimos a los guardianes un lugar más cómodo para Clara y su niño. No accedieron. Entonces Ingrid convocó a una reunión en la que sugerí una huelga de hambre para ponerles presión. Hubo un apoyo entusiasta a mi propuesta. Clara tomó la palabra para agradecerlo, pero a la vez se excusó de hacer la huelga por su debilidad física. Esa noche organizamos una celebración por la llegada de Emmanuel. Brindamos con agua de panela fermentada, traída en secreto por un guerrillero. Al otro día amanecimos todos con diarrea y la huelga de hambre se frustró.

—¿Permaneció ese ambiente de solidaridad entre ustedes?

—No. La rutina, el encierro y el hastío sepultaron esos gestos solidarios. A la tercera noche me empezó a molestar el llanto del niño. Otros expresaron lo mismo. Poco a poco la tensión volvió a apoderarse del ambiente. Clara se aferró a su cachorro y no permitía acercamientos de nadie. El niño lloraba sin parar. Ingrid atribuía el llanto a la fractura del bracito. Días después vinieron a buscar a Emmanuel, pues llegó al campamento una persona para curarlo. Pasó el tiempo y el niño no regresó con nosotros. Clara se desquició. No se despegaba del portón, aferrada a las rejas, gritando noche y día que le devolvieran su bebé. Nos culpaba a todos, con razón. Aún recuerdo sus gritos en el silencio de la noche. Algunos animales de la selva parecían contestarle, acompañándola en su dolor. El ánimo entre todos empeoró.

—¿Cuánto tiempo duró esa situación?

—No sé decirle. Sí recuerdo que tuvimos que abandonar ese campamento porque el Ejército lo había detectado. Cada noche, unos aviones, los Supertucanes, pasaban casi rozando nuestro espacio, y Martín Sombra ordenó mudarnos a otro lugar.

—¿Recuerda si esa marcha duró varios meses?

—Sí, muchos.

—¿Tal vez diez?

—¿Por qué la pregunta?

—Los testimonios de Ingrid y Clara, estudiados por mí, coinciden en describir esa marcha con una duración de unos diez meses, lo cual ubica su historia entre septiembre de 2004 y mediados de 2005.

—De esa marcha recuerdo mi extrema debilidad. Un día, de los pocos que nos daban para descansar, Ingrid se me acercó y preocupada me examinó. Me buscó en los brazos, en la espalda y en las piernas. Cuando terminó el registro se puso muy seria y me dijo: «Tiene leishmaniasis, esto es, la lepra de la selva, y si no se cura pronto esas llagas irán pudriendo los tejidos adyacentes y poco a poco el resto del cuerpo». Yo pensaba que las llaguitas eran picaduras de mosquitos. Me alarmé. Ella me tomó de la mano, como si fuera su niño, y me llevó ante uno de los comandantes. Allí pidió los medicamentos necesarios. El comandante dijo que andaban con muy pocas medicinas pero se comprometió a hacer algo. Pasó más de una semana y mi salud fue empeorando. Ingrid se hizo cargo de cuidarme, me ponía compresas de agua caliente y buscó ayuda de William, un enfermero, sargento del Ejército, también secuestrado. Cada día las llagas iban ganando terreno en mi cuerpo. El tejido alrededor se ponía blancuzco y flácido. Parecían cráteres, tenían un hedor a podrido que se impregnaba en la ropa. Llegué a pensar que la podredumbre interna se me estaba manifestando en la piel.

Interrumpí el relato del doctor y me excusé para ir al baño. Me sentía repentinamente mareado y con náuseas. El doctor se dio cuenta de mi estado y preguntó qué me pasaba. No le pude contestar. Corrí al baño y vomité. López Arraíza fue a ayudarme, me sobaba la espalda y me pedía que me relajara. Luego buscó unos aceites aromáticos, me echó unas gotas en la mano derecha y me pidió que frotara las manos y luego aspirara el aroma. Lo hice y me empecé a sentir mejor.

Sentía vergüenza. Me lavé la cara y López Arraíza cerró la puerta del baño.

—¿Se siente mejor?

—Sí. Gracias, doctor.

—¿Qué le pasó?

—No le sé decir.

—A ver, ¿por qué se sintió así cuando le contaba de la podredumbre de mi piel? ¿Qué imagen parecida le vino a la mente? Haga un esfuerzo...

Luego de unos minutos pude describir las imágenes.

—Varios compañeros quemados por una granada, a mi lado; la arena cubriéndoles las llagas, los gritos de dolor en la noche…, eran mis compañeros de barraca. Uno de ellos no sobrevivió la infección.

—Son cosas que uno prefiere olvidar, ¿no?

—Así es.

—Pero evadirlas no funciona. Lo que se resiste, persiste. Para ahuyentar los fantasmas hay que correr la cortina detrás de la cual se esconden, sin pensarlo mucho. Ya luego, cuando se les mira a la cara, no vuelven.

—Supongo que sí.

—Y a veces, para expulsar esos fantasmas hay que vomitar-los literalmente. —Y se rio.

Quedé sorprendido de la aseveración del doctor. Entonces, él me dio una palmada en la rodilla y dijo:

—Creo que ya podemos continuar con el relato. ¿Le parece?

Asentí.

—Déjeme retomarlo donde lo dejamos —dijo de buen áni-mo—. Un buen día llegaron los medicamentos para mi enferme-dad, Ingrid los guardó entre sus pertenencias y cada seis horas venía a curarme. Las conversaciones de ese periodo de tiempo también fueron sanadoras, como aparentemente las nuestras.

—¿De qué hablaban?

—Solo ella hablaba. Yo tenía úlceras en la garganta y no po-día hablar mucho ni comer sólidos. Se desbordaba en reflexiones sobre el comportamiento humano. Decía: «He visto la envidia, el odio, la avaricia, el egoísmo y la mala fe de la que todos somos capaces. Pero reconozco que aun la persona más perversa es ca-paz de compadecerse y ser generosa».

—¿Y de qué otras cosas hablaban?

—De sus planes políticos para Colombia. Me parecían bue-nas sus intenciones. Tal vez Ingrid era muy idealista.

—Prefiero los idealistas a los políticos de carrera.

—Créame, yo también.

—¿Cuánto tardó en sanar?

Hizo un esfuerzo por recordar.

—Muchos meses después de terminar esa angustiosa marcha. Cuando llegamos al lugar donde nos establecimos, Sombra nos dividió en tres grupos.

—¿Cómo se enteraron de que Emmanuel ya no seguía con ustedes?

—Cuando los gritos de Clara comenzaron a escucharse otra vez, noche tras noche, exigiendo su devolución. Pero no se lo devolvieron.

—Ella no volvió a ver su hijo hasta días después de su liberación. ¿Cuándo se inició el mando del comandante César? ¿Por qué el cambio?

—Tal vez fue el producto de una situación tragicómica. Un buen día, el Mono Jojoy llegó sin avisar y cuando le dio un abrazo a Sombra, delante de todo el mundo, le cuestionó si se bañaba a diario. Sombra le contestó que para eso no tenía mucho tiempo y Jojoy lo castigó a estar metido en una de las pozas del río, tres horas corridas al día, durante el tiempo de su visita al campamento. Las tres horas se las pasaba maldiciendo. Sombra era como un niño grande, se hacía el rudo para esconder su vulnerabilidad. Al marcharse, Jojoy se llevó a Martín Sombra. La llegada del comandante César fue el comienzo de tiempos mucho más difíciles aún.

—¿Y usted no conversó con el Mono antes de que se fuera?

—Un día llegó hasta donde yo estaba y me reprochó no haber hecho nada por mejorar las relaciones entre los secuestrados. Ingrid se acercó y le cuestionó qué pasaría con nosotros, si habría negociaciones para nuestra liberación. «Eso va a depender de los gringos y de lo que hagan con Simón Trinidad», fue su escueta contestación.

—¡Muy interesante, doctor! Ese caso de Simón Trinidad puede explicar su secuestro. Estados Unidos insistía en extraditar a ese comandante guerrillero en poder de la justicia colombiana para celebrarle juicio por narcotráfico. Fue capturado en un centro comercial en Quito, Ecuador. Se alega que estaba allí para reunirse con un delegado del Gobierno francés que negociaba la liberación de Ingrid. El liderato guerrillero sentenció que por cada guerrillero extraditado serían secuestrados varios ciudadanos norteamericanos. Posiblemente usted era una de esas fichas de negociación de la guerrilla.

—Desconocía eso. Sí recuerdo que Jojoy nos gritó: «Si Estados Unidos extradita a Simón Trinidad ustedes se van a pudrir en la selva». Cuando el Mono se fue, Ingrid se me acercó, me echó un brazo sobre el hombro y me propuso al oído la opción de fugarnos. Había que aprovechar el proceso de construcción del nuevo campamento, decía. Me pareció una locura. ¿Fugarse en qué dirección? ¿Hacia dónde?

—¿Pero ella insistió?

—Así era su carácter. Los días siguientes al cambio de comandante, se los pasó preparándose para la fuga. Yo me sentía temeroso de que contara con mi complicidad. Recogía cosas y las guardaba en diferentes lugares. Hizo una lista de lo indispensable y le iba haciendo una marca a lo que conseguía. Los materiales de plástico, utilizados cuando caían grandes aguaceros, pensaba llenarlos de aire y usarlos como flotadores en el río. Se me apareció una mañana en la caleta a esconder entre mis cosas un machete, olvidado por el indígena que había talado la maleza. Me puse nervioso, sabía que si lo encontraban el castigo sería severo, pero no me atreví a decirle nada. El comandante César se mantenía en sus cuarteles generales y había puesto a nuestro cargo a un guerrillero con ínfulas de poder llamado Enrique. Usaba gafas oscuras hasta por la noche. Para congraciarse con nosotros nos permitió ir al río a pescar. Ingrid aprovechó para guardar hilo y carnadas. Un día llegó sumamente excitada. Quique Gafas le había pedido que lo ayudara a descifrar unas instrucciones en inglés para instalar un sistema de posicionamiento global o GPS. Pudo hacerlo y se memorizó las coordenadas donde nos encontrábamos. De inmediato se las hizo llegar a John Pinchao, quien estaba en uno de los dos otros grupos de secuestrados. Pinchao guardaba un pequeño mapa de la región. Días después, Ingrid vino a decirme dónde estábamos: en algún lugar del departamento de Guaviare. El río cercano al campamento era el Inírida, afluente del Orinoco, y siguiendo su corriente podíamos llegar a Venezuela. ¡Estaba tan entusiasmada! Le brillaban sus pequeños ojos.

—¿Y usted no consideró la posibilidad de fugarse con ella?

—Yo estaba atrapado entre el miedo a pudrirme en la selva, como había sentenciado el Mono, y la incertidumbre de una fuga hacia lo desconocido. Dos días después, Ingrid se colocó detrás de mí en la cola para la comida. Me susurró que me preparara porque esa noche nos iríamos. Se me revolcó el estómago y no pude probar bocado. La angustia y el miedo se convirtieron en mi sombra durante todo el día. Esa noche me mantuve fuera de la caleta mientras la oscuridad se apoderaba de todo el campamento. Ingrid era como un fantasma, moviéndose de un lado a otro, ultimando detalles. Mi turbación de espíritu crecía. ¿Qué tenía que perder si ya lo había perdido todo? Pero todavía albergaba esperanzas de que por ser ciudadano norteamericano Estados Unidos me incluyera en las negociaciones del caso Simón Trinidad. Ya era de madrugada. Me acosté con los pies hacia la salida para observar al muchacho apostado cerca de nuestras caletas. Dormitaba. Los ojos se me fueron cerrando. De pronto sentí una mano que me agarró la bota derecha. Quedé sentado del susto. Los ojos de Ingrid brillaban en la oscuridad. «Llegó la hora, vámonos», me dijo con firmeza. Quise decir algo pero no me salió nada. «Carajo, muévase», afirmó con más insistencia. «No voy», confesé y escuché mis propias palabras contaminadas de un miedo genético que me paralizaba, me avergonzaba, me empequeñecía… Ingrid metió su cuerpo dentro de la caleta y me agarró la cara. Me habló quedo, pero con una fuerza demoledora. «El miedo es normal. El gran reto es cómo nos enfrentamos a él. Para algunos, como usted, es un freno. Para mí es un motor. Las decisiones importantes de la vida no pueden estar influenciadas por el temor porque entonces nunca haremos nada. ¿Qué me dice?», concluyó jamaqueándome. Yo intenté decir algo, pero una fuerza irracional me bloqueaba la garganta. Ingrid dejó caer los brazos, totalmente decepcionada. Dijo entonces: «A usted le pasa que no ha sufrido lo suficiente para tener la rabia necesaria para luchar por la libertad. Keith tenía razón. Es un mantenido», y se fue molesta.

El doctor pronunció esas últimas palabras con voz entrecortada. Se puso la mano en la frente y bajó la cabeza. Una densa pesadumbre ocupó el espacio. Recordé las ocasiones en que yo me tragaba los insultos del sargento a cargo de mi tropa. Deseaba decirle que era un racista que no tenía derecho a atropellar a los latinos. Pero el miedo, disfrazado de precaución, predominaba. En silencio permanecimos López Arraíza y yo por un buen rato. Éramos dos secuestrados por el miedo, mirándonos en el espejo de nuestra propia vergüenza. Rompí la incómoda situación con algunos datos desconocidos por el doctor.

—La fuga de Ingrid ocurrió el 17 de julio de 2005.

—Pues sabe usted más que yo.

—En esa ocasión, solo Luis Eladio Pérez la acompañó —añadí.

—Sí, para mi mayor vergüenza. Lucho era un hombre enfermo, débil, que no tenía mi constitución física, pero no tuvo miedo. —Y volvió a bajar la cabeza.

—Los capturaron varios días después ¿no?

—Sí. Entonces Quique Gafas se ensañó contra Ingrid, ordenó ponerle una cadena al cuello y la ataron a un árbol con el sargento William Pérez. A Lucho lo encadenaron con otro militar. Yo quise lavar mi culpa y protesté con vehemencia por el abuso. Le dije al comandante que eso era una violación a los más elementales derechos humanos. La respuesta de Quique Gafas fue inmediata: nos encadenaron a todos. Ingrid cayó en una terrible depresión. Habían estado a punto de lograr la libertad, pero la falta de provisiones les hizo pedirle ayuda a una embarcación que resultó ser de la guerrilla. La pobre mujer llegó cubierta de garrapatas. El sargento se las sacaba con dedicación y la curaba. Luego, también le dio malaria. Desde que la conocí no la había visto tan mal. Así pasó varios meses. No murió gracias a los cuidados del sargento.

—En esos días, varios grupos de Derechos Humanos en todo el mundo exigían a las FARC pruebas de supervivencia de los secuestrados. Un tiempo después apareció una foto de Ingrid en ese estado descrito por usted. Esa imagen de ella, en total descalabro físico y anímico, recorrió el mundo. Lejos de aplacar la opinión pública, lo que hizo fue levantar una ola de indignación y aumentar la presión internacional por su liberación. Usted fue fotografiado junto a los otros secuestrados, ¿verdad?

—Muchos no quisieron hacerlo. Yo lo hice pues albergaba esperanzas de que Nina y mis amigos supieran que aún estaba vivo y continuaran haciendo gestiones con el Gobierno de los Estados Unidos para mi liberación.

—Sin embargo, su foto no apareció en ningún reportaje sobre las pruebas de supervivencia de los secuestrados.

López Arraíza me miró como si mi comentario lo hubiese perturbado.

—Los puertorriqueños somos invisibles para los latinoamericanos. Cuando me quedé unos días en Bogotá, en los días posteriores a mi secuestro, leí sobre una cumbre de países de América Latina y el Caribe, y estaban todos, hasta las islas más pequeñas. De Puerto Rico no se decía nada.

—¿Ellos no nos ven o nosotros hemos escogido no ser vistos?

—Es curioso: para los tres norteamericanos yo no era americano y para los guerrilleros era un gringo que hablaba español. Creo que por eso Ingrid y yo éramos afines. Para los colombianos ella era francesa y para los franceses era colombiana.

—¿Ese choque cultural era frecuente?

—Tal vez se hizo más evidente en un evento inverosímil. Después de nuevas caminatas y varios cambios de campamento llegó la época de más lluvia en la selva. Los guerrilleros comenzaron a montar una carpa enorme, trajeron un generador eléctrico y pusieron una gran pantalla de televisión. ¿De dónde la sacaron, cómo la transportaron, cuál era el mensaje tan importante que ameritaba todo aquel esfuerzo? Cuando hice estas preguntas se rieron en la cara. ¿Cómo era posible que yo no supiera? ¡Todo aquel montaje era para ver el mundial de fútbol!

—¡Increíble!

—Por las próximas cuatro semanas se organizaron grupos para ver los distintos partidos. Un día era el turno de los que trabajaban en la cocina, otro el de las guardias nocturnas y así sucesivamente. Ah, y los jefes que asistían cuando les venía en gana. Había gran algarabía en el campamento y hasta los prisioneros estaban entusiasmados. Dos días antes del juego final por la Copa Mundial salieron varias patrullas a limpiar de sospechosos el perímetro circundante al campamento. Querían asegurarse de que todos pudieran ver el juego sin peligro alguno. El juego final fue entre Italia y Francia. Casi todos estaban en contra de Francia, para molestar a Ingrid. La gritería era ensordecedora. Terminó el tiempo regular empatado a un gol. Hubo dos tiempos adicionales que tampoco lograron cambiar el resultado y entonces el campeonato se definió por penales. El entusiasmo era tal que por momentos pensé que a alguno le iba a dar un ataque cardiaco. Ingrid y yo disfrutamos del partido pero sin la emoción de los demás. Para ellos nuestra indiferencia era la prueba inequívoca de nuestro desarraigo cultural. La Copa Mundial la ganó Italia e Ingrid tuvo que soportar burlas y palabras soeces contra Francia, obviamente dirigidas a ella.

—Y toda esa algarabía, ¿no fue detectada por el Ejército?

—No. Parecía que los militares también estaban viendo el mundial.

El relato del doctor ubicaba su historia el 6 de julio de 2006. Ese día fue el encuentro final del Mundial del Fútbol celebrado en Alemania donde, efectivamente, Italia venció a Francia.

19
La página doblada

Desde el primer día de mis visitas a la oficina del doctor Efraín López Arraíza, referido por el Hospital de Veteranos de Puerto Rico con el propósito de manejar el síndrome de estrés postraumático de la guerra contra Irak, el reconocido psicólogo me retó a romper la estructura que enmarcaba toda mi vida. Poco a poco fui percatándome de los pequeños detalles sobre los cuales se montaba esa compleja camisa de fuerza que aprisionaba mi rutina. Si subía las escaleras al llegar al edificio donde vivía, a la salida bajaba por el ascensor o viceversa. Luego de abrir las innumerables cerraduras de la puerta del apartamento, pasaba unos instantes sin entrar, mirando en derredor, asegurándome de que todo estuviera exactamente como lo había dejado. En la nevera siempre había cinco botellas de agua y, si sacaba una, la sustituía de inmediato. Ah, y todas estaban con las etiquetas hacia el frente. Así había transcurrido mi vida, pendiente de esa extrema organización, sin ningún otro propósito que no fuera proveerme una seguridad externa, ausente en mi interior.

Uno de mis grandes logros fue romper con el rigor académico de escribir una historia fuera de los estándares establecidos para los historiadores. Al principio sentía que con la narración de lo sucedido al doctor López Arraíza me había pasado al bando de la literatura, traicionando así mis cuatro años en el Departamento de Historia de la Universidad de Puerto Rico.

Por eso, cuando encontré una página con el borde doblado en el diario de Nina se disparó mi trastorno obsesivo compulsivo y me impuse no pasar de la barrera impuesta por esa página hasta que el desarrollo cronológico de la historia me lo dictara. ¡Pues había llegado el momento! Hasta este punto, Nina escribía frases sueltas, muy poéticas, demostrativas de su lucha por sobrevivir la soledad y la incertidumbre, pero sin detalles de lo que estaba ocurriendo en su vida diaria. Por el contrario, en lo escrito el sábado 5 de agosto de 2006, tres años y cuatro meses después del secuestro, había detalles muy reveladores:

Una fuerte brisa me ha obligado a cerrar la puerta de cristal del balcón. Pensaba sentarme a escribir allí mientras observaba caer la lluvia que las nubes presagian, pero no ha llovido. El cielo parece estar en huelga de aguaceros…, mi propia sequía reclama tempestad.

Antes del comienzo de clases en la escuela debo organizar mis pensamientos y sentires. Decidí no aferrarme más a la absurda posibilidad de que Efraín esté vivo. Han pasado tres angustiosos años y una incómoda alarma me ha despertado. Recibí un correo electrónico de Franco con un enlace a unos reportajes publicados en Colombia. «¡Están vivos!», leía el titular. Como Franco no acompañó el artículo con algún comentario suyo, presagié la mala nueva. Varias fotos mostraban a los secuestrados en el campamento donde se encontraban. Me pareció una eternidad los segundos que tardó la computadora en abrir cada una de ellas. Las observé una por una varias veces. La foto de la señora Ingrid Betancourt me estremeció. Parecía muerta en vida. Temblorosa seguí la búsqueda. Mi esposo no aparecía en los retratos y tampoco se hacía referencia a su persona. No le contesté a Franco. Entendí claramente su mensaje.

En mayo, cuando me despedí de los padres y estudiantes, dije, como todos los años: «Los espero en agosto». En esta oca-

sión, el padre de Sabina, una estudiante que se había matriculado en la escuela poco antes del secuestro de Efraín, se acercó y me dijo: «No creo que Sabina regrese. La escuela ha dejado de tener la alegría y la magia de antes y usted sabe la razón». Se quedó esperando mi reacción. Me puse muy triste, pero era muy cierta su observación. La carga de mi amargura había permitido la desaparición de esa magia. Entonces le rogué reconsiderar su decisión prometiéndole que el próximo semestre sería distinto.

Me llamó varios días después para invitarme a un café. Acudí confiada en recuperar a Sabina, a quien le había tomado mucho cariño. En la conversación me habló con devastadora crudeza: si yo seguía refugiada en mi pena, dándome lástima, la escuela sería un reflejo de mi actitud. No supe qué decirle. Me había tomado desprevenida. De pronto sentí deseos de llorar. Él buscó en el bolsillo de su gabán un pañuelo y me lo ofreció. También se puso a mi disposición para reorganizar mis asuntos legales debido a la desaparición de mi esposo.

Por varias noches no pude dormir. Soñaba con un hombre desorientado, en plena selva, en busca de las huellas de sus propios pasos. Un susto permanente me acompañaba desde ese día. La siguiente vez que me encontré con el padre de Sabina me trajo toda la información y la papelería relativa a mi condición de esposa de una persona desaparecida. Después de examinar por décima vez las fotos donde Efraín no estaba, firmé los papeles. ¡Era legalmente viuda! Había llegado el momento de retomar mi vida.

Los siguientes escritos de Nina en su diario —intuyo que escritos varios meses después— no tienen fecha, pero es evidente la transformación ocurrida en esa etapa de su vida:

Necesito exorcizar mi miedo a no ser madre, a desatar los nudos que me amarran, a despedir un recuerdo sin respuesta, a saltar al vacío del futuro, a ser una mujer viva.

Ya no me posees como la noche de la despedida, ahora me deshoja un fantasma que se parece a ti. Aparto el nuevo rostro, pero sigues presente..., por favor, dime adiós, quiero vivir en paz.

Quien ha tocado a la puerta no eres tú, pero ha despertado a la mujer dormida. ¿O es solo un sueño de la misma pesadilla? Adelante, le he dicho, pero tenga cuidado: recoger escombros puede causarle heridas.

¿Habrá llegado el amor o será un espejismo creado por mi soledad? No lo buscaba, se apareció sin anunciarse. Al decirle «hola» sonó un gran eco en el vacío de mi alma. Ha sembrado la ansiada semilla en mí. Ávida y grávida esperaré su fruto. En mi vientre late vida, ya lo demás no importa.

En este punto del diario, alguien, sospecho que Efraín, había doblado en forma de triángulo la punta de abajo de la página. El lado horizontal de ese triángulo subrayaba, sin lugar a dudas, la última oración. La tonalidad del resto de las hojas del diario era levemente distinta, como si no hubiesen sido leídas. La humedad y el tiempo dejaban una huella física en aquellas páginas de un hecho cargado de fuertes emociones.

Yo también sentí el impacto de las palabras de Nina. Fue como un trueno cargado de poesía, una cortina que se abre de improviso en la mañana y el baño impetuoso de luz te despierta de un profundo sueño, un redoble de tímpano en los compases finales de una sinfonía. Busqué en mi calendario cuántos días faltaban para poder llamar a Nina y hacer una cita con ella: demasiados para mi urgencia.

20
Sorprendentes predicciones

El doctor Efraín López Arraíza había sido muy generoso con su tiempo al dedicarme largas horas de conversaciones sobre la historia de su secuestro. Sin embargo, evadía contarme lo sucedido cuando regresó a Puerto Rico. Solo Nina, su esposa, podía darme esa perspectiva. Veía pasar con desesperante lentitud los días conducentes al 5 de julio de 2011, fecha establecida por ella para concretar la cita.

Pospuse la lectura de unas diez páginas adicionales de su diario para concluir la escritura del último segmento de la más reciente conversación con el doctor:

—Doctor, ¿algo que recuerde de esa parte final del año 2006?

—No olvido el día de Navidad de ese año. Recuerdo la fecha porque Ingrid se quejaba de lo injusto de celebrar sus cuarenta y cinco años en tan malas circunstancias. Apenas comenzaba a salir de su depresión y todos, principalmente los guerrilleros, cooperaron para que ella pasara su cumpleaños lo mejor posible. Decoraron el lugar con guirnaldas de luces rojas colgadas entre los árboles. Montaron una barra al frente del economato, donde cada uno de nosotros tenía derecho a tres tragos de whiskey o de un ron cubano exclusivo de los comandantes. Combinaron con arroz, vegetales y granos los pedazos de pollo que antes flotaban en el caldo incoloro del almuerzo. En una mesa pusieron hojas de plátano y, sobre ellas, una gran variedad de pescado cocido. Nos daban buena comida cuando les venía en gana.

El día de la fiesta comí como si no hubiera un mañana. Un grupo de guerrilleras jóvenes, maquilladas como para un carnaval, con faldas cortas y trenzas muy elaboradas, trajeron regalos para Ingrid confeccionados por ellas mismas. Lo hacían de buena voluntad, pero todo aquel agasajo a la secuestrada me parecía un acto de vil cinismo.

—Coincide su descripción con lo que he leído en testimonios de otros secuestrados. Continúe.

—Para entretenernos, trajeron una mujer indígena que hacía predicciones. Tendría unos setenta años. El pelo largo canoso ocultaba parte de su rostro y le llegaba a la falda. Ella escogía a quién leerle su suerte y los guerrilleros celebraban sus predicciones. El rito era muy particular. Ponía su mano en la frente de la persona, mientras masticaba hojas de coca. Luego escupía en un paño mugriento, el cual absorbía poco a poco el escupitajo. Entonces, observaba la forma de la mancha y decía frases ininteligibles combinadas con sonidos guturales. Su acompañante, un niño, las traducía.

—¿Y a usted le hizo alguna predicción?

—Sí. De hecho, muy sorprendente. Se paró frente a mí y con ambas manos echó sus mechones de pelo a un lado, como si fueran las deterioradas cortinas de un viejo teatro. Un ojo blanco, mucho más grande que el otro, me escudriñó por varios segundos. Me puso la mano en la frente y comenzó a masticar mientras emitía sonidos extraños. Después de cada expresión de la anciana, el niño repetía frases inconexas: «En el mes quince todo se derrumba, truena en el cielo, sangre en la tierra. Camine, camine. Caen los grandes jefes, ¡mucho dolor! Usted regresará, pero el dolor sigue…». No entendí a lo que se referían sus predicciones hasta quince meses después. ¡Fue muy acertada!

—¡Su liberación en marzo de 2008!

—Así es. Cuando le cuente esa parte coincidirá conmigo.

—¿Qué sucedió después del cumpleaños de Ingrid?

—Regresamos a las largas caminatas, a la comida escasa, al maltrato, a las humillaciones, a las relaciones insoportables entre nosotros mismos, a la pérdida total de la esperanza…

—¿Cómo mantenía su sanidad mental?

—Aferrado a un propósito, al recuerdo de Nina, al deseo de volver a abrazarla, de pedirle perdón y de reconstruir nuestras vidas. Es curioso, pero fue Eloísa quien revivió en mí la posibilidad de que eso sucediera.

—¿Eloísa?

—Sí, sería a principios de 2007 cuando el Mono Jojoy regresó al campamento. En los días previos se sentía el acoso por el Ejército colombiano. Se respiraba en el campamento un ambiente de total tensión. Escuchábamos intercambios de disparos a toda hora. A la reunión fueron todos los comandantes del frente de Jojoy. Eloísa vino con él y trajo su equipo de transmisión radial. Solo pudimos intercambiar un disimulado saludo a distancia. Ellos montaron cuarteles aparte y los secuestrados pasamos a un segundo plano de importancia. Una madrugada, cuando los ronquidos eran el único sonido predominante, sentí que alguien intentaba entrar a mi caleta. Desperté y me topé con el rostro de Eloísa. Estaba muy nerviosa. Me puso la mano en la boca para que no preguntara nada y me susurró que estuviera pendiente, pues se avecinaban grandes acontecimientos. Estaba enterada de toda la información confidencial entre comandantes pues se transmitía a través de ella. Creía que el Ejército de Colombia había logrado interceptar las comunicaciones de la guerrilla. Deseaba cumplir la promesa de colaborar con mi libertad, pero a la vez no quería poner en peligro la vida de sus compañeros. Estaba angustiada. Entonces, me confesó su deseo de desertar. Antes de que yo pudiera reaccionar, me dio un beso y se fue tan silenciosa como había llegado.

—Doctor, la información de los archivos del Ministerio de Defensa en Bogotá a la que tuve acceso corrobora lo dicho por Eloísa.

El doctor pareció sorprenderse de mi aseveración. Entonces, saqué del maletín donde cargaba mi computadora portátil dos cartapacios con fotocopias de los documentos relativos a los acontecimientos de finales de 2006 y mediados de 2007. Ante la mirada curiosa del doctor, extraje uno, dedicado a John Pinchao.

—Doctor, déjeme hablarle de Pinchao. —Y puse el cartapacio en la pequeña mesa entre su silla y la mía. Este joven era subintendente de la policía en Mitú, la capital del Vaupés, y allí fue secuestrado luego de un ataque de la guerrilla a su cuartel.

—Cuando lo conocí llevaba ocho años como rehén.

—Así es. Cuando Ingrid le entregó las coordenadas N 1 59 32 24 W70 12 53 39 obtenidas del GPS de Quique Gafas, según usted mismo me contó, Pinchao observó en su rústico mapa cuán cercano estaba a Mitú, área conocida por él. Entonces trazó una posible ruta de escape y logró fugarse varios días después.

—¿Cómo se enteró el Ejército del lugar donde estábamos?

—El comandante César cometió el error de enviar una comunicación a los campamentos cercanos con las coordenadas del lugar de donde se había escapado Pinchao. Esa comunicación fue interceptada en la sección de analistas y desciframiento de la Jefatura de Inteligencia Técnica del Ejército colombiano, el domingo 29 de abril de 2007, en horas de la mañana.

—¡Eloísa tenía razón!

—Me pregunto si lo permitió para ayudarle a usted.

—No creo.

—Yo sí.

El doctor tomó los papeles y los examinó con asombro.

—¡Me parece increíble! —dijo—. Siento como si usted me estuviera mostrando el guion de una película de la cual he sido un personaje sin percatarme de ello.

Entonces, me miró fijamente y lo vi emocionarse:

—Mario, gracias por interesarse de esta manera en mí.

—No se trata únicamente de usted. Su historia es la historia de todo ser humano que lucha por sobrevivir... Es la historia de la humanidad.

—A ver, cuénteme más, —Y se sentó a escuchar con avidez.

—Pinchao estuvo dieciocho días sobreviviendo en la selva y llegó deshidratado, exhausto y enfermo al municipio de Pacoa, el 15 de mayo de 2007. Allí se topó con un comando de la Policía Nacional especializado en la jungla. De inmediato fue conducido a San José de Guaviare y luego a Bogotá, donde se le dio un recibimiento de héroe. El joven policía le ofreció información detallada al Ejército sobre la localización del campamento donde usted se encontraba y de esa forma se achicó el cerco, con las consecuencias que ya me seguirá contando.

—Mario, estoy deslumbrado con esta información.

—Ahora, cuénteme usted cómo tomaron sus compañeros la fuga de John Pinchao.

—Algunos de los secuestrados celebramos en silencio, pero otros condenaron la fuga en voz alta para congraciarse con los comandantes. Así de divididos estábamos. A los pocos días se corrió un rumor: Pinchao había sido devorado por una anaconda y trajeron a un indígena para atestiguarlo. Ingrid se negó a creer ese rumor creado por la guerrilla para desalentar las fugas. Dos semanas después, en todos los programas de radio sintonizados por los secuestrados se dio la noticia de la llegada de Pinchao a Bogotá. Entonces sí hubo una gran alegría y comenzamos a corear su nombre y a bailar. Molestos, los guerrilleros dispararon tiros al aire y amenazaron con dirigirlos hacia nosotros si no parábamos aquella algarabía. Las medidas de seguridad se extremaron y nos volvieron a encadenar. De inmediato, el comandante César, por razones de seguridad, ordenó trasladar el campamento a otro lugar.

—A estas alturas, ¿había perdido usted toda esperanza de ser liberado?

—Realmente no. Pero recibí un golpe muy fuerte un día que el guerrillero a cargo de mi custodia me trajo un periódico con la noticia de una manifestación realizada en Bogotá para repudiar la matanza de unos rehenes en otro campamento de las FARC. Había fotos de los manifestantes y muchos cargaban carteles con retratos de sus familiares secuestrados. ¡En una de ellas vi a Franco y a Ada! Busqué desesperado el rostro de Nina al lado de ellos. No lo encontré. Luego de un rato sin poder reaccionar le devolví el periódico al guerrillero. Nina no estaba, me repetí, y quise inventarme cosas para justificar su ausencia: la escuelita, una enfermedad de algún familiar, problemas económicos... Pero poco a poco la duda, la impotencia y el desamparo se fueron posesionando de mi espíritu. Y, otra vez, me dejé caer por un precipicio oscuro, sin fondo.

Un nuevo silencio se apoderó del espacio entre la silla del doctor López Arraíza y la mía. Deseaba contarle sobre mi primer encuentro con Nina y de lo entusiasmado que estaba con la posibilidad de volver a conversar con ella, para desatar el nudo de incomprensiones que separaba a esas dos almas. Pero no era el momento. Decidí continuar:

—Doctor, la muerte de esos rehenes ocurrió el 18 de junio de 2007, al otro lado del país en el área del Pacífico, donde estaban secuestrados doce diputados del Valle del Cauca. Tengo el recorte de periódico visto por usted. La marcha de repudio a esa masacre fue el 5 de julio de ese año. ¡A solo ocho meses de su liberación!

—Mario, en ese momento ninguno de los secuestrados teníamos idea de esos acontecimientos. Vivíamos en otro mundo, desesperanzados, éramos fichas de un juego macabro que misteriosos personajes manipulaban a su antojo.

—Para su suerte, doctor, los meses subsiguientes fueron de duros golpes a la guerrilla. Murieron importantes cabecillas y la presión por la liberación de todos los rehenes tuvo como bandera a Clara Rojas y a su bebé. El presidente de Venezuela, Hugo Chávez, simpatizante de la guerrilla y enemigo político del mandatario colombiano Álvaro Uribe, logró que otras figuras latinoamericanas se unieran a los esfuerzos de mediación. En Cuba, Fidel Castro dio la estocada final: manifestó su repudio a la muerte de los rehenes y calificó de poco revolucionaria esa forma de actuar. La guerrilla, acorralada por la presión internacional, anunció el 18 de diciembre de 2007, como un gesto de buena voluntad, la liberación incondicional de Consuelo González, de Clara Rojas y de su hijo Emmanuel.

—Mario, usted no puede imaginarse lo que significó para los secuestrados ese anuncio de la guerrilla. Era el renacer de la esperanza. Para mí fue el primer rayo de luz en medio de aquella oscuridad emocional. Clara estaba feliz, pero cautelosa, había aprendido a no confiar en las promesas de los comandantes. Le hacía mucha ilusión reencontrarse con su hijo.

—Y ahí estaba el problema, doctor. El punto más sensible en medio de todas las negociaciones era el niño, pero este no estaba en poder de la guerrilla. Entonces, el presidente Uribe dio de plazo hasta el 31 de diciembre de 2007: si no había entrega de rehenes se suspendería toda negociación. Varios periodistas con fuentes internas en la guerrilla dieron a conocer la verdad: las FARC no tenían al hijo de Clara Rojas. Es entonces cuando aparece un niño de unos tres años, que estaba en poder del Instituto Colombiano de Bienestar Familiar, al que se le hizo una prueba de ADN cuyo resultado fue compatible con el de la madre de Clara. ¡Era Emmanuel! Las FARC no tuvieron otra opción que liberar a Clara y a Consuelo el 10 de enero de 2008.

El doctor se puso de pie. Se notaba en su lenguaje corporal una energía diferente.

—Mario —dijo—, hasta este momento el secuestro que padecí era una pesadilla escondida en algún oscuro rincón de la memoria. La conexión que usted, tan hábilmente ha logrado con el mundo exterior y los acontecimientos circundantes me ha convencido de algo: lo sucedido fue real y debo aceptarlo como tal. Eso implica una gran responsabilidad.

—Todavía faltan datos sumamente importantes, doctor, los cuales le revelaré tan pronto conozca los detalles del final de su historia.

—En los próximos días voy a salir de la isla, para resolver unos asuntos relacionados con mi futuro profesional. Antes de irme, voy a buscar algo muy importante para esta historia. Es parte de esa responsabilidad que debo asumir. Si lo encuentro, deseo que lo lea mientras estoy de viaje.

Palidecí. El doctor López Arraíza no se dio cuenta porque de inmediato se dirigió a la puerta. Un escalofrío me subió por la columna vertebral. ¿Pretendía entregarme el diario de Nina, ya en mi poder? ¿Cómo reaccionaría al no encontrarlo? Ese pequeño detalle podría echar al suelo mi sueño de publicar mi primera historia. También podría afectar la relación de confianza que ya existía con el doctor.

Estuve en estado de zozobra por los próximos dos días. Una mañana, al regresar de buscar la correspondencia —limitada a facturas de teléfono, agua y electricidad— encontré en la contestadora del teléfono un mensaje del doctor López Arraíza: debía pasar por su oficina a la mayor brevedad.

21
Fuego en el cielo

A los diez minutos de haber escuchado el mensaje del doctor Efraín López Arraíza para que pasara por su oficina, ya estaba en la búsqueda de estacionamiento entre la avenida Domenech y la calle Besosa, en Hato Rey. Era una mañana calurosa de junio, pero yo sudaba copiosamente por otras razones. La ansiedad me abrumaba y traté de disimularla cuando abrí la puerta de su despacho.

Para mi sorpresa, el doctor no estaba. Me recibió una joven de una empresa de empleos temporeros. Al verme, preguntó por mi nombre. De inmediato buscó en una gaveta del escritorio y me entregó un sobre. Allí mismo lo abrí. Había una libreta vieja, ajada, con manchas dibujadas por la humedad que parecían decorar la tapa y los bordes de las páginas. Sobre ella había una nota escrita a mano.

Mario:
¡Encontré lo buscado! Este es el cuaderno que la guerrilla me había quitado. ¡No lo destruyeron! Al leerlo verá cómo lo obtuve. En el momento de recuperarlo reviví el interés en dejar por escrito las experiencias del secuestro. Hice algunas anotaciones de inmediato y, en los días posteriores a mi liberación en Bogotá, pude escribir con más detalles lo acontecido esos últimos

*días de cautiverio. También podrá ir sobre mis anotaciones pre-
vias y revisar lo ya contado.*

*Me han ofrecido una posición académica en la universidad
donde estudié, en Nueva York, y voy a discutir con el decano de
administración los detalles de mi posible traslado. Cuando regrese en los próximos días, si ya ha terminado su historia, me
lleva el manuscrito a la oficina.*

Con mucho afecto,
Efraín

Una sensación de alivio y otra de sorpresa me paralizaron por
unos instantes. Alivio, pues no era el diario de Nina lo que el
doctor había buscado para darme. Sorpresa, por varias razones:
¿por qué parecía ignorar la existencia de ese diario?; ¿cuándo
había comenzado a considerar la idea de irse a trabajar a los
Estados Unidos?; ¿por qué nunca me dijo que había recuperado
su libreta de notas?

Pensaba todo esto y a la vez no podía despegar la vista de la
ajada cubierta del cuaderno. La joven recepcionista me miraba
sin entender. Me excusé y bajé las escaleras a toda prisa. ¿Qué
hacer con aquel tesoro? Salí a la avenida Jesús T. Piñero y me
detuve en un negocio de hacer copias de planos de construcción.
Allí logré sacarle una cuidadosa reproducción a cada página del
valioso manuscrito. Regresé a mi apartamento, me acomodé en
mi sofá y de inmediato comencé a leer aquel cuaderno saturado
de vivencias. Luego de pasar varias páginas, aunque apreciaba los
datos precisos que el doctor había escrito, sentí que hubiera preferido escuchar la parte final de su historia narrada por él mismo.
En lo escrito, no estaba el tono de su voz, cargado de emotivos
matices. Tuve que hacer acopio de las destrezas ya desarrolladas
para, con base en los nuevos apuntes, darle continuidad a la historia tal y como lo había establecido hasta ese momento:

*Luego de la liberación de Clara y de Consuelo, el 10 de enero
de 2008, hubo mucha actividad y tensión en el campamento.*

Enormes helicópteros del Ejército pasaban rozando las copas
de los gigantescos árboles que nos servían de escudo visual. Lle-
gaban y salían varios comandantes de campamentos cercanos
y las reuniones se extendían hasta altas horas de la madrugada.
No se permitían radios ni luces encendidas durante la noche y,
por el día, los guerrilleros intensificaban sus rutinas de ejerci-
cios, como si esperaran un gran ataque. Los secuestrados no
entendíamos las acciones contradictorias del liderato guerrille-
ro: liberar rehenes por un lado y, por otro, prepararse para una
escalada en los enfrentamientos. Ingrid decía que la guerrilla
y el Ejército jugaban al ajedrez y que nosotros éramos simples
peones en ese tablero.

Detuve la escritura para buscar en mi escritorio un documento, desclasificado recientemente por la inteligencia militar colombiana, vinculado a los hechos ocurridos en los días posteriores a la liberación de Clara. De ese documento hice un corto resumen pues es el único en el que se hace referencia directa al doctor Efraín López Arraíza:

«La noche del 14 de febrero de 2008, con las coordenadas del área de donde se había fugado John Pinchao, visibles en el panel de mandos, un helicóptero dejó caer unos cables en medio de la más absoluta oscuridad en la selva cercana al río Apoporis. Por ellos se descolgaron un teniente, un sargento y nueve soldados. Poco después, con linternas de luz infrarroja, procedieron a bajar por el caño Macayarí que desemboca en el Apoporis. Buscaron un lugar donde acampar y muy temprano, a la mañana siguiente, procedieron a instalar sofisticados instrumentos de detección y desciframiento de sonidos. Dos días después estos militares vieron acercarse al río a cuatro hombres custodiados por dos jóvenes guerrilleros armados con fusiles. Los rehenes se quitaron la ropa, se lanzaron al agua y disfrutaron por un largo rato mientras sus custodios se mantenían en silencio a una distancia prudente. Después, les ordenaron salir y todos desaparecieron entre la maleza. El teniente envió las descripciones y los sonidos de las conversaciones de los cuatro personajes al comando central. Estos datos correspondían a los tres norteamericanos capturados por la guerrilla y al puertorriqueño del cual se sabía poco. De inmediato se le ordenó al comando especial regresar a la base militar para procesar con más detalles la información grabada».

Los datos anotados en la libreta del doctor, relativos a esos días, validan la certeza de la información antes descrita:

La cantidad de helicópteros que sobrevolaban el campamento aumentó, lo cual denotaba que el Ejército ya nos tenía en la mirilla. Pronto se hizo rutinario salir corriendo de nuestras caletas por las noches, con el fin de escondernos en la jungla cuando los sonidos de los motores y el ventarrón generado por sus hélices azotaban las ramas de los árboles como preludio a la inminencia de un ataque.

Una mañana, en la cola para el desayuno, nos llegó la noticia de que la guerrilla liberaría a un nuevo grupo de rehenes. Nos pusimos a hacer apuestas para adivinar a quiénes les tocaría la suerte. A ese nivel de cinismo tomábamos las cosas. En la madrugada del siguiente día vinieron a despedirse de nosotros Jorge Eduardo Géchem, Orlando Beltrán, Gloria Polanco y Luis Eladio Pérez. Me conmovió el estoicismo de Ingrid al despedirse del grupo, en particular de su amigo Luis Eladio. La relación de ellos provocaba comentarios suspicaces entre los rehenes. Lucho tenía buen sentido del humor y, aunque lucía frágil por su padecimiento de diabetes, demostraba una gran fortaleza en medio de sus frecuentes crisis de salud.

En la primera oportunidad le pregunté a Gafas si yo estaría entre los próximos liberados. Se burló de mi pregunta. Dijo que no habría liberaciones adicionales y, de haberlas, yo no era tan importante como para ser intercambiado por alguien. Sin embargo, al otro día me vino a buscar para llevarme donde César, quien me tenía una sorprendente noticia:

—He recibido una orden del Secretariado para dejarlo en libertad y lo haremos tan pronto las condiciones sean las adecuadas. —Se quedó mirando un papel que tenía en las manos.

No supe qué decir o hacer. Durante cinco años había esperado esa noticia. Pasaron ante mi mente imágenes desordenadas de aquel encierro que estaba a punto de llegar a su fin. No sé si sentía deseos de reír o de llorar. Estaba, como en tantas ocasiones, petrificado en medio de emociones contradictorias. Entonces se me ocurrió preguntar por qué me liberarían. César parecía esperar la pregunta.

—Los compañeros del Secretariado han respondido a la petición de un revolucionario puertorriqueño que vive en Cuba y a quien respetamos por su valentía y compromiso en la lucha contra el imperialismo yanqui.

—¿Quién? —pregunté intrigado.

—El camarada Guillermo Morales —dijo mirando el papel.

Yo no sabía quién era ese Guillermo Morales y, como no hice comentario alguno, César pasó a demostrarme su conocimiento sobre el fugitivo puertorriqueño. De paso mencionó a los otros presos políticos boricuas. Me habló del caso de Óscar López Rivera, que era el prisionero de mayor antigüedad en las cárceles estadounidenses. Como tantos puertorriqueños, por dejadez, enajenación o indiferencia, yo desconocía mucho de nuestra historia. Me dio coraje conmigo mismo por solo haberme preocupado de ganar dinero como profesional y vivir ajeno a la realidad de mi país. También me dio coraje con César, por desnudar mi ignorancia. Entonces, arremetí contra el mensajero.

—Mire, comandante, conozco muy poco de las vidas y obras de esas personas mencionadas por usted. Sí sé que han sacrificado sus vidas por un ideal, pero nunca han secuestrado o torturado a alguien y mucho menos se les ha vinculado al narcotráfico, como a ustedes.

Como respuesta me propinó una bofetada en el rostro. Repelí el ataque, forcejeamos y caí sobre su escritorio. El ruido atrajo a sus lugartenientes, los cuales me apuntaron con sus armas y me llevaron de inmediato a mi caleta. La madrugada del siguiente día supe las consecuencias acarreadas por mi insolencia.

Esa noche los helicópteros nos dejaron esperando su paso a la hora acostumbrada. La cita con el terror no estaba cancelada, solo pospuesta. El campamento cayó en un profundo sueño. Me despertó la fuerte vibración producida en el suelo por el ruido de potentes motores. Parecía como si la tierra se fuera a abrir. Me tomó algún tiempo entender lo que pasaba a mi alrededor. En el cielo danzaban unos grandes círculos de luz que colaban sus rayos entre la tupida arboleda. Eran reflectores provenientes de varios helicópteros suspendidos sobre el campamento. A pesar del ruido de los motores, podía escuchar los gritos desesperados de los guerrilleros que corrían de un lado para otro e intentaban llevarse sus pertenencias, armas y alimentos. Busqué entre ellos al grupo de secuestrados. Ya no estaban. Miré hacia arriba y las luces me cegaron. Intenté correr y me caí. El ventarrón producido por las aspas hacía volar vasijas, sillas de plástico, papeles, ropa y pedazos de madera. Un remolino caótico me circundaba. Los helicópteros estaban tan cerca que podía ver las botas de los soldados apoyándose en las escaleras metálicas de los aparatos. Rogué que me reconocieran como una persona civil, pero el uniforme de camuflaje no lo haría posible. Apuntaron sus armas hacia el suelo y de inmediato se escuchó un tableteo feroz de ametralladoras. Recordé la predicción de la anciana el día del cumpleaños de Ingrid. Los gritos de dolor de los que aún quedaban en el campamento me hicieron buscar alguna protección. Me arrastré en dirección a un árbol cercano. Mi corazón latía descontroladamente. Llegué hasta unas raíces enormes que sobresalían de la tierra alrededor del árbol y me acurruqué entre ellas, aterrorizado, con la vista clavada en el cielo. Una enorme rama que impedía que el helicóptero bajara aún más fue cercenada por una ráfaga de plomo. Después de un breve silencio, la rama crujió, se desgajó y arrastró a su paso a otras que cayeron hacia mi refugio. Una ola de *partículas de madera me golpeaba el rostro como si fueran proyectiles. Mi último recuerdo es el sonido de un inmenso aguacero de pesadas ramas que caían sobre mí.*

La intermitencia de unos rayos de sol me despertó. Penetraban a través del espacio dejado por las ramas caídas. Inhalé profundamente y me golpeó un olor metálico a sangre oxidada. Me dolía terriblemente la cabeza, sin embargo no sangraba. Vi grandes rasguños en mis brazos. Con mucho esfuerzo salí de la tumba de hojarasca donde estaba sepultado. Miré alrededor y quedé horrorizado. Muertos, muchos muertos, me cercaban. Jóvenes guerrilleros con los que había convivido por meses estaban allí, rígidos, con la mirada de pánico congelada en el rostro; cubiertos de sangre. Enormes hormigas negras entraban y salían curioseando por los huecos abiertos en su piel. Quise salir corriendo de aquella pesadilla pero me asaltó el temor de encontrarme en medio de un fuego cruzado. Esperé sin moverme. Apreté la quijada, me temblaba en total descontrol. El pesado silencio aumentaba mi ansiedad. Debía irme de allí rápidamente. Dando traspiés entre los escombros, seguí viendo cadáveres, reconociendo muchachos. Treinta, tal vez cuarenta.

Traté de calmarme para razonar. Lo primero era esconderme lejos del campamento, pues César y Quique Gafas podrían enviar un comando a recuperar cosas y a reconocer a los muertos. El instinto me llevó a apertrecharme para intentar sobrevivir por varios días de ser necesario. Recordé el listado preparado por Ingrid en su plan de fuga: linternas, sogas, comida seca, agua, impermeables, medicamentos, cuchillos, un arma... Escudándome entre los árboles corrí al economato. Había un soldado muerto a la entrada del almacén, con la mochila a medio poner. Sin mirarle el rostro se la quité y entré. Comencé a echar cosas en la mochila, desesperado. La excitación crecía en la medida en que encontraba más cosas para asegurar mi supervivencia.

De pronto escuché a alguien abrir la puerta del economato. Me escondí detrás de una pila de sacos de maíz. Era un niño. ¡El niño de la adivinadora! Sin perder el tiempo comenzó a echar latas de comida en una bolsa. Entonces volví a recordar las frases premonitorias de la adivinadora: truenos, muerte... El niño salió tan rápido como había entrado. Esperé unos minutos y abandoné el almacén con la mochila llena. Necesitaba un arma y balas. Los fusiles de los soldados eran una carga muy pesada. Corrí hasta la caseta de los comandantes, la cual estaba intacta por su ubicación entre los árboles más gruesos. Adentro era evidente la desesperación con la que estos habían salido. En el suelo, en total desorden, había archivos con las gavetas abiertas, dos pistolas sobre un escritorio, papeles regados en el piso y algo que me resultó familiar: ¡mi libreta de notas! ¿Estaba alucinando? La tomé. Sí, ¡era mi libreta!

Salí corriendo y no me detuve hasta llegar fuera del perímetro del campamento. Me quedé en silencio por un rato, concentrado en bajar la intensidad de mi respiración. Entonces me asaltaron todas las dudas. ¿Hacia dónde ir? ¿Podría sobrevivir? Si me recapturaban, ¿qué harían conmigo si de hecho ya me habían abandonado a mi suerte? Miré alrededor en total confusión. Un destello de luz salió de la maleza. Me acerqué. Había un espejo roto, un peine y unos estuchitos de maquillaje de alguna de las jóvenes guerrilleras, abandonados en su carrera de escape. Tomé el pedazo de espejo. Esa insignificante acción me salvó la vida.

22
El espejo

Al sumergirme en la escritura del ataque del Ejército colombiano al campamento donde el doctor López Arraíza estaba secuestrado, mis emociones comenzaron a intensificarse. De ser un observador, narrando lo que mi mente iba creando con base en los datos ofrecidos por López Arraíza, pasé a ser uno más en aquel drama. Escuchaba las ametralladoras, percibía el olor a sangre, me aterrorizaban los rostros de los jóvenes guerrilleros muertos y sentía la necesidad de escapar.

Tuve que hacer una pausa, ir a la cocina a tomar agua, mirar por la ventana hacia la torre de la Universidad, estirarme, pero no podía despegarme del teclado de la computadora. Me mantuve en esa batalla hasta concluir esa parte del relato. Entonces, di un salto repentino a mi propio escenario de guerra, los fantasmas del terror regresaban. Me levanté tembloroso del escritorio; no podía respirar. Comencé a caminar en círculos en la sala mientras agitaba los brazos en busca de aire. En el lado izquierdo del pecho, los acelerados latidos del corazón movían a su ritmo la tela de la camisa. Temí sufrir un paro cardiaco, pero no tenía a nadie de confianza a quien llamar. Eran pasadas las 10 de la noche. Abrí la puerta que da a las escaleras del edificio y pedí ayuda. La música de reguetón proveniente de uno de los apartamentos de los estudiantes ahogaba mis ruegos. Grité con más fuerza. Entonces, un estudiante que llegaba en ese momento al edificio me escuchó y subió de inmediato. Me llevó al sofá, buscó agua en la nevera, humedeció un papel toalla y me lo puso en la frente. Me tomó el pulso y me guio en un ejercicio de respiración para relajarme. Llegaron otros estudiantes, uno de ellos llamó al teléfono de emergencias. A los pocos minutos aparecieron los paramédicos. El pulso, la presión sanguínea y la oxigenación estaban dentro de lo normal. Me dieron a tomar un calmante y poco a poco recobré el control. Media hora después, los paramédicos se fueron. Antes, les escuché informar a la central de emergencias médicas de donde fueron enviados: es un ataque de pánico provocado por algo que estaba leyendo. Al poco rato me quedé dormido.

Al día siguiente me desperté con mucho dolor de cabeza. A pesar de ello, me sentía tranquilo. Eran cerca de las 9 de la mañana. Observé el techo de la habitación por un buen rato. Examiné los detalles del estucado, descascarado e irregular, y decidí darle una mano de pintura tan pronto terminara de escribir la historia del doctor López Arráiza. Entonces salté de la cama y fui al armario. De la parte de atrás de la tablilla superior bajé la caja de fotos y las desparramé sobre la cama. Comprobé lo que sospechaba: ya no me intimidaban como antes. Las pude observar, recordando sin temor el momento atrapado en las imágenes de cada una de ellas. Decidí celebrar e ir a desayunar a la cafetería de una librería cercana. Pero antes, necesitaba contarle a alguien cómo me sentía. Le envié un correo electrónico a Marcela.

Al regreso, ansioso por llegar a la conclusión del secuestro del doctor Efraín López Arráiza, escribí sin parar. Los eventos noticiosos del mes de marzo de 2008 iban *in crescendo*, como si fuera el final de una ópera de Wagner.

El primero de marzo había caído abatido el comandante Raúl Reyes, segundo en mando de las FARC. Luis Edgar Devia Silva, como verdaderamente se llamaba, se preparaba para celebrar su cumpleaños sesenta con una gran fiesta en su campamento. Murió desangrado el día siguiente al ataque, en la región del Putumayo, frontera con Ecuador. El ataque del Ejército reveló valiosa información guardada en varias computadoras encontradas entre los escombros del campamento.

Días más tarde, el líder del Bloque Central, Iván Ríos, el miembro más joven del Secretariado de las FARC, fue asesinado por su propio guardaespaldas de apellido Rojas.

El punto culminante de aquel marzo turbulento ocurrió el día 26: murió Manuel Marulanda, alias Tirofijo, cofundador de las FARC. Estos golpes al corazón del liderato guerrillero facilitaron la eventual liberación del doctor López Arraíza, quien estaba ajeno a todos esos acontecimientos mientras reflexionaba observando su rostro en el pedazo de espejo recuperado de entre la maleza cercana al devastado campamento del comandante César:

La imagen en el espejo me produjo un confuso asombro. No reconocía ese horrible rostro que veía. Poco a poco me fui acercando al espejo, como quien merodea a una bestia moribunda, y el asombro se convirtió en pánico. Observaba un vitral en pedazos de un viejo de cara angustiada y labios resecos con cortaduras que aún no habían cicatrizado. La piel lucía verduzca y marchita. Los ojos, sepultados entre ojeras moradas, lucían apagados. Me obligué a abrirlos un poco más. Una aureola violácea rodeaba las pupilas sin brillo. He enloquecido, pensé, o todo es una total alucinación. Acerqué el espejo aún más. Los dientes eran como los de un adicto a mascar tabaco. Los poros alrededor de la nariz estaban llenos de puntos negros y picaduras con pus. La frente parecía un terreno recién arado, con surcos profundos perdidos entre greñas encanecidas y frágiles. La mano me temblaba. Apreté el pedazo de espejo con fuerza hasta que uno de sus bordes me hirió la mano. Di dos pasos y me desplomé entre la maleza. Acostado, con los brazos en cruz, clavé la vista en el pedazo de cielo que el vaivén de las copas de los árboles me permitía ver. Quería una respuesta.

¿En qué despojo humano me había convertido? Sentí la yerba creciendo aceleradamente en derredor, me engullía y mi piel se iba disolviendo entre la tierra húmeda y la hojarasca. Hormigas y gusanos gigantes correteaban sobre mi cuerpo y los árboles comenzaron a caerme encima, uno a uno, en angustiosa lentitud, sepultándome en un ataúd de clorofila. La selva calló. Después de esa pausa, una deliciosa paz se fue apoderando de mí. Me enfoqué en la respiración y en el control de la entrada y salida de oxígeno de mis pulmones. Comencé a mover las manos. Hice círculos con los pies de derecha a izquierda y viceversa; con la mano derecha sobre mi pecho me deleité sintiendo las palpitaciones del corazón. Las imágenes de lo ocurrido desde el secuestro desfilaron por mi mente con pasmosa lentitud. Lo había perdido todo, menos la vida.

De un salto quedé en pie. Una nueva energía invadía mi cuerpo. Tenía vida y estaba dispuesto a defenderla, por mí y por Nina. Abrí el morral y revisé las cosas recogidas en el economato y en la caleta del comandante. Quería huir y dejar atrás al viejo del espejo. Comencé a caminar convencido de que no volvería sobre mis pasos. Pronto llegué a uno de los caños que desembocaban en el río aledaño al campamento. Recordé hacia dónde iba la corriente cuando nos llevaban a bañar. Siguiéndola, llegaría al río y así me alejaría del campamento. Debía hacerlo cuanto antes; una brigada de la guerrilla podría regresar al área.

Tomé tres bolsas de plástico, una la utilicé para cubrir el morral y las otras me las amarré a cada pierna hasta la altura del muslo para evitar que las botas se llenaran de agua. Pegado a la orilla, inicié la travesía. Un par de horas después, la corriente se fue tornando turbulenta: el caudal principal estaba cerca. De pronto, un remolino me haló hacia el centro. Resistí, pero la corriente me dominó. Me mantuve flotando, el agua empujó el morral sobre los hombros y las correas empezaron a apretarme el cuello. Sentí pánico. Me sumergí a ver si con eso el morral volvía a su sitio, pero empeoró la situación. No podía respirar.

Un giro violento de la corriente me permitió ponerme boca arriba y las correas cedieron. Seguí braceando para mantenerme a flote. Tan pronto la corriente se apaciguó, me quité el morral de la espalda, metí los brazos por las correas y me lo pegué al pecho. Me sirvió entonces de flotador y me dejé ir sin esfuerzo hasta la otra orilla del río.

Comenzaba a oscurecer y debía buscar un lugar seguro para pasar la noche. Me interné más en la selva hasta encontrar un claro donde podría extender un pequeño toldo y tirarme a descansar. Localicé un árbol cercano para treparme en caso de que apareciera un tigre u otro animal salvaje. Saqué una cajita de galletas, abrí una latita de carne molida, tomé varios sorbos de agua y caí rendido.

Desperté con los primeros rayos de sol y sentí que una nube de mosquitos me picaba sin compasión. Quería hacer mis necesidades, pero no podía; para repeler el ataque de los zancudos habría necesitado más de dos manos. Corrí con mis urgencias al río. Entonces, escuché voces que se acercaban corriente abajo. Otra vez el pánico. Si pasaban cerca, me descubrirían, pues había dejado el pantalón en la orilla y al lado estaba el toldillo y el morral. Me sumergí hasta la nariz, con la vista en dirección a la orilla. ¿Y si no eran guerrilleros y me podían ayudar a escapar? ¿Debía llamar su atención? Desistí. Las probabilidades de encontrar a alguien en esos predios que no le fuera fiel a la guerrilla eran mínimas. Las voces se alejaron pero me sirvieron de alerta para andar con mucho más cuidado.

Seguí bordeando el río. El terreno se puso tan escabroso que me obligó a adentrarme en la selva y caminar paralelo al sonido de la corriente. En un momento dejé de escucharla. Traté de llegar hasta el río, pero no lo encontré. Me sentí desorientado. Corté una rama, hice una estaca y la clavé en el suelo. Entonces, con otras cuatro ramas, con la estaca como centro, puse una en dirección a las doce, otra a las doce y cuarto y las otras dos opuestas a estas. Escondí el morral y caminé quinientos pasos en línea recta en dirección de las doce. No encontré el río. Regresé e hice lo mismo en todas las direcciones con iguales resultados. Estaba totalmente frustrado cuando escuché el sonido de unos helicópteros. ¡Mi salvación!, pensé. Corrí a buscar un espacio donde pudiese ser visto. No lo había. Muy pronto me pasaron por encima. Lo tomé como una señal de que el rescate era posible y decidí caminar en la dirección de donde provenía el sonido.

Al caer la tarde comenzó un fuerte aguacero. Saqué el toldillo, me cubrí con él y seguí caminando hasta encontrar dónde ponerlo y guarecerme. Esta vez tomé unos sorbos de agua de panela de una botella que me había llevado del escritorio del comandante. Cené unas frutas recogidas por el camino. En la madrugada las frutas hicieron su efecto y empecé a sentir fuertes retortijones. Las diarreas me duraron varios días. Eso me debilitó mucho y tomé más agua de lo previsto para no deshidratarme.

Antes del amanecer me despertaron unos gruñidos extraños. «¿Será un tigre?», pensé. A tientas busqué en el morral una pequeña linterna, la prendí y apunté hacia el lugar de donde provenían los sonidos. No cesaron. Busqué entonces el árbol que había seleccionado para mi protección, antes de acostarme, y a duras penas pude subirme a una de sus ramas más bajitas. No me atreví a descender de ellas hasta el amanecer.

El aguacero amainó y eso me permitió escuchar el agradable sonido del caudal de un río cercano. Caminé hacia él y, ya en la orilla, descubrí de dónde venían los gruñidos de la noche anterior. Parecía una perra con sus crías. Cuando estuve cerca, la madre salió a mi encuentro, gruñó y me enseñó unos colmillos que me paralizaron. Los cachorros meneaban sus larguísimas colas y ladraban excitados por mi inesperada visita. Recordé, entonces, haber visto esos animales en una de las travesías entre uno y otro campamento. Los guerrilleros los llamaban perros de agua. Ingrid los corregía y explicaba que se llamaban nutrias, mamíferos roedores de tamaño gigante. Uno de los pequeños intentó acercárseme pero la madre lo obligó a regresar a la orilla del río. *Aproveché su distracción y me alejé para evitar una confrontación en la que no iba a llevar la mejor parte.*

Me bañé, lavé la ropa, la puse a secar y traté de pescar con un anzuelo encontrado en el morral de un guerrillero muerto en el ataque al campamento. Después de tratar por varias horas me conformé con dos pequeños peces. Los abrí con cuidado, los puse sobre una piedra que se iba calentando mientras el sol subía y finalmente comí un sushi rústico, delicioso para aquellas circunstancias. El postre fue mejor: el regreso de los helicópteros. Repetían su paso a la misma hora y me permitían corregir el rumbo al caminar en la dirección de donde ellos procedían. Buscaba colocarme en un lugar desde el que pudiera atraer su atención y enviarles una señal.

Recordé que Ingrid, al planificar su fuga, le había dedicado varias horas a hacerle un pequeño hueco a un pedazo de espejo. La idea era mirar a través del orificio, el objeto hacia al cual se dirigía el rebote de luz producido por la superficie. Tomé la cuchilla empleada para descamar los pequeños peces y me senté a la orilla del río a hacer la apertura. Era necesario trabajar con extremo cuidado, pues un movimiento brusco rompería el espejo. De pronto, escuché unas voces parecidas a las del primer día y corrí para esconder mis cosas y meterme en la maleza.

Un bongo bajaba con unos enormes fardos, probablemente de coca. Sobre ellos iban sentados dos guerrilleros, fusil en mano. Dos campesinos remaban desde los extremos del bongo. Los cuatro hablaban y reían en voz alta. Uno de ellos miró hacia donde yo estaba. La respiración se me aceleró pues giraron la embarcación hacia la orilla. Uno de los guerrilleros se puso de pie y escudriñó con la mirada la ribera. De entre la maleza salió la madre nutria para proteger a sus críos. Los hombres se rieron y siguieron su ruta.

Allí me quedé a acampar esa noche con el fin de terminar mi instrumento de enviar señales. Al otro día esperé con paciencia el paso de los helicópteros. Puntuales, a media tarde, volvió a escucharse el ruido de los motores. Esta vez, la ruta se desvió un poco sobre una montaña cercana. En su tope había una enorme piedra volcánica y se me ocurrió que era allí donde me debía colocar para ser rescatado. Inicié de inmediato mi caminata en esa dirección.

Ya era tarde y mientras más me adentraba en la selva, más oscuro se hacía. De pronto, ya era de noche y no había escogido un lugar donde acampar. Saqué la linterna y busqué un espacio para tirarme a dormir; tendría que ser a la intemperie. Unas enormes hojas, parecidas a las de plátanos, se alzaban como a unos cincuenta metros de distancia. Con tres de ellas formé una cama y me cubrí de pies a cabeza con el toldillo. Sudaba a chorros pero estaba protegido de la picadura de cualquier animal.

Ya el cuerpo había encontrado acomodo cuando escuché unas pisadas en la hojarasca. Puse extrema atención. Escuchaba el crujir de las ramas secas y las pisadas iban creando un círculo en derredor. Me sentía observado. Las pisadas se detuvieron y escuché un resoplido que me heló la sangre. Se reanudaron y entonces el círculo se fue haciendo más pequeño. Deslicé la mano, centímetro a centímetro hasta dar con la linterna. Decidí jugarme el todo por el todo. De un tirón me quité el toldo y encendí la luz. Alcancé a ver el rabo rayado de un pequeño tigre asustado que desaparecía en la oscuridad. No pude dormir el resto de la noche.

Al amanecer me encontré con una terrible sorpresa. Había dormido a la orilla de un acantilado. Si hubiese caminado diez metros adicionales no estaría contando esta historia. Lo tomé como una señal de que Dios estaba conmigo. Reanudé la caminata en dirección a la montaña. Una bandada de guacamayos de una belleza inigualable se alborotó a mi paso. Unos eran de color rojo intenso desde el pecho hasta la cabeza; plumas verdes, azules y amarillas alternaban en el resto del cuerpo hasta llegar a la cola, en la que predominaban las rojas y azules. Otros eran de pecho amarillo y plumas verde agua, y los más pequeños eran de un verde tan intenso que se confundían entre las hojas de los árboles. Más tarde, cuando acampé para pasar la noche, descubrí que no había avanzado mucho en dirección a la montaña de mi salvación.

Así estuve por dos días adicionales. Una noche se me quedó el morral abierto y por la mañana desperté cubierto por unas hormigas gigantes que estaban acabando con las pocas galletas y pedazos de panela sobrantes. Empecé a preocuparme por el asunto de la alimentación. Solo el paso puntual de los dos helicópteros por encima de la roca en el tope de la montaña me hacía despreocuparme.

Llegué al pie de la gran roca al mediodía del octavo día. Era mucho más grande de lo percibido desde lejos. Escalarla desde el lado en el que me encontraba requería unas destrezas y un equipo que yo no tenía. Decidí rodearla hasta encontrar un punto más adecuado para subir al tope. En uno de los lados, raíces aéreas y gruesos bejucos se entrelazaban para formar una gigantesca enredadera hasta cerca de la punta de la roca. Traté de subirla a toda prisa para ascender antes del paso de los helicópteros. Al final de la malla vegetal quedaban unos tres metros de pura roca. Para subirlos, tendría que agarrarme de los filos sobresalientes de la piedra e impulsarme a pura fuerza. Si me detenía a pensarlo, el miedo me paralizaría; me sentía débil y si me fallaban las fuerzas podía caer al vacío con consecuencias fatales.

En el momento de iniciar el esfuerzo, escuché el ruido de los motores acercándose. Intenté aguantarme con una mano para con la otra buscar el pedazo de espejo en el morral y enviarles una señal. El balance era muy precario y desistí. Vi con frustración cómo pasaron por encima del lugar donde me encontraba sin poder avisarles. Entonces decidí descansar un rato antes del esfuerzo final.

No hay impulso mejor para lograr algo que tener la muerte a la espalda. El miedo a morir me permitió sacar fuerzas de donde no tenía para agarrarme a aquellos cuchillos de piedra y presionar con la punta de los pies hasta caer exhausto en la cresta de la roca. Las manos me sangraban, la camisa estaba rasgada y en el pantalón crecían manchas de sangre a la altura de las rodillas. Cuando recuperé algo de fuerza me preparé para pasar la noche. Solo me quedaba una latita de carne, unas galletas y agua para unos sorbos adicionales. Nada de eso me preocupaba; estaba seguro de mi rescate.

Me dispuse a dormir. No había forma de doblar el toldo sin que la superficie rocosa me hiriera la espalda. Pero me importaba poco, pues estaba seguro de que sería mi última noche en la selva. Dormité sentado, fantaseando con mi rescate. El frío llegó pasada la media noche y un viento helado me aguijoneaba a través de la ropa. Abajo, en la inmensa oscuridad alrededor de la roca, la selva sonaba distinta. Me llegaba el ulular del viento mezclado con una maravillosa variedad de sonidos de miles de especies; también resultaba aterrador.

Amaneció. Durante el día practiqué incesantemente el envío de la señal del espejo a los helicópteros. Una camisilla blanca, amarrada a una raíz, me servía de bandera. Pasaron las horas, la angustia creció y al final del día los helicópteros no pasaron. Quedé en total desamparo, tirado sobre aquel pedazo de roca, llorando como un crío abandonado por su madre. Así pasé la segunda noche.

Al otro día, la deshidratación y el hambre mermaron aún más las pocas fuerzas que me quedaban. Me ponía de pie, discursaba, gritaba, alucinaba y le increpaba a Dios por su abandono. Temí que los helicópteros hubiesen sido un invento de mi mente.

Ya no sentía hambre. Una especie de hoyo negro en el estómago me exigía saciar los jugos gástricos que ya corroían los tejidos a su alrededor. Con el hilo de pescar y el anzuelo, logré halar un tallo y corté algunas de sus hojas. Me comí las menos amargas. De un pedazo de raíz, succioné el líquido que almacenaba su sistema vascular. Me acosté en posición fetal, con la cara recostada en el toldo y deseé morir.

De pronto, sentí una leve vibración que se fue convirtiendo en el sonido esperado. Me puse de pie y comencé a dar saltos de alegría. Amarré mi bandera a uno de los filones de la roca, y busqué el espejo. Las manos me temblaban y apenas podía colocar mi ojo derecho a través del huequito. Escogí una de las dos naves para dirigir a ella mi señal de auxilio. Pasaron muy cerca, tan cerca que pude ver la numeración en la barriga del aparato. Pero siguieron. Quedé estático, viéndolos alejarse. Al poco rato eran dos puntos negros en el horizonte, que desaparecían poco a poco.

Allí permanecí, como una estatua de granito. Observaba la puesta de sol y cómo la inmensa alfombra verde se tornaba oscura. Fue entonces cuando volví a sentir la vibración en el piso de roca y de inmediato el sonido de los motores. Uno de los helicópteros regresaba. La euforia me tomó por asalto. En unos minutos lo tenía sobre mí, haciendo malabares para mantenerse a escasos metros sobre la roca.

Para evitar caerme, debido el ventarrón producido por las aspas, me acosté en el suelo. Por un megáfono escuché la voz de un hombre; me hacía preguntas para asegurarse de no caer en una trampa de la guerrilla. Yo grité con fuerza mi nombre y me identifiqué como uno de los secuestrados. Entonces me prometió que regresarían al otro día, pues la nave no estaba equipada con el motor, la polea y el cable para rescatarme. Perdí la compostura y le grité que no, amenacé con lanzarme de la roca si el helicóptero se iba. Le dije que había guerrilleros en las cercanías y me podían recapturar. Yo no quería permanecer un segundo más en la selva. Por varios minutos no dijo nada, parecía consultar. El aparato seguía sosteniéndose a duras penas ante la turbulencia generada en la cima de aquella montaña. Entonces el hombre sacó la mitad de su cuerpo por la puerta y con una gruesa soga en mano me explicó la única forma posible de rescatarme. Debía pasar la soga por entre las piernas, luego por debajo y al frente de los brazos y entonces detrás de los hombros, en forma de ocho, mientras él sostenía las dos puntas. Intenté hacerlo varias veces pero se me hacía difícil por el ventarrón. Hubo un momento en que pensé darme por vencido, pero entonces fue él quien me animó a intentarlo una vez más. ¡Y lo logré! Hicieron dos enormes nudos en las puntas de la soga y la cruzaron varias veces por la escalerilla de metal del helicóptero.

Cuando el aparato tomó altura, mi propio peso creó un efecto de péndulo que me balanceaba peligrosamente de un extremo al otro. Eso a su vez desestabilizaba la nave y me aterré. Cerré los ojos en espera de lo peor. El piloto hizo unas maniobras y fue logrando poco a poco el balance, aminorando el ángulo de movimiento. El aire me daba en la cara con fuerza y apenas podía respirar. La soga me apretaba la entrepierna y sentía un dolor terrible. Pero nada de eso me importaba si iba camino a la libertad. Cuando me sentí más seguro abrí los ojos. Ya había oscurecido por completo y yo era un signo de admiración suspendido en medio de aquella penumbra llena de interrogantes. Contaba los segundos que me separaban de tocar tierra para abrazar a los desconocidos que me habían rescatado. A lo lejos, entre pinceladas de neblina, aparecieron unas luces y el helicóptero fue descendiendo en dirección a ellas. En la nave se encendieron dos enormes focos. Mi sombra se proyectaba sobre los arbustos como si fuera un fantasma que huía a toda prisa de sí mismo. La sombra se fue reduciendo mientras descendíamos al patio interior de una estructura militar.

Toqué tierra y vinieron unos soldados a desenredarme de la soga para que el helicóptero pudiera aterrizar. De inmediato quisieron llevarme a una sala de enfermería del complejo militar, pero yo me negué: primero quería abrazar a mis rescatadores. El piloto se llamaba Eloy Sarmiento, era de pelo canoso, tendría cerca de sesenta años. El que me daba las instrucciones se llamaba Lucas Morán, un joven de apenas treinta años. Cuando los abracé sentí que estaban tan emocionados como yo.

De primera instancia los militares no me hicieron preguntas. Se dedicaron a tomarme los signos vitales, me dieron una manta para calentarme y me ofrecieron una taza de chocolate caliente con unos pedazos de bizcocho. Esa noche, por primera vez en cinco años, dormí en una cama. Aunque era un camastro militar, me pareció estar en un hotel de cinco estrellas. ¡Dormí en libertad!

23
El regreso

Me puse de pie, impactado por la descripción del doctor Efraín López Arraíza de su rescate. Fui a la nevera y la abrí sin buscar nada en particular. Vi unas cervezas que llevaban allí varias semanas y tomé una. Subí, entonces, a la azotea del edificio. La tarde caía sobre Río Piedras y la torre de la Universidad de Puerto Rico adquiría un tono amarillento por el reflejo del sol. Algunos de los estudiantes que tomaban cursos de verano transitaban por la calle. Traté de acordarme si había sentido algo similar a lo experimentado por el doctor en su vuelo a la libertad. Cuando regresé del Ejército, y el avión aterrizó en San Juan, nadie me esperaba en el aeropuerto. Mis padres habían fallecido y no tenía otros familiares cercanos. Mi mente seguía secuestrada por la guerra y el retorno a la isla no me producía alegría alguna. Durante años había vivido con altas y bajas dramáticas en mi estado de ánimo. Ahora me parecía asombroso que los distintos psiquiatras que me habían atendido no hubieran logrado lo que el doctor López Arraíza había conseguido al abrirme su corazón y despertar en mí un nuevo propósito de vida. Se me aguaron los ojos por la emoción del agradecimiento que sentía. En todo el resto de mi existencia no habría forma de pagarle su aportación a mi nueva vida.

Bajé de la azotea para retomar la escritura de la historia del doctor y me encontré un mensaje electrónico de Marcela:

«Querido Mario:

Siento una gran alegría. Si estás mejor de ánimo, ya es una extraordinaria ganancia. ¿Has terminado la historia del secuestro del doctor? ¿Podrías enviarme una copia del manuscrito?

Las cosas me van mejor. Estoy trabajando unas horas con un abogado, cuya verdadera vocación parece ser la de escritor. No te imaginas las historias que me cuenta. Está a punto de publicar su primera novela.

Hace bastante tiempo que no sé del doctor. Lo debo llamar en estos días. Para ti, un beso y mis mejores deseos de que sigas mejorando. ¿Cuándo te veré?

Un beso... Te quiere,

Marcela»

Leí varias veces el mensaje de Marcela. Su tono me pareció distinto. ¿O el distinto era yo? Lo releía y más feliz me hacía. ¡Estaba interesada en mi historia! ¡Quería verme! Y el final: «Un beso... Te quiere, Marcela». ¡Eso ameritaba otra cerveza! La busqué en la nevera y la puse en el escritorio lo más distante posible de la computadora. Retomé la escritura con renovado entusiasmo.

El rigor histórico me obligaba a dejar establecidas ciertas explicaciones y a corroborar lo que el doctor me contaba. El ataque al campamento lo ubiqué el 29 de febrero de 2008. Había ocurrido inmediatamente después de la captura de Martín Sombra y de la liberación del otro grupo de secuestrados.

Desde el día primero de marzo, fecha de la muerte de Raúl Reyes y, más aún, después del asesinato de Iván Ríos, el día 7, la guerrilla se mantuvo atrincherada en sus campamentos para evitar confrontaciones y nuevas bajas. Por eso López Arraíza no se tropezó con patrullas de la guerrilla en su camino hacia la roca donde fue rescatado.

Determinar el área geográfica recorrida por el doctor López Arraíza hacia su libertad fue más difícil. Partí de las coordenadas del lugar donde había ocurrido la fuga de John Pinchao. Estuve largas horas en internet, revisando informes de los patrullajes aéreos en esa zona y de las actividades del Comando de la Selva del Ejército colombiano en marzo de 2008. Encontré lo siguiente: del sábado primero de marzo al lunes 10, dos helicópteros, modelo Bell 205 Huey Artillado, hacían labor de inteligencia en la zona del municipio de Carurú y luego regresaban a su sede en Mitú, capital del departamento de Vaupés. Trazando líneas rectas desde diversos puntos en el área de Carurú, con Mitú como centro, llegué a esta conclusión: ciertamente nuestro protagonista veía pasar sobre su cabeza dichos helicópteros y viajó por los caños que desembocan en el río Vaupés, para luego dirigirse a uno de los cerros del corredor rocoso cercano a la base de Mitú. Fue a esa base donde lo llevaron el día de su liberación. Un dato adicional confirmaba mi teoría: el domingo 9 de marzo de 2008 no aparecen vuelos de inteligencia registrados. Eso coincide con el día en que el doctor se quedó esperando el paso de los helicópteros en el tope de la roca.

Aclarados esos puntos, continué con las notas del doctor referentes a lo sucedido la mañana siguiente a su rescate:

Dos militares me hicieron un extenso cuestionamiento, deseaban localizar el lugar exacto donde estaba el resto de los secuestrados. Luego me condujeron en helicóptero a una base militar más grande. Allí dormí una noche y al otro día hubo más interrogatorios. Finalmente me llevaron a Bogotá. Luego de pasar un riguroso examen médico me permitieron hacer mi primera llamada telefónica.

Llamé a Franco y le dije: «Es Efraín, me escapé». Franco se sacó un grito de alegría y le dio a Ada la noticia. Estuvimos tratando de hablar entre llantos por un buen rato. Me preguntó si había llamado a Nina. Le expresé mi preferencia de darle la sorpresa. Entonces, apesadumbrado, me confesó que Nina había dejado de comunicarse con ellos y habían fallado todos los intentos de restablecer la comunicación. La felici-

dad de haber logrado mi libertad comenzó a disolverse en la incertidumbre.

Franco me recogió en la base militar y me llevó al mismo hotel de mis últimas noches con Nina. Puso su tarjeta de crédito y me recomendó unos días de descanso antes de intentar el regreso. Los militares se comunicaban todos los días conmigo, me hacían las mismas preguntas y, finalmente, me dieron el permiso para regresar a casa. Franco me llevó al aeropuerto y puso en mis manos $1,500 dólares, para cualquier situación inesperada, según dijo.

El relato del doctor me ofrecía información sobre la fecha y el momento de su viaje de Bogotá a San Juan. Pero mis investigaciones me llevaban a importantes acontecimientos ocurridos en la selva colombiana que culminaron con lo vivido por López Arraíza a su regreso a la capital colombiana el 2 de julio de 2008. He aquí uno de suma importancia: el comandante César recibió la siguiente orden del Mono Jojoy: por razones de seguridad debía dividir a los rehenes en tres grupos y dispersarlos. Pocas semanas después recibió otra orden para reunir de nuevo a los rehenes, con la intención de facilitar una inspección humanitaria de una misión internacional por los derechos humanos. Pero, en realidad, esa contraorden era falsa, producto de la penetración lograda por la inteligencia del Ejército colombiano en las comunicaciones internas de la guerrilla. De esa forma comenzaba la última fase de la Operación Jaque.

Al analizar los relatos del doctor López Arraíza, concluyo que su amiga Eloísa, encargada de las comunicaciones del Mono Jojoy, fue un elemento esencial en este operativo. Ella se había percatado de que la inteligencia militar del Ejército de Colombia interceptaba las comunicaciones de Jojoy y tal vez no lo denunció a sus comandantes para ayudar a su amigo puertorriqueño, o quizá para facilitar su propia liberación.

Regreso a mi relato, extraído de las notas del doctor:

El viejo del espejo roto apareció cuando pegué la cara a la ventanilla del avión de regreso a la isla. Ni las largas horas de descanso, ni las tres duchas diarias desde mi liberación parecían haber borrado de mi rostro las huellas del secuestro. A través del reflejo de aquel semblante triste aparecía entre destellos de nubes la costa norte de la isla.

Alquilé un pequeño auto y, en medio de una ciudad que me parecía ajena, conduje hasta la escuela de Nina. Si me apuraba llegaría antes de la conclusión de las clases del día. Estacioné el auto frente a la casa donde estaba ubicada la escuela. Caminé, confundido, varias veces frente a la estructura: un negocio de hacer fotocopias y materiales escolares ocupaba el lugar. Entré y pregunté ansioso por la escuela. La señora a cargo de las fotocopias me miró extrañada. «Hace dos años mudaron la escuela a la avenida Winston Churchill», me informó.

Hacia allá fui, a toda velocidad, conduciendo entre la congestión de tránsito de la tarde como si llevara un moribundo a un hospital. Realmente así me sentía. Localicé la escuela. Era más grande y estaba recién pintada. Una aureola de alegría parecía rodear aquel recinto.

Me crucé con algunos padres que aún recogían a sus niños y sentí que me miraban como si fuera un fantasma. Uno de ellos, joven y elegante, recostado en un auto deportivo BMW, cuidaba de unas niñas. La mayor tendría ocho años y jugaba con una bola de fútbol. La menor se entretenía con un juego electrónico, sentada en su cochecito. La bola se fue hacia la calle y el padre gritó: «Sabina, déjala, yo la busco». Me llamó la atención el nombre pues me recordó a uno de mis cantautores preferidos. Sabina se acercó a velar por su hermanita mientras el padre recogía la bola. La pequeña era hermosa, ojos grandes y curiosos, con muchas pecas en la nariz. Aquella pequeña distracción disminuyó mi ansiedad.

El hombre regresó y le pregunté dónde quedaba la oficina de la directora. No me contestó; por unos instantes sentí que me escudriñaba con creciente curiosidad. Me identifiqué como un familiar de la directora, de visita en el país. «Quiero darle la sorpresa», concluí. Escuché mi propia voz temblorosa mientras daba aquella excusa un tanto inverosímil. El hombre pareció sorprenderse de mi explicación. Se repuso y dijo: «Sígame».

Una silenciosa turbulencia emocional nos parecía arropar mientras subíamos a un segundo piso. En dos ocasiones volvió la vista; en cada una su asombro se acrecentaba. Titubeó cuando llegamos a la puerta. Hizo una pausa, me miró y tocó a la puerta. En los segundos que transcurrieron pasaron por mi mente muchas imágenes, a una velocidad tan vertiginosa que me sentí mareado. Entonces apareció ella. «Me falta poco, bajo enseguida», le dijo al hombre con dulzura. En ese instante notó mi presencia detrás de él.

De primera instancia no reconoció la caricatura de su marido que le devolvía la selva. Cuando lo hizo, abrió sus hermosos ojos y tuvo que apoyarse en la puerta. Miró al hombre espantada, buscando aliento. Él dijo con firmeza: «Los dejo, tienen mucho de qué hablar», y se fue. Ella lo miró alejarse en total desamparo. Me volvió a mirar y preguntó, como si esperara una respuesta que la sacara de aquella inconcebible aparición: «¿Efraín?, ¿Eres tú? ¿Estás vivo?».

No había en su voz un anticipo de alegría al esperar mi contestación. La aterrorizaba mi respuesta. Asentí. Ella dio unos pasos hacia atrás y temblorosa me indicó que entrara. Sentí otra vez la sensación de la caída sobre mi cuerpo de árboles, ramas y hojarasca como la noche del ataque al campamento. Ella me vio en tal zozobra que me abrió los brazos. Yo me lancé al abrazo tanto tiempo anhelado. No pude aguantar los sollozos, ni ella tampoco. La apreté con todas mis fuerzas y no se resistió. Reconocí aquel cuerpo frágil, su olor, la textura de la piel, el pelo, y mi mente voló a aquellos primeros encuentros cuando me quedaba largo rato acariciando y contemplando su cuerpo antes de que volviéramos a hacer el amor. Reviví las esperanzas de borrar el calvario sufrido y retomar con nuevas ilusiones mi vida..., con ella. Intenté despegarla de mi cuerpo para darle un *beso en la boca, pero ella seguía agarrada a mí. Su cara estaba tan pegada a mi pecho que, cuando habló, su voz me llegó al corazón antes que al oído.*

—*Dios mío, no lo puedo creer.* —*Y volvió a sollozar.*

Me aferré a la esperanza inútil. Yo era un náufrago abrazado a la última opción para salir a la superficie y respirar.

—*Es cierto. Estoy aquí. Sobreviví y vengo a retomar, si es posible, nuestras vidas.*

El «si es posible» no fue pensado, lo produjo el instinto que me alertaba como un relámpago antes del trueno. Entonces ella despegó su cuerpo del mío, secó sus lágrimas y me señaló un sofá de mimbre recostado a la pared. Me senté y le dejé un espacio a mi lado. Ella se sentó en la silla del frente y tomó la palabra:

—*Efraín, esto es muy doloroso.* —*Miró al piso como buscando fuerzas pero de inmediato levantó la vista con firmeza*—. *No me puedo imaginar cuántas cosas te han pasado. Tu rostro me lo dice.*

La emoción le ahogó las palabras, pero retomó el discurso con determinación.

—*Has sufrido mucho, lo sé, y desearía poder escucharte desahogar tus amarguras. Pero en este momento no es lo más conveniente.*

—*¿Por qué?* —*dije con la misma sensación de desamparo de cuando los helicópteros se alejaron sin rescatarme.*

—*Efraín, estuve tres años en una agonía sin poder vivir. La escuela se mantuvo gracias al apoyo de los maestros y los padres empeñados en no dejarla perder. Nadie me daba noticias sobre ti, todo indicaba que habías muerto. Era absurdo seguir mi vida en una pausa que me consumía, que me iba apagando…*

Movió su cuerpo a la punta de la silla; yo me hundí aún más en el sofá y me pareció verla transportarse a otro lugar, tal vez a ese espacio en su cuarto donde había libado su amargura.

—*Todo comenzó contigo y acabó contigo: mi alegría, mi entusiasmo, las ganas de vivir* —*continuó*—. *Ya no sabía qué más inventar para llenar los días sin tu presencia. Todo en mi* entorno se empeñaba en hablarme de ti. «Estoy bien», le decía al que me preguntaba, pero mentía. Seguía en medio de una tormenta sin amainar. Cada vez era más evidente. Se difundieron noticias de secuestrados en Colombia con fotos que probaban que seguían vivos y tú no estabas. Efra, la realidad comienza donde acaba el espejismo y yo no podía continuar con mi vida en suspenso, sobre todo si era responsable del futuro de tantos niños y niñas.

Se puso las manos en el rostro y sollozó por varios minutos. Yo me sentía atado al sofá, petrificado como en el tope de la roca cuando me creí abandonado a mi suerte. Ella, retomó fuerzas.

—Un día me dije: el futuro es hoy y el mañana es urgente. Hice balance y me decidí por la vida. No te doy excusas ni te pido perdón, simplemente de un mundo de pesadilla quise hacer un presente de felicidad. Como la cigarra, mi canción de guerra, reviví…, como tú también has revivido.

Se puso de pie, se acercó a mí y me acarició el pelo. Un llanto profundo, un quejido cargado de dolor, me salió de lo más profundo. Ella me tomó el rostro entre sus pequeñas manos.

—¡Efra, cuánto me alegro de tu regreso! —Y de inmediato aclaró—, por ti. Siempre lo dije: Efraín regresará, pero dejé de creérmelo. La vida no es justa. Los dos estamos vivos, pero en rutas muy diferentes.

Hizo una pausa. Tenía el rostro llenó de lágrimas pero irradiaba una fortaleza desconocida por mí. No pude decir nada, mucho menos preguntar. Respiré profundamente y me puse de pie. Ella dio la vuelta a su escritorio y buscó con insistencia en una gaveta. Me trajo algo en un sobre y me lo entregó.

—Efraín, no le fui infiel a nuestro amor. No te quepa duda de eso. Lo único que te puedo dar en este momento es esto: un diario. Lo escribí para mí; nunca pensé que este momento llegaría, pero ahí me verás desnuda, en total zozobra, esperando tu regreso. Es la muestra de mi amor incondicional mientras te creí vivo.

La mano le temblaba mientras me lo extendía. Lo tomé y ella me volvió a abrazar. Ahogada por la emoción me dijo: «Tengo una niña». No le pude responder.

Salí dando tumbos como un recién resucitado. Recordé el momento en la selva cuando me sentí morir y la vegetación me tragaba, para luego renacer con ganas de luchar por mi libertad. Pero esta vez no sentía esa fuerza. Todo mi cuerpo estaba conmocionado. Tomé el auto y conduje por calles y carreteras como un autómata, sin rumbo, todo me resultaba desconocido, hasta el pensamiento de estrellar el auto contra la isleta del Expreso las Américas.

Por instinto di un virón a la derecha y me vi en la avenida Domenech. Llegué hasta la esquina con la calle Besosa, estacioné en el primer espacio disponible y subí a la que había sido mi oficina. Un letrero de «Se alquila» colgaba de la entrada. Una empleada de mantenimiento hacía labor de limpieza en el pasillo.

—Si usted pisa donde ya limpié se va a buscar un serio problema conmigo, ¿me oye? —dijo en tono de broma la muchacha.

—Perdone, quería ver esta oficina.

—Si le interesa alquilarla yo se la enseño. —Soltó el mapo y extrajo un manojo de llaves de la cintura—. Y déjeme decirle, la puede conseguir baratita, pues el administrador le está haciendo un favor a la exesposa del señor que era el dueño. Al pobre lo secuestraron en Colombia y murió por allá.

—¿No ha sido alquilada en cinco años? —pregunté.

—Sí, pero la gente no dura mucho. Oiga, ¿cómo sabe que van cinco años?

—Porque yo soy ese señor, el que murió en Colombia.

—¡Jesús magnífico, no me diga usted eso! —dijo soltando el mapo y persignándose de corrido. Luego que se repuso, me abrió la puerta.

Vi la oficina mientras ella seguía mirándome y persignándose incrédula. En el cuarto de almacén habían amontonado algunos de mis libros y los archivos.

—¿Quiere que llame a don Isidro para darle la buena nueva? —dijo con su celular en mano.

—No. Mantengamos el secreto entre usted y yo. Cuando me sienta listo se lo diré.

La muchacha buscó su cartera, la cual estaba enganchada en el carrito donde cargaba los utensilios de limpieza, y extrajo un pedazo de papel y un bolígrafo. Escribió su número de teléfono y su nombre. Se llamaba Marcela.

—Cuando se decida yo le viro esa oficina patas arriba —expresó sonriente—, pero usted debe cuidarse, perdone, lo veo mal, pero se va a reponer.

La franqueza de Nina me había devastado, la de Marcela me dio cierta esperanza. De aquel espacio desolado salí de nuevo a la calle, sin la mujer de mis esperanzas, sin un hogar donde echar raíces para revivir, con un dolor en el centro del estómago que me dificultaba la respiración.

Un pequeño hotel, en el viejo San Juan, fue mi refugio por las siguientes semanas. Llamé a Franco y le conté lo sucedido. Dos días después viajó a Puerto Rico y me ayudó a organizar el laberinto legal de mi nueva situación. Gracias a él, a Marcela y a una fuerza interior cultivada en los cinco años de secuestro comencé a retomar mi vida con un dolor inmenso, aún sin sanar.

Luego de varias semanas, una colega psicóloga me hizo una recomendación inesperada: «Ve a Bogotá, comunícate con algunos de los secuestrados que ahora disfrutan de libertad y comparte con ellos tu deseo de volver a la normalidad». Fue así como llegué de vuelta a Bogotá, precisamente cuando se ejecutó exitosamente la Operación Jaque del 2 de julio de 2008.

24
Donde todo comenzó

La pantalla de mi computadora mostraba un documento al que solo le faltaba el punto final. Antes de ponerlo, me permití una última reflexión: había emergido del proceso de escuchar la historia del secuestro del doctor Efraín López Arraíza y de convertirla en una pieza narrativa con una nueva piel. ¡Había ganado!

Mi mano se extendió hacia el teclado y, al poner el punto final, me golpeó el alma una gran interrogante: ¿y ahora qué? Con esa pregunta a mis espaldas salí a fotocopiar el manuscrito. Hice cuatro copias: una la llevé de inmediato a la oficina del doctor, aún de viaje; otra se la envié a Marcela, y guardé dos en mi maletín, para que me acompañaran, como amuletos, hasta encontrar una casa editorial.

El día 5 de julio de 2011 a las 9 de la mañana, llamé a Nina, tal y como habíamos quedado. Acordamos vernos en la cafetería de la librería La Tertulia, al lado de mi casa en Río Piedras, al otro día a las 5 de la tarde. Esa noche leí las páginas de su diario incluidas después de la página que había sido doblada por alguien. Resultaba obvio el cambio en su vida, la llegada de una nueva relación amorosa y el nacimiento de una niña:

¿Habrá llegado el amor o será un espejismo creado por mi soledad?

Quien ha llegado a la puerta no eres tú, pero ha despertado a la mujer dormida.

Las diminutas manos de mi niña dibujan tu rostro en la arena. La ola imprudente te desaparece.

Esa tarde llegué a la librería media hora antes, recorrí los anaqueles de libros y observé con detenimiento algunas biografías y novelas. Me preguntaba si cada uno de esos libros había sido testigo de una intensa transformación de quien lo había escrito. Tenía en mis manos la novela *La iluminada*, de Ángela López Borrero, cuando se abrió la puerta que da a la calle y entró Nina. Llegó puntual, vestida con pantalón de mahón, blusa blanca, el pelo recogido en un pequeño moño y unas elegantes gafas de sol, que de inmediato se quitó cuando salí a su encuentro y me dio un beso en la mejilla. Ocupamos una mesa en la esquina cercana a la ventana de cristal. Estábamos solos, a excepción de dos empleadas de la cafetería. Pedimos dos cafés.

—Gracias por venir —dije, para comenzar el diálogo.

—Le debía esta conversación para pedirle excusas —contestó ella—. Usted fue muy amable, a pesar de no haberlo tratado bien aquella primera vez.

—Nina, no tiene que excusarse. Terminé de escribir la historia del doctor y puedo entender el dolor de ambos.

—Mario, además, ese día en particular yo estaba pasando por una difícil situación. Le había planteado el divorcio a mi esposo y, precisamente esa tarde, él estaba esperando afuera la conclusión de nuestra reunión para discutir conmigo el asunto de la separación.

Su confesión me sorprendió. Lo tomé como un indicio de cuán abierta estaba a hablar de otras cosas.

—Cuánto lo siento, tienen una niña en común, ¿no?

—Dos, a Sabina, la hija de él, la quiero como si fuera mía. Llevaba cuatro años conmigo.

—La vida no es fácil —dije, por decir algo.

—Si fuera fácil, no sería vida —puntualizó Nina y tomó un sorbo de café—. Yo no me arrepiento de haberla vivido como me ha tocado. Sufrí el secuestro de Efraín, lo pensé muerto e intenté rehacer mi vida. Aprendí que la pérdida de una relación no se sana con la llegada de otra. Pero la vida es justa y me regaló a Karina, la niña más amorosa del universo.

De inmediato me mostró algunas fotos de su hija.

—La veo feliz —me atreví a aseverar.

—Uno vive momentos de felicidad y ya eso es bastante. No me quejo.

—Me alegro por usted.

—¿Y Efraín, cómo está? —preguntó con cierta tristeza.

—A mi entender, aún en el proceso de dejar atrás un pasado doloroso.

—Nunca entendí por qué no se volvió a comunicar conmigo.

—Tal vez si leyera su historia, si supiera lo vivido por él en los cinco años de secuestro, si viera cuánto anhelaba encontrarse con usted, comprendería. Nina, sin esa ilusión, hubiera muerto.

—Precisamente venía a pedirle un favor. ¿Me permitiría leer lo escrito por usted?

La pregunta me tomó desprevenido. Para un analítico empedernido como yo no era fácil contestar un asunto de tal envergadura sin sopesar los pros y los contras. Pero, si algo había aprendido con el doctor era a desconfiar de la mente, del análisis y a darle más oportunidades a las corazonadas. Saqué del maletín una de las copias del manuscrito y se la entregué. Nina le pasó suavemente la mano por la portada, como si la acariciara y la vi emocionarse.

—Esto significa mucho para mí. Hubiese deseado escuchar del propio Efraín los detalles de su cautiverio en esos cinco años.

—Leerlo será como escuchar al propio Efraín, se lo aseguro.

—Me asusta penetrar en ese pasado, tan íntimamente relacionado con el mío; pero creo necesario hacerlo, ya es tiempo, estoy preparada.

—No sé si hago bien en darle el manuscrito, espero que sea para bien.

—¿Ya Efraín lo tiene?

—Se lo dejé en la oficina. Él está de viaje, le han hecho una oferta académica en la universidad donde estudió.

La noticia pareció impactarla.

—¿Efraín se va de Puerto Rico?

—No le sé decir, lo está considerando. Tal vez me entere cuando nos reunamos por última vez para discutir el manuscrito.

Nina se quedó pensativa. Luego hablamos de otras cosas. Al despedirse, me pidió que la llamara para contarle la reacción de Efraín a lo escrito por mí.

Tedioso, aburrido, interminable me resultó el resto del mes. Agosto comenzó con una agradable llamada. Era Marcela. Había leído la historia y estaba conmocionada. Se lo comentó a su jefe, quien se interesó en leerlo. Me llamaba para pedirme la autorización para darle la copia del manuscrito.

Escuchar su voz fue como esa primera llovizna luego de una dura sequía.

—Bueno y ahora, ya terminada tu historia, ¿qué será lo próximo? —preguntó.

—Eso mismo me he estado preguntando y no sé —contesté.

—No puedes parar, Mario. Tienes que publicarla y comenzar a escribir la próxima.

—Vamos a ver primero la opinión del doctor.

—Bueno, cuando lo veas, me le das saludos. Después de la reunión me llamas para contarme, ¿ok?

El encuentro con el doctor se dio el 4 de agosto de 2011. De camino a su oficina le dejé un mensaje a Nina para informarle sobre la reunión y llamarla luego como le había prometido. Antes de subir las escaleras al segundo piso, pensé en toda la energía emocional, la ilusión y el tiempo depositados en la historia de su secuestro. Si su reacción al borrador final era negativa habría resultado inútil todo ese esfuerzo.

La primera señal fue buena. Me esperaba junto a la puerta y me arropó con un efusivo e inesperado abrazo. Me señaló el sofá para que me sentara; de su escritorio tomó el manuscrito y se colocó frente a mí. Miró en silencio el escrito, levantó la vista, me sonrió y luego habló.

—Mario, ¡cuán orgulloso me siento de usted! La narración es extraordinaria, su trabajo investigativo es minucioso, fiel a los acontecimientos y la forma de dialogar mis relatos es muy cercana a como se dieron en realidad. Esto será para usted el inicio de una gran carrera como escritor.

—Como historiador querrá usted decir.

—Historiador, escritor, novelista, motivador, ¿qué importa? No se ponga límites.

—No me siento del todo satisfecho con la historia pues me quedaron algunas interrogantes.

—Las investigaciones de los historiadores, como todo lo que hace el ser humano, tienen sus limitaciones y lagunas.

—¿Y usted diría que es una limitación de mi historia o de la historia que me contaron?

—Mi historia es un relato posible de un acontecimiento a partir de la memoria. Pero también puede ser la propuesta de una ficción basada en las evidencias que puedan haber quedado en el recuerdo.

—No entiendo. ¿Mi historia puede terminar siendo no el trabajo de un historiador serio, como ha sido mi ambición, sino una mera ficción, una novela?

—No menosprecie la literatura. ¿No es a la larga la llamada «Historia» una narración que alguien hace de su propia percepción sobre un suceso de un momento dado en el tiempo?

—Sí, pero basada en investigaciones fidedignas y en datos empíricos.

—Mario, libérese de los absolutos —dijo, y puso sus manos en mis rodillas mientras me miraba fijamente—. Salga de esa caja en la que ha vivido siempre. Olvídese del niño prodigio del Departamento de Historia de la Universidad de Puerto Rico. Si su historia es buena, qué importa la sección de la biblioteca o librería donde la pongan.

Las palabras del doctor me llegaron con brutal contundencia. Pero quise extraerle un poco más.

—¿Por qué no me ha preguntado cómo conseguí el diario de Nina?

—Supuse que Nina le había detallado el contenido del mismo.

—O sea, ¿parte de la premisa de que me he reunido con Nina?

Se quedó callado y se deshizo de la sonrisa evidente desde mi llegada.

—Mario, ¿por qué insiste en lo de Nina? ¿No le fue suficiente lo escrito en mis notas a las que tuvo acceso?

—Perdone, doctor, pero me parece absurda la total incomunicación entre ustedes.

—¿Ella está bien? —preguntó en un tono quejumbroso.

—Yo estoy seguro de que ella está dispuesta a contestar esa pregunta con lujo de detalles, cuando usted se la haga personalmente. —Y me salió una carcajada.

El doctor López Arraíza recapturó su sonrisa.

—Doctor, finalmente, ¿puedo publicar su historia?

—Aún no. —Y observó mi reacción de sorpresa con satisfacción—. A esa historia le falta algo, muy importante.

—¿Y es? —pregunté intrigado.

—Le faltan sus vivencias mientras la escribía. Esas emociones que en varias ocasiones compartió conmigo: su transformación, sus luchas, el enfrentamiento con sus fantasmas y demonios, el dolor compartido, el nuevo Mario que fue surgiendo mientras iba enterrando al veterano de guerra. Mi historia, Mario, es también su historia, nuestra historia, la de todo secuestrado en busca de su libertad y el derecho a ser feliz. Esa es mi única condición para la publicación.

—Si esa es la única forma en que su historia puede ser publicada, la acepto. Tengo escrito, minuciosamente, todo ese proceso de transformación mientras lo iba sintiendo. Se trataba de mi sanación, magistralmente diseñada por usted. Solo necesito incorporarlo a sus relatos. ¡Qué irónico! Terminaremos siendo dos hombres y una sola historia. —Una imprevista emoción ahogó mis últimas palabras.

El doctor me sonrió y fue a su escritorio, buscó algo en una de las gavetas y lo trajo. Era una pequeña cajita, como un diminuto cofre.

—Tenga, se lo regalo —dijo con la misma dulzura con la que me recibió año y medio antes.

Cuando lo abrí, se reflejó en su fondo una porción de mi rostro. No tardé en identificarlo: era el pedazo de espejo que le había salvado la vida.

—Creo que se lo ha ganado. Lléveselo como recuerdo de este maravilloso proceso.

—¿Se va a desprender de este recuerdo tan valioso?

—Aquí está mi espejo —dijo, señalando el manuscrito.

Entonces, me dio un abrazo fuerte, sentido, salpicado de palabras de agradecimiento y algunos sollozos, de parte de ambos. Unos leves toques a la puerta interrumpieron el emotivo momento. El doctor se recompuso y fue a abrir. En el marco de la puerta apareció la figura de Nina, pálida, transfigurada. Yo no podía ver la expresión de él, pues lo tenía de espaldas, pero veía en los ojos de Nina la intensa emoción que sus miradas expresaban. Ella habló primero:

—Efraín, he leído tu historia...

Él abrió los brazos y ella se lanzó a su encuentro. Se fundieron en un intenso abrazo. Yo salí, sigilosamente de la oficina, cerré la puerta y dejé que esa historia siguiera su curso. No había terminado de bajar las escaleras cuando ya escuchaba la voz de Marcela en el teléfono móvil. Emocionado, traté de expresarle en palabras lo que acababa de acontecer.

—¡Que viva el amor! —dijo con la espontaneidad tan suya.

—Estoy muy feliz por ellos. Van a tener mucho de qué hablar.

—Y yo estoy feliz por el doctor y por ti.

—¿De veras te hace feliz todo esto que ha pasado?

—¿Y por qué no?

—Es que en un momento pensé que tú y el doctor...

—Te voy a decir algo. —Y sonó fingidamente molesta—. Ustedes los hombres no pueden entender que entre una mujer y un hombre puede haber una amistad basada en el cariño, el respeto y la admiración, sin que haya un interés romántico o sexual.

No contesté nada.

—¿Alguna otra pregunta? —cuestionó ella, conteniendo la risa.

—Sí. Entre tú y yo ¿hay una «amistad basada en el cariño, el respeto y la admiración sin un interés romántico o sexual»?

—Cuando usted se digne venir a visitarme, tal vez obtenga la respuesta —y se echó a reír a carcajadas.

Su contestación me dejó ilusionado. Antes de buscar el auto para regresar a mi apartamento, volví a mirar el espejo y así me quedé por varios minutos, en la esquina de la avenida Domenech y la calle Besosa, donde todo había comenzado.